曙光《しょこう》へテイクオフ

井上文夫

曙光へテイクオフ＊目　次

「しんぶん赤旗」二〇二二年一月一日付～九月一日付連載。単行本化にあたり、章構成を整理した。

1章　ブランクスケジュール

北藤徹《きたふじとおる》は羽田空港モノレール線の、新整備場駅で下車した。改札から一〇分ほど歩いてN航空のテクニカルセンターに着くと、エレベーターで二階のラウンジへ向かった。

ラウンジには一対のソファとテーブルを組み合わせたブースが、ゆったりとした間隔で全体に配置されていた。

午前九時になっていたが人の気配はなかった。横浜の自宅にいても落ち着かないので、朝食を済ませるとすぐに家を出た。予定より一時間も早く着いてしまった。北藤は窓寄りの角のブースまで歩き、気だるそうにソファに身を沈めた。背後のブラインドの隙間から漏れる朝の光がうなじを射したが、夏の暑さはもう感じなかった。ふーっと大きく息を吐くと目を閉じた。

どうなるのかしら。出しなに玄関先で妻の千枝子が言った。

心配しなくていい。なんとかなるさ。北藤は振り返らずに、ことさら明るい声で応えた。

そうだといいけれど。千枝子が小さくつぶやいた。

北藤の言葉にはなんの根拠もなかった。ただ千枝子の不安を軽くしたいだけだった。しかし千枝子の気休めにはならないだろうと思った。簡単に解決策を見いだせる問題ではない。ことは深刻だった。

昨夜も眠りが浅く、何度も寝返りをうった。午前三時にトイレに起きてからは、ベッドでまんじりともせずに朝を迎えた。

一〇月に入ってから、北藤が所属する中型機の乗員部長である的場と地上職のマネージャーによって、二回の面談が行われた。二回とも同じことの繰り返しだった。

このまま会社に残っても君の居場所はないのだ。君が活躍できる場所を社外で探して欲しいんだ。

私は辞めるつもりはありません。

希望退職に応じなければ君は整理解雇になる可能性が高いよ。

とにかく私は辞めません。

今辞めれば退職金が割り増しになるので、家族を守るためにもその方が得だよ。整理解雇になったら割増しはなくなるぞ。

割り増しがあっても家族の生活は守れません。定年まで残りの四年間を、私はこの会社でパイロットとして全うしたいのです。

会社はもう君を必要としていないんだ。

私は何回も辞めませんと言っていますよ。はっきり言ってこれは退職の強要ではないですか。

いや僕は今回の希望退職の条件は、君と君の家族にとって良い条件だと思うから勧めているんだよ。一〇日後にもう一回だけ面談しよう。その間よく考えてくれたまえ。良い返事を待ってるよ。

面談とは名ばかりだった。的場は聞く耳を持たなかった。希望退職に応じなければ整理解雇だと、脅し続けた。

辞めるわけにはいかなかった。長女の百合は既に結婚していたが、長男の幸太は大学二年、次男の順二は高校三年で大学受験を間近に控えていた。多額の学費がかかるし、家のローンもまだ残っている。


これから先、僕はいったいどうなるのか。北藤はベッドの上でいつまでも暗闇を凝視していた……。


「北藤さん」

遠慮がちな声がした。目を開けると、地上職のマネージャーが傍に立っていた。

「今から面談をやります」

マネージャーは無表情で言った。北藤が黙って立ち上がるとマネージャーはすぐに踵《きびす》を返した。北藤は重い足取りでその後ろを付いていった。

部屋には中央に二つのテーブルが向かい合って置かれていた。北藤は、的場とマネージャーに対面して座った。

「今日が最後の面談だ。あれから一〇日ほど経ったので心の整理もできただろうね」

的場が北藤の発言を促した。的場の太く濃い眉毛は威圧感があった。

「前回と変わりません。退職の決心は、つきませんでした」

「ん？」

的場は耳を疑うように少し小首をかしげ、苦り切った表情を浮かべた。的場は北藤が退職の決意を表明するものとばかり思っていたのだ。

北藤は意を決して言った。

「私には大学二年と高校三年の息子がいますので、今すぐ退職はできません。せめて長男が大学を卒業するまでの二年間は働かせて下さい。その間に、他の航空会社への就職を探したいと思います」

これは千枝子と話し合った末のギリギリの結論だった。家庭の事情を分かってもらいたいという二人の切実な願いだった。

「うーむ」

的場は低くうなって考え込んだ。しばらくして顔を上げた。

「もし君の家庭に重度の障害者でもいれば状況を鑑みてもいいが、その程度の事情では駄目だ」

的場は北藤の申し出を一蹴した。

「先日会社が設けた再就職支援窓口に行って、求人情報を確かめてください。他の航空会社からの求人がたくさんあります。北藤さんはまだ若いのですから、すぐにでも良い求人先が見つかりますよ」

的場の隣に座っている地上職のマネージャーが口を挟んだ。彼は北藤よりもずっと若かった。

「それでは次の仕事が見つかるまでという条件で、引き続き働かせて下さい」

北藤はマネージャーを見て言った。この場で希望退職に応じることだけはしたくなかった。

「それは……」

マネージャーが口ごもった。

「それは駄目だ。会社の二次破綻を避けるために君ら三七〇名のパイロットに、我々職制の機長は手分けして退職勧奨の面談を行っている。後に残る社員三万二〇〇〇名を助けると思って、希望退職に応じてもらいたい。もう一度言うが、退職に応じなければ君は整理解雇の可能性が高いぞ」

的場には取り付く島がなかった。的場は会社の方針に忠実だった。

「社員三万二〇〇〇人のために犠牲になれというのですか。私は納得できません。私と家族の人生が狂わせられるというのに……」

北藤は思わず叫んだ。的場は北藤の気迫に押されて一瞬怯《ひる》んだように上体をのけぞらせたが、すぐに元の体勢に戻した。

「どっちにしても、会社は君を必要としなくなったのだ。それだけのことだ」

　的場の言葉には、もうこれ以上話し合っても無駄だという気持ちがにじんでいた。

　的場は、これまで幾度となく北藤と一緒に乗務した。北藤が長年のパイロット人生の中で積み上げた熟練の技を、当然知っているはずだった。

　北藤は的場から操縦の未熟さを指摘されたことは一度もなかった。

　海上自衛隊で対潜飛行艇の機長や学生の操縦教官を歴任していた北藤は、自衛隊の割愛制度によって一九九四年に当時のNエアシステムに移籍した。六〇歳まで働けるので生活設計が見通せること、好きなパイロットを長く続けられることで移籍を希望した。三九歳の時だった。その後、Nエアシステムは二〇〇四年に旧N航空と経営統合し、新N航空となった。

　割愛制度とは国土交通省、防衛省、航空会社間で合意した制度で、航空自衛隊と海上自衛隊のパイロットを毎年一定の割合で航空会社に移籍させるというものだった。


　安全運航でいこうや。的場は出発前の緊張を解きほぐすように、副操縦士席の北藤にゆったりとした口調で声をかけるのが常だった。的場との間には信頼関係が築かれているとずっと思ってきた。

　その的場から今回の面談で、会社は君を必要としなくなったと言われたことが信じられなかった。

　今まで積み上げてきた操縦士としての実績と誇りを踏みにじられたように感じた。同時に的場への信頼も尊敬の念も消えてしまった。

　その時、会議室の隅の電話が鳴った。マネージャーがあわてて立ち上がり、電話をとった。

「急用ができたので、ちょっとだけ中座します。すぐに戻ってきます」

　的場がうなずくと、マネージャーは足早に会議室を出て行った。しばらく沈黙が支配した。

　やがて的場が重そうに口を開いた。

「これで面談は終わりにしよう……。君に言ってもどうしようもないことだが、本当は僕はこんなことはやりたくないんだ。しかし、やるしかないんだ」

　的場が下を向いて言った。マネージャーが中座したので、つい本音をこぼした。

会社からの命令でやらされているという苦しい胸の内を分かって欲しいとでもいうのか。分かったところでどうなる。あなたには今まで通り、部長としての席が約束されている。しかし僕は整理解雇されるかもしれないのだ。あなたは僕と僕の家族の身になって考えたことがあるのか。

北藤は膝の上の両拳を握りしめた。的場の言い訳を受け入れることはできなかった。

「はっきり言います。私は私と家族のために辞めません」

そう言うと北藤は席を蹴った。的場は放心したように北藤の後ろ姿を見送った。

面談を終えて部屋を出ると、北藤は喉の渇きを覚えた。これからの予定もないのでラウンジに向かった。

歩きながら、会社が退職の強要をするに至った経緯を振り返った。

二〇一〇年一月一九日、N航空は経営破綻し、会社更生手続きを東京地裁に申し立てた。管財人として企業再生支援機構および片野栄三弁護士が選任された。

事前調整型だったので運航は継続された。約九か月前のことだった。

グループ会社を含む社員約四万八〇〇〇名の内、一万六〇〇〇名を削減し三万二〇〇〇名にすることが決まった。その内、パイロットについては三八一八名の内、八四四名を削減し二九七四名にすることが決まった。なお八四四名の内、N航空本体では八二六名を削減することとなった。

会社は退職金の上乗せや企業年金の優遇策などで特別早期退職募集を数次にわたって行った。

九月下旬になって、応募者数が削減目標を大きく下回っているとして、整理解雇の人選基準案を発表した。

パイロットの人選基準案は、八月三一日時点の休職者、二〇一〇年度における病気欠勤日数が四一日以上である者、乗務離脱期間が六一日以上である者が先ず対象とされ、それによっても目標に達しない場合は、各職種、職位ごとに年齢の高い者から順に目標に達するまでを対象とするというものだった。

その結果、機長では五五歳以上、副操縦士では四五歳以上が対象になった。

　この人選基準案に沿って機長約一三〇名、副操縦士約二四〇名の合計約三七〇名を選び出し、彼らを一〇月の乗務から外した上で、部長や副部長など職制の機長を使って、退職の強要を始めた。

　選び出された約三七〇名の一〇月の乗務スケジュールは、三日間の面談日を除いて全て空白になっていた。いわゆるブランクスケジュールだった。

　北藤も年齢を理由にブランクスケジュールを押しつけられた一人だった。北藤はその時まで、自分がこのような目にあうとは思ってもみなかった。

　人選基準案はパイロットだけでなく、やはり削減目標に届かなかったとして客室乗務員にも出された。

　病欠者、休職者、ならびに年齢の高い順に選び出した六八〇名ほどの客室乗務員たちを自宅待機にしたうえで会社の寮に呼び出し、パイロットと同じように所属長たちが退職強要の面談を行っていた。

　北藤はラウンジに行くと自動販売機で缶コーヒーを買い、一気に飲んだ。冷たい液体が渇いた喉に心地よかった。

　周囲を見回すと、中程のブースに坂田昇が座っていた。坂田はパイロットユニオンの執行委員だった。坂田と向かい合った二人のパイロットの背中が見えた。

　面談日を指定された人は組合事務所に立ち寄って下さいという呼びかけに応じて、パイロットユニオンの事務所に足を運んだのは一〇月の初めだった。

　これまで組合運動に全く関心がなかった。集会にも事務所にも一度も顔を出したことがない。

　週三回ほど発行される組合の機関紙「乗員ニュース」も、タイトルを見ただけで捨てることが多かった。

　Nエアシステムに移籍するまでの二一年間の自衛隊生活で、上からの命令には絶対に従うように教え込まれ、疑うことなく実践してきた。

　そのためだろうか、組合が会社に堂々と意見をいうことが、どうしても御上に楯突《たてつ》くように思えてしまう。組合が騒がなくても会社は社員の面倒をちゃんと見てくれるさ、とずっと思っていた。

　北藤は自分がよそ者のような気がして事務所の入り口で戸惑っていたら、声をかけてくれたのが坂田だった。はきはきして明るくがっしりした体つきの、三〇代前半の副操縦士だった。

　会社は面談で希望退職を迫ってきますが、辞めたくなければ「辞めません」とはっきり言って下さい。あの手この手で迫ってきても「とにかく辞めません」と繰り返して下さい。それで十分です。感情的になったり議論を始めたら相手の思うつぼです。できるだけ冷静で、相手の気迫に負けそうになったらご家族の顔を思い出して下さい。整理解雇の脅しをかけてきた時は「このようなやり方は退職の強要です」と相手に伝え、組合に報告して下さい。

　そう言って坂田は、北藤の面談の日もラウンジに来て、励ましてくれた。坂田の言葉は北藤を勇気づけたのだった。

　坂田の助言と励ましがなければ、的場と地上職のマネージャーの脅しに負けて、不本意ながら希望退職に応じていたかもしれなかった。

　北藤は坂田を通してパイロットユニオンを身近に感じ始めていた。

「あ、北藤さん」

　北藤が近づくと、坂田が体を横にずらして席を空けてくれた。

「早朝に成田に着きましてね。急いだのですが間に合わなくてすみません」

　北藤の面談に間に合わなかったことを詫びた。深夜便のフライトを終えて駆けつけてきたのだった。責任感の強い男だった。目は赤く、疲れているように見えた。

　執行委員たちは交代でラウンジに立ち寄り、面談に入るパイロットたちを励まし続けていた。今日は坂田の番だった。

「君のアドバイスのおかげで、三回目の面談でも希望退職の誘いに乗らずに済んだよ。有り難う」

　坂田は安堵の表情を浮かべた。そして目の前の二人と北藤を互いに紹介してくれた。向かって左側は阿川賢治、右側は野末康雄だった。阿川はベージュ色のジャケットに浅黄色のズボンを穿いていた。一方、野末は律儀者らしくグレーの背広に濃紺のストライプのネクタイをしていた。二人とも大型機に乗務しているので、中型機の北藤は会ったことがなかった。

　阿川は四〇代半ばの機長だった。「二〇一〇年度における病気欠勤日数が四一日以上・乗務離脱期間日数が六一日以上である者」という、整理解雇の人選基準案に該当し、ブランクスケジュールを押しつけられ、面談で退職を強要されていた。

阿川のような旧N航空の機長たちはパイロットユニオンとは別にキャプテンユニオンを結成し、現在に至っている。副操縦士が機長になると、パイロットユニオンからキャプテンユニオンに移行した。

一方、北藤のような旧Nエアシステムのパイロットは、機長、副操縦士の別なく単一組合だったので、新N航空として経営統合後はパイロットユニオンに所属した。

そういう経緯があったが、これまでキャプテンユニオンとパイロットユニオンは労働条件の改善など共通の課題で、足並みを揃えて闘ってきたのだった。

野末は五〇代前半の副操縦士で北藤と同じように人選基準案の「四五歳以上の副操縦士」という年齢を理由にブランクスケジュールを押しつけられ、やはり面談で退職を強要されていた。野末はパイロットユニオンの組合員だった。

「まったくひどいものです。こんなことがまかり通っていいのでしょうか。北藤さん、まあ聞いてください」

阿川は誰かに話さずにはいられない様子だった。阿川は血色も良く、引き締まって均整のとれた体をしていた。

「自覚症状はまったくなかったのですが、五か月前の航空身体検査で不整脈が見つかりました。そのため航空身体検査証明が取り消され、乗務ができなくなったので、カテーテル手術を受けました。三日後には退院しましたが、カテーテル手術を受けた場合、航空身体検査の受検、復帰訓練、審査を経て乗務復帰までに七、八か月かかります。この間の乗務離脱が整理解雇の人選基準に引っかかったのです。僕は今まで不整脈を手術した人を何人も知っていますが、皆このような過程を経て今は元気に乗務しています。僕の場合、たまたまこの時期に発生して、それが整理解雇の人選基準に当てはまるなんて、どう考えても納得いきません。いや、これは運不運で片づけられる問題ではありませんよ。明らかに狙い打ちだと思いますよ」

　普通の仕事で不整脈のカテーテル手術を受けた場合は一週間程度で仕事に復帰できるが、パイロットは最低でも六か月の経過観察を必要とした。

　阿川は一息つくと再び話し始めた。

「しかも乗務離脱中のパイロットはフライトシミュレーターに乗り込み、定期訓練や審査を受ける他の乗務員のための副操縦士や機長の役を担う仕事、つまりペアとなる相方をするのが通例です。何もしないということはありません。僕もこの間、ずっと九月まで相方をしていました。相方がいなければ定期訓練は成り立ちません。にもかかわらず会社はまるで僕を役立たずのように見なしたのです」

　阿川は怒りをにじませて一気にまくしたてた。

　阿川の話が終わると、すぐに野末が話し出した。長身で色白の野末の顔は睡眠不足が続いているためか、目の周りに隈が出来ていた。

「私は大型機の航空機関士を一五年間やってきて、その後副操縦士になりました。そのため五〇歳を過ぎても機長昇格訓練の機会が与えられませんでした。私は会社の方針でそうしてきたのに、年齢を理由に整理解雇の人選基準にされるなんて……」

　初対面のためか丁寧な言葉遣いだった。

　野末は会社が必要としてきたからこそ一五年もの間、航空機関士を続け、その後に会社の方針によって副操縦士に職種変更した。理由こそ違え、そのやり方は北藤の場合と同じだった。北藤たち自衛隊出身のパイロットは割愛制度の下、会社が必要としていたからこそ防衛庁に移籍を要請したのだった。それなのにもう必要としなくなったとして、やはり年齢を理由に会社から追い出そうとしている。

「僕が独り身だったらこんなに悩むこともないだろう。しかし僕には女房と中学生の息子が二人と、長い間農業をやっていた老齢の両親が九州の田舎にいる。両親は金銭的に援助しなければ生活できないんだ。先日、会社の再就職支援窓口に行って求人情報を見たが、僕のように五〇歳過ぎの副操縦士という条件でも雇ってくれる航空会社はなかった。前回の面談の際にそういった事情を話したが、一切聞き入れてもらえなかった。どうしたらいいのか……」

　野末は頭を抱え込んだ。もう普段の言葉づかいに戻っていた。では、五六歳で副操縦士の僕を雇ってくれる航空会社は、どこにもないということか。野末の言葉に北藤は現実を突きつけられた。

「僕の子どもはまだ小学生と幼稚園児で、やはり退職強要には応じられない……。こうなったらスト権を立てて闘うしかないと思うよ」

　阿川が坂田に言った。

「もし一一月になってもブランクスケジュールが続くようであれば、執行部としては三七〇名の人たちを守るために整理解雇方針の撤回を求めて、争議権を発議したいと考えています」

　坂田が応じた。

「キャプテンユニオンはこれまでスト権の確立に踏み切れていないからなあ。でもキャプテンユニオンも多くの機長がブランクスケジュールを押しつけられ、退職を強要されているからパイロットユニオンと力を合わせて頑張らなくては……」

　阿川は自分に言い聞かせるようだった。

「先日のパイロットユニオンの組合大会では、団結して整理解雇をはね返そうという声がいっせいに上がったよ」

　野末が急に張りのある声になって言った。

　北藤もその大会に出席していた。一回目の面談を受けた直後で、北藤が初めて参加した組合の大会でもあった。大会では多くの若手パイロットたちが、整理解雇方針を撤回するまで闘うことを口々に表明した。人の不幸の上に成り立つ会社の再建なんてあり得ない、三七〇名の人たちをみんなで守っていきましょうと呼びかけた三〇歳位の最も若いパイロットの言葉が、特に北藤の心にしみた。

　これまで春のベースアップや夏冬の一時金、労働条件の改悪反対などの闘いの度に、北藤のメールボックスにはオレンジ色の争議権の投票用紙が入っていた。けれども、それに〇か×を記入して組合事務所前の投票箱に入れたことは一度もなかった。いつもゴミ箱に捨てていた。

　北藤はストライキについて以前から快く思っていなかった。ストをやればお客様や会社に大きな迷惑をかける。その分、会社の儲けが減って給料にも影響がでるだろう。ストをやって良いことは何もない。

　それは漫然とした思いだったので、×をして投票する意思もなかった。でももう、そのようなことはするまい。争議権とは自分たち自身を守るにはどうしても必要なものなのだ。今度はしっかりと投票しようと北藤は思い直した。

まもなく阿川と野末は面談の時間になるというので、北藤は別れを告げた。北藤はテクニカルセンターの玄関先で会社の連絡バスに乗って、オペレーションセンターに向かった。再就職支援窓口に顔を出すためだった。部屋に入ると手前に応接用の丸いテーブルと二脚の椅子が置かれていた。その奥のカウンターには「再就職支援窓口」と書かれた三角錐が立っていて、小柄で痩せた中年の男性社員が座っていた。

「再就職のことで相談したいのですが」

カウンター越しに声をかけた。

「はい」

男性社員は北藤の顔を見ると、机の上のファイルを抱えて丸いテーブルまで足を運んだ。

「私は五六歳で副操縦士ですが、その条件に合う求人はありますか」

北藤が端的に切り出した。男性社員は急に厳しい顔付きになった。ファイルの書類に一枚ずつ目を通し始めた。しばらくして顔を上げた。

「海外の航空会社はほとんどがＡＴＰＬの取得を採用の条件としていましてね……」

男性社員は言いにくそうだった。ＡＴＰＬとは定期運送用操縦士資格という国家資格のことで、機長昇格訓練の際に取得することになっていた。北藤のような副操縦士はＡＴＰＬを所持していなかった。

「国内の航空会社の場合は、必ずしもＡＴＰＬを条件としてないのもありますが、年齢が五〇歳までというのがほとんどでして……」

男性社員が気の毒そうに小声で言った。顔を合わせるのがつらいのか、視線を終始テーブルに落としている。

「そうですか」

北藤ががっかりしたようにつぶやいた。

「でも、諦めないで下さい。ご期待に添うように情報収集に努めますから、また、おいで下さい」

男性社員は北藤を元気づけるかのように、かすかな笑みを浮かべた。

北藤は立ち上がった。やはり野末が言ったとおり、五〇歳以上で副操縦士という条件に合う求人はなかった。

会社が設けた再就職支援窓口に行って求人情報を確かめてください。他の航空会社からの求人情報がたくさんあります。北藤さんはまだ若いのですから、すぐにでも良い求人先が見つかりますよ。

先ほどの面談で地上職のマネージャーが言った言葉が、心の奥で白々しく響いた。

北藤はやるせない気持ちでオペレーションセンターを後にした。行く当てもないので家に帰ることにした。羽田空港駅で電車に乗るとすぐに発車した。座席は半分ほど埋まっていた。通路を隔てた右側の席でグレーのスーツ姿のビジネスマンが膝の上にパソコンを広げ、画面に見入りながら滑らかに操作していた。出張のレポートでも作成しているのだろう。

他の航空会社への転職もままならないのに、この歳までパイロット一筋だった僕にいったいどのような仕事ができるというのだ。

北藤は窓の外に流れる不規則なビルの連なりをぼんやりと眺め続けた。

2章　争議権発議へ

電車が川崎駅に着くと、制服姿の高校生数人が乗ってきた。彼らは出入り口に立ったまま、指でつついてじゃれ合っていた。背格好からして次男の順二と同じく、高校三年生のように見えた。

彼らも来春大学受験を迎えるのだろうか。もし整理解雇にでもなったら、順二を大学に行かせてあげられそうにない。

北藤はまた不安に苛《さいな》まれた。

長男の幸太にも順二にも、ブランクスケジュールを押しつけられていることを話してなかった。子どもたちに心配をかけたくないという気持ちが先に立って、言いそびれていた。しかし、今後の見通しがはっきりしないまま、いつまでも隠しているわけにもいかないだろう。

ブランクスケジュールを押しつけられ、退職の強要を受けてからというもの、周りの人の表情も見渡す風景もまったく違って見えた。

　自分がそこに身を置いていることに何の疑いも持たなかった日々が、その日を境に自分を拒絶しているる疎外感を覚えた。ふと気づくとひとり佇《たたず》んでいる自分がいた。

　電車が横浜駅に着いた。

　北藤は急いで降りて、駅前から自宅方面に向かう路線バスに乗った。早く家に帰りたかった。家にしか安住の場所はない気がした。

「ただいま」

　玄関からダイニングルームに伸びる廊下を歩いていくと、千枝子が食卓に肘をついて座っていた。食卓には五つの椅子があったが、長女の百合は既に結婚して家を出ていたので、普段は四つしか使っていなかった。

　千枝子はいつも、続きのリビングルームのテレビを食卓から見ていた。しかし今は、テレビはついていなかった。部屋は静かだった。

「ああ、お帰りなさい」

　ずっと考え事をしていたのだろう、北藤に気づいた千枝子が顔を向けた。そして、急いで台所に立ってお茶を淹《い》れてきて、向かい合った北藤の前に置いた。

　千枝子の目も赤かった。北藤が退職の強要を受けるようになってからというもの、隣に寝ている千枝子は度々寝返りをうっていた。千枝子も眠れない日々が続いているのだった。

「どうだったの？」

　黙っている北藤にしびれを切らして、千枝子が上目づかいに言った。

「駄目だったよ。部長は聞く耳を持たなかった。僕の言うことを、はなから受けつけなかった」

　北藤は怒りを押し殺して言った。

「そう……」

　千枝子は湯呑みを両手で包んで、深いため息をついた。

「どうなるのかしら」

　今朝、北藤が出て行く時と同じ言葉を繰り返した。

　せめて長男が大学を卒業するまでの二年間は働かせて欲しいという、二人で考えた妥協案に千枝子は一縷《いちる》の望みを託していた。その望みは的場の拒絶によって散った。また振り出しに戻ってしまった。

「いざとなれば、他の航空会社に転職するから大丈夫だよ」

北藤が言った。千枝子は俯《うつむ》いたまま小さく頷いただけだった。再就職支援窓口で探した結果、五六歳で副操縦士の自分に合致する求人はなかったという冷厳な事実を、千枝子には話せなかった。これ以上の心の負担をかけたくなかった。


北藤は先ほど坂田や野末、阿川らと話したことを千枝子に伝えた。そこにはきっと希望があると思ったからだった。

「僕の属するパイロットユニオンは、整理解雇反対のストライキ権を確立して闘うということだ。僕はそれに期待している」

「え？」

聴きなれない言葉に、千枝子が怪訝《けげん》な表情で北藤を見た。

「労働組合とかストライキとか、あなたは嫌いじゃなかったの？　ストライキなんかやらなくても会社はちゃんと面倒を見てくれるよって、言ったことがあったわ」

「うん、確かにそう思っていた。しかし、その考えは間違っていたことに気がついた。退職の強要を受けてから、会社が最後まで社員の面倒を見てくれるなんてあり得ないってことにね。労働組合が僕ら社員の生活を守ってくれるために、とても大事だってことを実感した」

北藤は自分の言葉に内心驚いていた。今までこのようなことを言ったことはなかった。自分は変わりつつあるのだと思った。

「パイロットユニオンの若い人たちは、僕ら整理解雇対象者のために一生懸命頑張ってくれている。労働組合とはそういうものなんだってこと、初めて知ったんだ」

北藤が言った。千枝子は黙って聞いていたが、おもむろに口を開いた。

「パイロットユニオンの人たちが一つになって取り組んでくださることに感謝してるわ。でも、ストライキまでして、お客様に迷惑をかけるのはどうかしら」

千枝子は腑《ふ》に落ちないようだった。沈黙の後、小首をかしげて再び話し始めた。

「私の考えは間違っているかも知れないけれど聞いてくれるかしら……。的場部長が二次破綻しないためにも希望退職に応じてくれって言うけれど、会社がもし整理解雇方針を撤回したら、対象になっている人たちはこれまで以上に働くと思うわ。今度は自分たちが応えなくてはという気持ちで……。そうしてみんなが心を一つにすれば、二次破綻なんてあり得ないと思うわ。必要ないと言って社員を切り捨てるよりも、その人たちの力を生かす方法を考える方が、よっぽどいいと思う。そうすればストライキなんてやらなくても済むことだし、会社も社員も丸くおさまるし、会社も発展するんじゃないかしら」

北藤は今まで仕事や会社のことは千枝子には話さなかったし、千枝子も聞かなかった。しかし、千枝子は北藤が整理解雇されないよう、真剣に探し求めているのだった。

「君の考えはすごく真っ当だと思う。そうなったら僕も会社のために身を粉にして働くよ。でも会社はなぜ君のような考えをとらずに、しゃにむに整理解雇をしようとするのか、その真意が僕にもよく分からないんだ。現実は僕と君の妥協案を的場部長が拒絶したように、整理解雇をちらつかせて退職を強要するだけの一点張りだからなあ」

北藤は空になった湯呑みに、急須《きゅうす》のお茶を注いだ。緑茶の香りとほのかな渋みが心を落ち着かせた。

「残念ねえ」

千枝子がつぶやいた。どこか諦めきれない響きがあった。

「もう、ストライキ権を確立して、ストライキも辞さないという強い意思を示すしかないと僕は思う。ストライキをすれば確かにお客様には迷惑をかけるが、首切りを撤回させるためのストライキだから、きっと理解してもらえると思っている」

千枝子は両手に包んだ湯呑みをじっと見つめていたが、やがて顔を上げた。

「あなたが言っていること全てに賛同した訳ではないけれど、今まであなたが真面目に仕事一筋に生きてきたことは、私が一番よく知っているわ。そのあなたが整理解雇されようとしている理不尽な仕打ちだけは、私はどうしても許せない。だから私はあなたの言葉を信じるわ」

千枝子の言葉に、北藤はこれから先に何があろうと一緒にやっていけそうな気がした。


「ただいま」

野太い声がして振り向くと、このところ急に背が伸びた次男の順二が見下ろすように立っていた。そして二人を交互に見て言った。

「どうしたの、そんな真剣な顔をして。離婚話でもしていたの」

「ぷっ」

湯呑みを口につけていた千枝子が吹き出してしまった。

「はっは、まさか」

北藤が笑いながら言った。

「悪い冗談にも程があるわ」

千枝子はお茶にむせびながら順二を睨《にら》みつけた。

「ごめん、ごめん。ところでお父さん、このところ家にいることが多いような気がするけど、どうかしたの」


順二が言った。

予期しない質問に北藤はうろたえた。

「うん、あ、いや、実はこのところ体重が増えて高脂血症になってね。順二にも以前話したように、パイロットの身体検査基準はとても厳しいだろう。だから今、乗務を外してもらっているんだ。運動不足だったのでジムに通って体重を落としている。なあにその内、元に戻るからしばらくの我慢さ」

北藤が平静をよそおって言った。

「ふぅん、そんなに太ったようにはみえないけど。ま、どっちにしても健康には気をつけてね」

そう言うと、順二は自分の部屋に行った。

僕の下手な芝居を順二は見破らなかっただろうか。額に汗がにじんでいるのを感じた。

「危なかったな。順二にはまったく油断も隙もありゃしない」

北藤が額の汗を拭いながら言った。千枝子が少し声を落として言った。

「あなたが乗務を外されて退職の強要を受けているってこと、幸太と順二にも正直に話した方がいいんじゃないかしら。そのことを知ったら二人ともショックを受けるかもしれないけれど、現実をちゃんと受け止めてくれると私は思う。もし整理解雇になったらどうしたらいいのか、みんなで考えましょうよ」

「そうだねえ……。少し考えさせてくれないか」

北藤は先の見通しがある程度ついてから、幸太と順二には話したいという気持ちが吹っ切れなかった。一方、千枝子には覚悟のようなものが感じられた。厳しい現実を直視できないのは、むしろ僕の方だろうか。北藤は冷たくなったお茶を飲み干した。


一〇月も残り少なくなった。この間、北藤は二度ほど再就職支援窓口を訪ねたが、条件に合う求人はきていなかった。淡い期待は少しずつ遠ざかっていった。一〇月下旬に配布された一一月の乗務スケジュールもブランクだった。北藤だけでなく退職強要を拒否したパイロット全員がそうだった。

機長と副操縦士の乗務資格の維持条件として、年二回のフライトシミュレーターによる審査と訓練、年一回の路線審査が設けられている他、過去九〇日以内に三回の離着陸、乗務間隔は六〇日を超えないことなどが決められていた。

ブランクスケジュールが続けば、副操縦士としての資格も失うことになる。パイロットユニオン執行部は乗務に復帰させよと強く抗議したが、会社はまったく聞き入れなかった。

このまま座して整理解雇を待てというのか。これから先、僕はいったいどうなるのだ。

北藤はいっそう追い詰められた。

一通のメールがパイロットユニオンから届いた。

今後の闘い方について一一月一日から一週間、個別に意見交換を行いますので都合の良い日に組合事務所に立ち寄ってください。

北藤は一刻も早く組合の方針を知りたくて、一日目の午前一〇時に足を運んだ。

事務所では執行委員たちと、乗務前の制服姿やブランクスケジュールで乗務を外された私服姿のパイロットたちが、長机を挟んで話し合っていた。せっぱつまった話し声が部屋中に満ちていた。

「北藤さん」

声のする方を見ると、坂田が長机の端に座っていて手招きをした。彼の前には誰も座っていなかった。

「お久しぶりです」

近づいてくる北藤に坂田が声をかけ、あの親しげな笑顔を向けた。坂田と会うのはテクニカルセンターのラウンジ以来、二週間ぶりだった。坂田は白いシャツの上に、紺のカーディガンを着ていた。

「一一月もブランクスケジュールが続くという深刻な状況を、一刻も早く終わらせなければなりません。執行部としては、整理解雇しないことを会社に約束させるために、争議権を確立して強い態度で交渉に臨む必要があると考えています。この件について、北藤さんの考えを聞かせてください」

争議権の確立については、テクニカルセンターのラウンジで坂田から聞いていたし、野末や阿川とも意見を交わしていたので異論はなかった。

「執行部の意見に賛成だよ。そのことに期待している」

北藤がはっきり答えた。

「分かりました。整理解雇方針を撤回させるまで頑張りましょうね」

坂田が表情を引き締めた。振り返ると背後に数人が立っていた。北藤は席を離れながら、二つ隣の席で野末が立ち上がったのに気づいた。野末はテクニカルセンターで会ったときの背広にネクタイ姿ではなく、黄色のセーターにゆったりとしたパンツを穿いていた。

「求人先、見つかった？」

組合事務所を出て、野末と歩きながら訊ねた。

「あれから三回、再就職支援窓口に通ったが僕を受け入れてくれる航空会社などなかったよ」

野末の顔には疲労の色が浮かんでいた。野末もまた一一月のブランクスケジュールを押しつけられて、精神的に追い詰められているのは明らかだった。

「僕も二度ほど行ったが駄目だった。でも探すしかないので再就職支援窓口に行くけど、一緒にどう？」

「そうだなあ。ストライキ権を確立して、会社に整理解雇方針を撤回させるのが一番だが、最悪のことを考えるとなあ……。ご一緒するよ」

野末は迷っていたが気持ちを切り替えた。

「北藤さん、野末さん、どうぞ」

　窓口の男性社員が声をかけた。二人は並んで座った。

「気をつけているのですが、その後もお二人に合う求人は来ていないのです。やはり年齢とATPLを条件にしているところばかりでしてね」

　男性社員は済まなさそうに言った。淡い期待は益々彼方に遠のくようだった。

「私たちのような者のためにこそ、この窓口はあるのではないのですか。情報を待つだけでなく、私たちに合う求人を積極的に探して欲しいのです。これじゃ何回来ても同じでしょう」

　野末が毒気を含んだ声で言った。北藤も同じ気持ちだった。

「お気持ちは分かりますが、私としてはなんとも……。上司に伝えておきます」

　男性社員は消え入りそうな声で返事した。埒《らち》があきそうもないので、二人は部屋を出た。

「お茶でも飲んでいこうよ」

　オペレーションセンターを出たところで野末が誘った。二人は旅客ターミナルビル三階のコーヒーショップに行った。カウンターでコーヒーを受け取ると、奥まった場所のソファに座った。

「僕らには整理解雇を、一方職場には儲け第一の考えが押しつけられようとしている。僕はそれを非常に懸念している」

　野末はミルクをスプーンでかき混ぜながらそう言うと、話を始めた。

「益盛氏が会長になってから安全が軽視されている。安全よりも利益という考えを、管理職や職制に植え付けてきているんだ」

　野末は顔をしかめた。益盛は政府から請われて、経営破綻したN航空の会長になった人物である。彼は起業家として成功し、巷《ちまた》では「経営の神様」ともてはやされている。かつて部長の的場は北藤と一緒に乗務する度に「安全運航でいこうや」と声をかけたが、経営破綻後はほとんど言わなくなっていた。やはり益盛の影響があったのだろうと北藤は思った。

　野末は言葉を継いだ。

「N航空はこれまで数多くの航空事故を起こした。一九七二年以降、六件の墜落事故で合計七三五名もの乗客・乗員の尊い命を奪った。あの一九八五年の御巣鷹山《おすたかやま》墜落事故は、僕が航空機関士になって三年目のことだった。何かとお世話になった先輩もあのフライトに乗務し命を落とした。御巣鷹山墜落事故後に発足した新経営陣は、過去の不明朗な労務政策を改め、『絶対安全の確立』『労使関係の安定融和』『現場第一主義』『公正明朗な人事』を掲げたが長く続かなかった。旧来の政策の復活を目論む勢力によって、新経営陣は退陣させられた。今の経営陣からは、絶対安全という言葉も聞かれなくなったなあ」

野末が深いため息をついた。

御巣鷹山墜落事故の時、北藤はまだ海上自衛隊に在籍していた。

北藤が搭乗していた対潜飛行艇のPS－1は事故が多く、墜落などで全二三機の内六機を失い、三七名の搭乗員が命を落とした。正体不明の潜水艦を追尾せよとの指令を受けて、岩国基地から緊急発進した対潜飛行艇が四国の山に激突して一三名が死亡した。その時の機長は北藤の面倒をよく見てくれた先輩だった。

また四国沖の海域で監視中に墜落し一二名が死亡したこともあった。その時の戦術航空士は親しい同僚だった。どちらも岩国基地の格納庫で葬儀が執り行われ、国防に殉じた隊員として称賛する弔辞が、並んだ白い棺に捧げられた。遺された家族は悲嘆にくれていた。

次は僕の番だろうか。北藤は心が騒いだ。最前列に座っている遺族に、自分の家族が重なった。

殉職した先輩や同僚はその死を無駄にしないためにも事故の原因を徹底究明し、事故を繰り返さないことを強く願っているはずだと北藤は思った。国防という大義名分の陰で、安全問題がおろそかにされてはいないだろうかという疑問が生じた。しかし、北藤はその疑問を上官に言えなかった。自由にものが言える雰囲気ではなかった。

「経営者はいつでも利潤追求に目を奪われ、安全はいつも後回しにされてきた。整理解雇方針撤回の闘いは僕らの生活を守ると同時に、安全を守る闘いでもあると思っている」

野末の言葉が北藤の心に深く響いた。

それから八日後の一一月九日の午後、争議権を発議するためのパイロットユニオンの臨時組合大会が、会社の大会議室で開かれた。大会議室は三〇〇名を超えるパイロットで埋まった。ブランクスケジュールを押しつけられている者、休日や出勤前の者など可能な限りのパイロットが参加していた。

正面の長いテーブルには執行委員が横一列に並んでいた。どの顔も緊張した面持ちだった。坂田の顔もあった。開会時刻になると、真ん中に座っている委員長の宇垣が立ち上がった。宇垣は長身を少し前屈みに発言した。

「会社が発表した整理解雇の人選基準案は不当極まるものであり、また九月の中間決算では連結で約一〇〇〇億円という史上最高の営業利益を出していることからしても、整理解雇は絶対に認められません。執行部は、整理解雇は行わないこと並びに人選基準案の撤回を会社に求めて、争議権確立の発議を提案いたします。活発なご意見をお願いします」

宇垣は言葉の端々にまで力を込めた。手がいっせいに上がった。議長が中程を指さした。

「私は三五歳の副操縦士です。整理解雇は絶対反対です。パイロットが仲間を大切にできなくなったら信頼関係がなくなり安全にも影響が出ます。たとえ給料が半分になっても、それ以下になっても良いので、ワークシェアを導入して雇用だけは守るように会社に要求したいと思います。争議権の発議を断固支持します」

「そうだ」という声と拍手が湧いた。みんなの気持ちを代弁していたのだった。今度は北藤と同年配と思われる白髪交じりのパイロットが立ち上がった。

「僕は面談で、N航空を泥船にしてはいけない、沈まないために定員外は降りてもらうと部長から言われました。しかし泥船の一歩手前までしたのは誰でしょうか。経営者による放漫経営と歪んだ航空行政ですよ。僕らでは断じてありません。定員外という烙印を僕らは押されましたが、整理解雇対象となっている乗員たちがこれまでにどれだけ多くのお客様を無事にお届けしてきたのでしょうか。どれだけの大切な貨物を世界中に運んできたのでしょうか。想像できないくらい多くの利益をこの会社に与え、社会にも貢献してきたはずです。この整理解雇を許すことなど到底できません。スト権の発議に賛成します」

前よりも大きな拍手が起こった。

「その通り」

北藤は思わず声を上げた。

会社は君を必要としなくなったのだと的場から言われ続けてきた北藤の心に、パイロットとしての誇りを呼び覚ます発言だった。

「再就職活動をしていますが、五〇歳過ぎの私を雇ってくれる航空会社も企業もありません。整理解雇になったら家族もろとも路頭に迷います。執行部の提案に賛成します。みんなで団結して整理解雇方針を撤回させましょう」

後頭部が薄くなったパイロットの切々とした甲高い声が北藤の心にしみた。整理解雇対象者たちの気持ちそのものだった。

「ストライキ権の確立に賛成ですが、実際の行使にあたっては慎重に判断して欲しいと思います。ストライキ権をバックに団体交渉で会社を追い詰めることが、先ず大事だと思います」

四〇歳過ぎと思われるやや背の低いパイロットが落ち着いた声で言った。

その後も活発な討論が続いた。発言はいずれも執行部の方針に賛成するものばかりだった。


「ここで採決に入りたいと思いますが、いかがでしょうか」

頃合いを見て議長が言った。

「異議なし」

あちこちから声がした。

「それでは賛成の方は挙手願います」

「賛成」という声と共に、いっせいに手が上がった。北藤も思いっきり右手を上げた。

「満場一致で争議権の発議が決定されました」

議長が言った。割れるような拍手が会場を揺るがした。

「今日の発議を受けて組合員の直接無記名投票に入ります。組合員の過半数の同意によって争議権が確立します。投票期間は三日後の一一月一二日から二週間です。なおキャビンユニオンは既に争議権を発議し、現在投票に入っています。一緒に圧倒的な賛成で争議権を確立して、キャビンユニオンとも力を合わせて整理解雇を撤回させましょう」

宇垣が締めの挨拶をした。

「よーし」「がんばろう」と口々に言いながら参加者たちが席から立ち上がった。

3章　形だけの団交

争議権確立のための全員投票開始から一週間を経た一一月一九日の午前一〇時、北藤はパイロットユニオン事務所に行った。

会議室に長机がロの字型に配置されていて、十数名が既に座っていた。正面と向かい合った席に野末の姿があった。野末も心配だったので早めに来たのだろう。野末は北藤に気づくと隣の空席を指してくれた。

参加者たちは視線を落としていたり、まっすぐ見据えていたり、キョロキョロしたりしていたが、みんな黙ったままだった。正面には委員長の宇垣、副委員長の小菅、書記長の三石、執行委員の坂田など六名が座っていた。

昨夕、パイロットユニオン執行部から組合員あてに次のようなメールが届いた。

三日前の団交で、管財人と企業再生支援機構の出席者の両方から争議権確立の全員投票に介入する発言があり、それに呼応して職場では職制を中心に、投票に圧力をかける由々しき事態が発生しております。執行部としては当初の方針を断固守り抜くために、組合員の意思結集をはかりますので、随時組合事務所にお立ち寄りください。

北藤にとっては思いもよらないことだった。

一〇日前の組合臨時大会において、整理解雇方針の撤回を要求する争議権が満場一致で発議された。北藤は投票開始日には投票を済ませた。今まで争議権確立の投票をしたことがなかった北藤にとっては初めての経験だった。投票用紙に大きな〇印を気持ちを込めて描いた。組合事務所に据え付けられた投票箱に入れると、すっきりした気分になった。

北藤は二週間後の投票締め切り日には、間違いなく高い賛成率で争議権が確立するものとばかり思っていた。大きな不安を抱えたまま足を運んだ。

「それではまず、団交での会社側の発言をお知らせします」

宇垣がそう切り出して話を始めた。

企業再生支援機構の塚本ディレクターが、周りを威圧するように言った。

争議権の確立について支援機構の正式な見解を述べる。争議権の確立は労働者の権利として尊重する。ただ、一度整理解雇を争点とした争議権が確立された場合、機構の出資後も争議権の行使により、運航が停止して事業が棄損するリスクが極めて高くなる。

機構出資後に争議権が行使されるリスクが顕在化している場合に、公的資金をそのようなリスクにさらすことはできない。従って、支援機構としては争議権が確立された場合、それが撤回されるまで更生計画案で予定されている三五〇〇億円の出資をすることはできない。

続いて加瀬管財人代理が言った。加瀬はことさら上体をのけぞらせていた。

三五〇〇億円の出資がないとしたら、資金不足になるので事業継続ができないことになる。もう一つ、三五〇〇億円の出資は裁判所の認可を必要としている。労使間に争議がある場合、裁判所はそもそも認可しない可能性がある。

塚本と加瀬は弁護士でもある。二人は自らの発言が労働組合の自主的な運動を阻害する違法行為であると知りながら、争議権確立の全員投票に介入してきたのである。

宇垣は団交の報告を終えると、一人ひとりに語りかけるように冷静に言った。

「これらの発言は争議権確立の阻止を目的とした極めて悪質な不当労働行為です。争議権は憲法でも法律でも保障された団結権・団体交渉権と一体をなすものです。争議権に介入することなど決してできません。当然ながら三五〇〇億円を出資しないという脅しで、争議権確立を妨害することは許されるものではありません。また争議権確立を、出資しない条件にすることなど絶対にあってはならないことです。組合としては断固抗議していますが、その発言と同じ内容のメールが運航本部内の組織に流され、職制の機長が所属のパイロットに対してメールや電話、あるいは職場での対面によって、全員投票に介入している事態が起きています。そのような事実がありましたら報告をお願いします」

部屋はしばらく沈黙が続いたが、三〇代半ばのパイロットが口を開いた。これから乗務するらしく制服を着ていた。

「昨日部長から、スト権が確立されると支援機構が三五〇〇億円を出資しないと言っているので、投票しないでくれというメールがありました。迷いましたが、委員長の話を聞いて、賛成票を投じようと再度決心しました。整理解雇方針を撤回させるためには、どうしても争議権の確立が必要だと思います」

　右手の並びから一番若いと思われるパイロットが手を上げた。彼は焦げ茶色のスウェードのジャンパーを着ていた。

「昨夜、部長から電話がありました。組合介入かもしれないがと、わざわざ前置きしてスト権投票をしないように言われました。返事を渋っていると部長はいつまでも電話を切りません。仕方なく分かりましたと言いました。私も迷いましたが組合大会の方針どおり、賛成票を入れることにします」

　続いて左手の並びに座っている四〇代前半のパイロットが発言した。彼はチェックのセーターを着ていた。

「昨日、副部長と一緒にフライトしました。離陸して水平飛行に入ると、支援機構が出資を断れば二次破綻するぞ、それでも君は投票するのかと言われました。黙っていると、羽田に到着するまで執拗に言われ続けました。それでも投票しませんとは言いませんでした。フライト中にこういう話を持ち出すことは安全運航を脅かすことになります。このようなことはすぐにやめるよう、組合からも強く抗議してください」

　彼は心労が続いているためか、疲れた表情だった。

　その時、入り口のドアを荒々しく開けて五〇代前半の男が飛び込んできた。彼は制服姿だった。そして大声で叫んだ。

「スト権投票はやめてくれ」

　参加者がいっせいにその男を見た。

「支援機構が出資を取り止めると言っているのに、どうしてスト権投票なんかやるのだ。今すぐ、やめてくれ」

　再び叫んだ。興奮しているらしく目が充血していた。隣の野末がその男を睨みながら、何か言いたそうに口元を震わせていた。参加者は押し黙ってその男を凝視していた。

「いいか、分かったな」

　参加者の射るような視線に耐えられなくなったのだろう、男はそそくさと部屋を出て行った。野末が北藤に耳打ちした。

「彼は僕が所属する乗員部の機長だよ。今まで幾度も一緒に乗務している。職制ではなくキャプテンユニオンの組合員だよ。機長の整理解雇対象の五五歳と一年違いの五四歳で、辛くも逃れることができて会社に足を向けては寝られないと言っていた。普段はおとなしい人だ。多分、職制にそそのかされたんだろう」

　北藤は阿川が言った言葉を思い出した。

　こんなときこそ運航乗務員全体が一体となってスト権を確立して強い意思表示をすることが何より大切なのに、僕の属するキャプテンユニオンはこれまでスト権の確立にふみきれてないからなあ……。

　その時は分からなかったが、今の機長の言動を目の当たりにして、その理由が分かるような気がした。

　機長の乱入によって中断された会議は再開された。その結果、約半数近くが職制や一部の機長から投票妨害を受けていることが判明した。

「これだけ不当労働行為が大々的に行われているとはひどいなあ」

　坂田が怒りを露わにした。それから全員を見回して言った。

「ここで引き下がっては会社の思うつぼです。何としても争議権投票を成功させましょう。そして整理解雇方針を撤回させましょう」

　坂田の問いかけに「頑張ろう」と呼応する声があちこちから上がった。その声は自分を奮い立たせるかのようだった。

「執行部としては既定方針通り争議権確立の全員投票を続行します。なお、キャビンユニオンも同じように不当労働行為を受けていますが、ひるむことなく全員投票を続行しています。お互いに励ましあいながら闘っていきたいと思います」

　書記長の三石が締めくくった。全員が立ち上がり、待機しているパイロットたちと入れ替わった。

　北藤と野末は組合事務所を出た。

「会社がここまで酷いことをやってくるとはね」

　廊下を歩きながら北藤がつぶやいた。

「会社はこれまでも都合が悪くなると労働協約を一方的に破り、乗員編成数削減や乗務時間の延長などを強行しようとしてきた。そういう会社だから今回の不当労働行為などなんとも思わないし、ブランクスケジュールも退職の強要も、パイロットユニオンとの合意なしに一方的に強行したんだ」

野末が怒りを込めて言った。

「さて、これからどうする？」

オペレーションセンターの玄関で北藤が尋ねた。

「これから九州の実家に帰って両親の様子を見てくる。しばらく会っていないんだ」

野末が答えた。

「整理解雇のこと、両親はご存知なの？」

「いや、まだ話していない。話したら体調を崩さないだろうかと心配で」

野末の顔が曇った。

北藤には野末の気持ちが良く理解できた。北陸の農村で暮らしていた両親は既に他界していたが、もし生きていたらやはり話すのをためらうだろう。

野末とはそこで別れた。北藤はそのまま家に帰った。


それから三日後の午前一〇時、北藤は再びパイロットユニオンの事務所に行った。

昨夜遅く、パイロットユニオン執行部から組合員あてに次のようなメールが送信された。

争議権確立の投票に対する会社側の介入は目に余るものがあり、職場での混乱が日増しに強くなっていて、このままでは運航の安全を脅かす恐れがあります。不本意ではありますが本日をもって投票を中止いたします。詳しくは執行部より説明しますので、都合の良い時間に組合事務所にお立ち寄りください。

三日前の会議では「頑張ろう」と励まし合ったばかりなのに。北藤には投票中止が信じられなかった。

パイロットユニオンの会議室は組合員であふれていた。既に席は埋まっていたので、北藤は正面と向かい合った壁際に立った。

正面には副委員長の小菅、書記長の三石、他に執行委員二名が座っていた。小菅や三石の顔には艶《つや》がなく、投票中止を決めるまでの苦悩を物語っていた。乗務のため委員長の宇垣と坂田の姿はなかった。

「メールでお知らせしたように、昨夜投票の中止を決定しました。誠に残念です」

三石はそう言うと辛そうにうつむいたが、すぐに顔を上げた。

「ここ数日の職制や一部機長の介入はすさまじく、組合員にも動揺が広がりました。投票を中止してくださいと直接言ってきた組合員も複数います。何よりもフライト中に、投票しないように脅されたという声が多数寄せられました。執行部としては説得に努めたのですが、抗しがたい状況になってしまいました。このままでは運航の安全にも関わることを危惧し、投票中止を決定しました」

会議室には重苦しい空気が漂った。誰も言葉を発しなかった。

しばらくして前方に座っていた年輩のパイロットが絞り出すような声で言った。

「会社に不当労働行為をやりたい放題やられて、投票中止になるなんて悔しいなあ」

彼はグレーのコートを着ていた。北藤とは同年配のように見えた。

多分、彼も整理解雇の対象になっているのだろう、それだけに会社の介入は許せないのだろう。

「全くだ。このまま引き下がっては、腹の虫が治まらない」

あちこちで声が上がった。北藤も同じ気持ちだった。

争議権投票の意思を貫けなかった組合員を責める声はなかった。介入し続けた会社を糾弾する意見ばかりだった。

「今回のことは、うやむやにしておく訳にはいきません。不当労働行為として、キャビンユニオンと共に東京都労働委員会に申し立てます。なお、キャビンユニオンはマネージャーなどの脅しにも負けることなく、争議権確立の投票を続けています」

小菅が言った。

「せめてキャビンユニオンには争議権を確立して欲しいね」

北藤の近くから声が上がった。

三石が気持ちを切り替えて言った。

「争議権の確立はなりませんでしたが、もう一度組合員の意思を結集して闘いを継続していきます。これまでにも基本給を減給したワークシェアを二回にわたって会社に提案してきましたが、ワークシェアは人員削減にならないとして拒否しています。しかし整理解雇の不当性を追及していくと共に、何としても整理解雇回避の最も有効な手段であるワークシェア実現のために、全力を投入したいと思います」

執行部は闘いを諦めなかった。ワークシェア実現に照準を合わせているのだった。

「分かった」「もうそれしかないなあ」「もう一度頑張ろう」という声が聞こえた。

整理解雇は絶対に出さないというみんなの熱い思いが、争議権中止という決定に心が萎《な》えかかっていた北藤を奮い立たせた。同時に、争議権を確立できなかったパイロットユニオンは翼をもぎ取られた鳥のようではないだろうか、どこまで会社を追い詰められるのだろうかという不安を覚えたのも確かだった。

それから二週間後の一二月七日の午前、一二月になって最初の団交が開かれた。争議権確立の全員投票を中止してから、既に二度の団交が一一月に開かれていた。

一度目の団交で組合は「再雇用に関する提案」を行った。この提案は「希望退職措置に応じた者には事業計画に基づく必要性が生じた場合に再雇用の権利を付与する」というものだった。整理解雇対象者への選択肢を増やすことを目的としていたが、会社の回答はなかった。

二度目の団交で、組合は「ブランクスケジュールを必要に応じて公平に指示し、ブランクスケジュールに就いた者は無給とする」というワークシェア提案を行った。会社の人件費負担をできるだけ軽くするための提案だったが、会社はこれも拒否した。

パイロットユニオンはこれまでに三回の「ワークシェア提案」と、一回の「再雇用に関する提案」を含め四つの整理解雇回避措置を具体的に提示した。いずれも会社が受け入れやすいようにその都度変更したのだったが、会社はこれらの提案に一切耳を貸そうとはしなかった。

事業規模の縮小は一過性のものでなく、人員調整施策も一時的・臨時的なものでなく抜本的恒常的なものでなければならないから、ワークシェアや一時帰休などの施策は取り得ないという一点張りだった。

　団交は大会議室で開かれた。

　団交には一二月もブランクスケジュールを押しつけられた整理解雇対象者たちをはじめ、一〇〇名近い組合員が参加した。組合側席の後ろのスペースだけでは入りきれず、会議室のほぼ半分を占めて立っていた。北藤と野末は組合側席の後ろに並んで立った。

　会社側席の中央には大東社長が座っていた。丸顔の大東は数に圧倒されたのか会場を見回しながらしきりに瞬きを繰り返していた。他の会社側の五名も顔を強ばらせていた。

　組合側は委員長の宇垣、副委員長の小菅、書記長の三石、それに坂田などの執行委員全員が座っていた。

　先ず、大東社長が発言した。

「現在パイロット、客室乗務員とも希望退職者数がまだ目標に達していません。もし、締切日である明後日の一二月九日までに達しない場合は、一二月末に人員調整をしなければなりません」

　大東は人員調整という言葉を使ったが、整理解雇のことだった。傍聴席がどよめいた。

　組合が三回も提案したワークシェアには全く応えず、今月末の整理解雇をちらつかせる大東に北藤は無性に腹が立った。

　議題はワークシェアに移った。

「私たちは再三にわたってワークシェアを提案している。人件費が嵩《かさ》まないように我々が負担することまで言っている。なぜそれに応えようとしないのですか」

　小菅が大東に鋭い眼差しを向けた。

「事業規模が縮小する中では、それに見合った人員体制にしなくてはなりません。ワークシェアは取り得ません」

　大東は従来の主張を繰り返した。

「私たちの最終提案は恒久的なワークシェアではない。会社が恒久的に取り得ないのなら、せめて年度末の三月までというのが提案です。そこまで組合としては要求を低くしたのです。社長は説明を受けていないのですか」

三石があきれたように言った。

「三か月延ばして何を期待するのですか」

「再就職するには時間が必要だと、これまで社長にも説明してきましたよ」

三石の言葉に大東は黙っていた。

「再就職のために会社は支援窓口を設けて取り組んできました。整理解雇を三か月延ばす必要はありません」

加瀬管財人代理が横から口を挟んだ。

「私は何回も支援窓口に顔を出した。しかし現実は私の年齢で受け入れてくれる航空会社がないのだ」

実態とかけ離れた加瀬の発言に反論の声がした。

「私だって転職できるならとっくにしている」

左手からも上がった。

「三か月延ばせば他社へ移る努力をしている者や若いパイロットなど転職の可能性が出てくる。整理解雇を出させないために組合と会社が協力して知恵を絞ることだってできる。一〇月までの営業利益が一三三〇億円を超えているというのに、なぜ三か月が延ばせないのだ」

北藤の背後から大きな声がした。悲痛に似た響きがあった。

「この会社は累積損失もたくさん抱えており、そんな余裕はないのだ」

専務で労務担当の小村が発言した。

「誰がこの会社を潰したんだ」

参加者の一人が叫んだ。

「誰が潰したとかじゃない」

小村が気色ばんだ。小村の端正な顔が赤くなった。小村は経営破綻前からの労務担当の役員で、経営の一角を占めていた。彼は五〇年近く続く、労組分裂と第一組合差別を基本とするN航空の歪んだ労務政策を忠実に推進していた。

「あんたたちの放漫経営がこの会社を駄目にしたんじゃないか。あんたにも責任がある」

別の参加者が厳しい言葉を投げつけた。

経営が破綻した要因の一つに放漫経営が指摘されていた。原油のドル先物予約をしたために過去一〇年間に二二一〇億円の損失、ホテル・リゾート開発事業の失敗で九七〇億円を損失するなど数多くの失敗を繰り返して財務体質を著しく弱めた。

「そうだ」

「誰が潰したんだよ」

口々に叫んだ。小村は反論できなかった。

「それでは時間になりましたので」

労務グループの課長が大東を見て言った。促されて大東をはじめとする出席者全員が立ち上がり、ドアに向かって歩きはじめた。

「逃げるのか」

「話を続けろ」

「整理解雇は絶対に許さないぞ」

大東らに激しい言葉が浴びせられた。

「もし争議権が確立されていたら、会社が勝手に退席することなど決してできなかっただろう」

野末が悔しそうにつぶやいた。


北藤と野末は大会議室を出るとエレベーターに乗った。ドアが閉まる寸前に一人の男が飛び込んできた。

阿川だった。

「一緒に食事しない」

北藤が誘った。

「丁度良かった。行きましょう」

阿川が応じた。

三名は旅客ターミナルビルに行くと、四階の中華料理店に入った。午後一時半を回っていたので客はいなかった。奥の席に座ると、ランチの八宝菜を注文した。

「再就職先は見つかったの？」

北藤が正面に座っている阿川に聞いた。

「まだです。私は不整脈のカテーテル手術を受けた五か月前の七月から、ホルター心電図計測器を付けて二四時間測定を続けていますが、会社はその測定による航空身体検査をやろうとしないのです。さっきも早くやるように強く申し入れたところでした。なにしろ検査結果がなければ、国交省の審査会で航空身体検査証明の再発行が認められませんし、それがなければ再就職はできません」

阿川の再就職は進展していなかった。阿川はコップの水を一気に飲み干した。

「整理解雇対象者などどうでもよいということか。再就職の邪魔をしているとしか思えないね」

野末が怒りをにじませて言った。

「お待ちどおさま」

まもなくウエートレスがランチの八宝菜を運んできた。三名はしばらく食べることに集中した。

「ところで今日の団交を見ても、どうして会社が一二月末の整理解雇にこだわるのか僕には解せない」

食べ終わった北藤が小首をかしげた。

「まったくだ。組合が要求しているのはたった三か月の延長だ。しかもワークシェアによる不就労部分は給料をカットしてもよいと言っている。組合の言う通りにしたって会社が潰れる訳じゃない」

野末がティッシュで口元を拭きながら言った。

「私はそこに整理解雇の本質があると思います」

少し遅れて食事を終えた阿川が言った。

「え、どういうこと?」

北藤が聞き返した。言葉の意味が分からなかった。

「ここに一通の文書があります」

阿川はジャケットの内ポケットからA4サイズの紙を取り出して、テーブルの真ん中に置いた。

「これは会社の内部文書のコピーです。ある日キャプテンユニオンの事務所に差出人不明で郵送されたものです。パイロットの今後を案じた社員の方が極秘に送ってくれたのだと思います」

阿川は北藤と野末が読みやすいように、その文書を反転させた。

それは正式な文書というよりパソコンで作成された横書きのメモだった。

北藤と野末は食い入るように文字を追った。

希望退職のイメージ

2010年6月30日・久保

対象者450人（余分に声を掛ける）
※人事部、客室本部は、余分に声を掛け、成功率100%でなくても目標達成し、最終施策は回避するイメージを持っている様子。
しかし、そんな人を残して、その後の再建を果たせるのか。

9月25日発行の10月の乗務スケジュールは対象者はすべてブランクとする。

個別面談は10月1日（金）から。

面談者は運航本部の各部の職制から選出し、合計25名とする。

初めて見る文書だった。

「何ということだ。ブランクスケジュールは既に六月には計画されていたのだ。僕らは何も知らずに夏期繁忙期の過密な乗務スケジュールを、会社再建に少しでも貢献しようと必死にこなした。ところがその時には僕らを一〇月からブランクスケジュールに入れることを決めていたわけだ」

野末は文書から目を離すと声高に言った。

「僕も夏期の臨時便を何本もこなしてきた。使うだけ使って後はポイというわけだ。僕らは騙されていた。本当にきたないやり方だ」

北藤の声も怒りに震えていた。それから文書のある箇所を指でなぞりながら首をひねった。

「ここの『しかしそんな人を残して、その後の再建を果たせるのか』というのは、何を指しているの？」

その文章は前後とはまったく脈絡がなかった。

「実はこの短い文章の中に、整理解雇の本質が隠されていると思います」

そう言って阿川は二人を交互に見つめた。

「九月中旬に発表した整理解雇の人選基準案では、削減目標として機長約一三〇名、副操縦士約二四〇名の合計約三七〇名でしたが、機長については一一月初めには希望退職者が一五〇名に達していました。つまり整理解雇の人選基準案による削減目標よりも二〇名も超過したので、機長の整理解雇の必要性はなくなりました」

阿川は一息つくと話を継いだ。

「ところが会社は突然、機長と副操縦士を合わせて三七〇名だと言い始めたのです。ここに会社の狙いがはっきりと表れています。『そんな人』とは、運航の安全やパイロットの労働条件と権利を守るために組合運動の先頭になって頑張ってきた人たちのことです。その人たちを五五歳以上の機長という整理解雇の人選基準によって、一気に会社から排除することを狙っているのです。機長の希望退職者数が削減目標を上回ったら、今度は機長と副操縦士を合わせて三七〇名だと言い出す。あくまでもその人たちを整理解雇に追い込もうとしているのです」

阿川が話を終えた。

「この機に乗じて組合を弱体化させ、利益第一の経営方針を思いのままに推進する。そのことをこの文書はあけすけに述べている訳だ」

野末が納得したように言った。

「つまりパイロットユニオンの要求通り三月末まで延長したら、『そんな人』を整理解雇するのが益々難しくなるとみて一二月末に固執しているのだと思います」

阿川は再び話を始めた。

「客室乗務員も削減目標の六六〇名に対して、既に一一月初旬までには七七三名の退職応募者があって目標を一一三名も上回っていたのですが、ここでも会社は稼働ベースという新たな概念を持ちだして、退職応募者数は六〇六名でありこれも削減目標に達していないと言い始めたのです。これもキャビンユニオンで先頭に立って闘っている人たちを排除する狙いがあるのは明らかです」

阿川は長い話を終えると、喉の渇きを満たすためにコップの水を飲み干した。

稼働ベースとは、病気休業者が退職に応じた場合は〇名、深夜乗務免除者は〇・五名として換算するというものだった。それによって退職応募者数を実際よりも低くしたのだった。

「そういうことだったのか」

北藤が初めて知ることばかりだった。

それにしても運航の安全やパイロットの労働条件と権利を守るために、労働組合の先頭に立って頑張ってきた人たちとは、どんな人たちなのだろうと北藤は思った。

4章　解雇予告

一二月に入っての二回目の団交が九日に開かれた。一回目から二日しか経っていなかった。

場所は前回と同じ大会議室だった。午後三時の開会時刻にはまたも一〇〇名を超す参加者が会議室の半分を埋めた。北藤と野末は前回と同じように組合側席の後ろに並んで立った。

参加者の目は会社側席の真ん中に座っている社長の大東に注がれていた。会場には緊迫した空気が漂っていた。

団交が始まった。まず大東が書面を見ながら読み上げた。

「本日午後一時に希望退職措置を締め切った結果、パイロットおよび客室乗務員とも残念ながら目標には届きませんでした。この結果を受けて断腸の思いではありますが、整理解雇対象者は一二月末をもって退職とします。対象者には解雇予告の通知を本日より速やかに行うことと致します」

大東は書面を読み上げた後も視線を落としたままだった。大東は参加者の顔を見回すことができなかったのだ。

委員長の宇垣がすぐに抗議した。

「今回の整理解雇は、整理解雇四要件にてらしても全く道理がないことを再三にわたって申し上げました。速やかに撤回することを申し入れます」

「その通り」「撤回せよ」

参加者が口々に叫んだ。

「人数をまだ聞いていない。いったい何人が整理解雇されるのですか」

書記長の三石が労務部長に質した。五〇代前半の労務部長はいつも回りくどい言い方をしたが、今回はメモを読み上げた。

「希望退職を開始する時点での目標数は三七一名、それに対して応募があったのは二七九名で、九二名が整理解雇の対象です。内二名はご家族に障害があるので救済して九〇名。それに休職者が四名いますので、合計九四名が整理解雇の対象になります」

その数の多さに大きなどよめきが起きた。

「整理解雇の決定権があるのは誰ですか」

　宇垣が尋ねた。

「会社という意味では私です。もう一方管財人サイドということでは……」

　大東が言い淀んだ。

「片野さんじゃないですか」

　すかさず小菅が名指しした。片野は一月にN航空が経営破綻した際に、会社更生手続き開始と共に東京地裁によって管財人として選任された人物である。

「そういうことになります」

　片野は突然の名指しに大柄な体を一瞬動かしたが、冷静さを装って他人ごとのような言い回しをした。

「一二月までに整理解雇を行わないと会社はどうなるのか、今まで大東社長に何度お聞きしても納得いく回答がありません。片野さんから説明してくださ
い」

　三石が片野を見据えて言った。

　片野は無言でうなずくと咳払いをしておもむろに口を開いた。

「国際線は一〇月から、国内線は一一月から便数がぐっと減ってきていますので、あの、大変言いにくく申し訳ないのですけど、やはりそのぅ、余剰になった方々には会社を去っていただかないといけないんだろうというように思います。債権者の方々にもできるだけ早く、再生に見合う人員体制にすることを約束しておりますし、国の資金も入っている中でそんなに放置するわけにもいかない。本来ならもっと早く人員削減を達成しなければいけない状況だと思っている次第です」

　片野の説明はこれまでの会社主張の繰り返しだった。

「更生計画では元々三月末が人員削減の達成期限になっているではないですか。それを債権者から一日も早くやれと言われているからと、三か月も前倒しすることは到底納得できません。しかも会社に財政的インパクトを与えない形で三月末まで延ばすという我々の提案に、片野さんはいっさい答えていないじゃないですか」

　小菅が強い口調で言った。

「そういうご意見は承りまして……」

片野が受け流そうとした。

「いや我々はあなたのお考えを聞きたいのです」

小菅が問い詰めた。

「今、申し上げた通りです」

「それでは答えになっていません」

「申し訳ありません、一日も早く体制に見合った人員にしないといけない、この会社はそういう風に世の中に対してお約束していると思いますが……」

片野が先ほどの言葉を繰り返した。

「それで、なんで私が整理解雇されなければいけないんですか」

北藤の右手から大きな声がした。

「申し訳ない、一日も早く体制にあった人員にしなければならない。この会社はそういう風に世の中に対して約束していると思いますから……」

片野が同じ言い訳を繰り返した。

「なんで私なのか」

今度はあちこちから一斉に声が上がった。

「それは申し訳ありません」

片野が頭を下げた。

「そんなんじゃ駄目だ。なんで私なのか理由を教えて下さい」

野末が両手を口に添えて叫んだ。片野は視線を落としたまま何も言わなくなった。

「なんで年齢で切るんですか。なんで傷病者なのか。なんで追い詰めるんですか。納得いかないですよ。どうしてこんなことが許されるんですか」

「会社を倒産させた責任者が辞めないで、なんで責任のない我々が辞めなければいけないのか」

「傷病者はどうやって生きていくんだよ。他で就職できるわけないだろう。なんで弱い者から切っていくんだよ」

「なぜ全員の就職先を作らないのか。弱い者を路上にほっぽり出すのか」

参加者の声が大会議室に響き渡った。大東をはじめとする会社側の出席者は沈黙したままだった。

「時間が来たのでこれで終わります」

前回と同じように労務課長が退席を促し、待っていたかのように大東や片野らが一斉に立ち上がり、ドアに向かった。

「また逃げるのか」

「話はまだついていないじゃないか」

「我々は納得していないぞ」

「整理解雇を撤回するまで闘うぞ」

　会社側七名の背中にまたも怒声が飛んだ。


　翌日、北藤が目覚めたのは昼過ぎだった。頭がずきずきと痛かった。

　団交が終わってから野末と京急川崎駅で降りた。野末は横須賀に住んでいるので、川崎駅は二人とも都合が良かった。

　二人は露地裏の小さな居酒屋に入った。そこは八〇歳に手が届くと思われる老夫婦が営んでいた。二人にとっては初めての店だったが、静かであればどこでもよかった。二人はとっくり四本ずつ飲んだ。居酒屋を出ると狭い露地に冬の走りの北風が吹いていた。人影は少なかった。

「大東のばかやろう」

「片野のばかやろう」

　二人はおぼつかない足取りで歩きながら叫んだが、その声は暗闇の中に北風もろとも吸い込まれていった。

「もう一軒行こうか」

　野末が誘った。

「行こう、行こう」

　北藤がもつれ始めた舌で応じた。そうして同じ露地の別の居酒屋に入ったのだった。


　北藤はそこまで覚えていた。そこからどうやって自宅まで帰ったのか思い出せなかった。千枝子が着替えさせたのだろう、パジャマを身につけていた。

　ベッドに横たわったまま耳を澄ませたが物音一つしなかった。いつもなら居るはずの千枝子も外出している様子だった。パジャマの上からガウンに腕を通すとベッドから離れた。そして洗面所で蛇口をひねり頭から冷たい水をかぶった。眠気はいっぺんに消えたが、頭の芯の鈍痛は残ったままだった。

　台所に行くと卵とベーコンをフライパンに入れた。食パン二切れをトースターで焼き、千枝子が準備したコーヒーメーカーからマグカップにコーヒーを注いだ。

　テーブルに座ると傍に置かれた朝刊の大きな見出しが目に飛び込んだ。

「N航空、整理解雇を発表」

見たくもない見出しが躍っていた。目障りなので裏返しにした。多分千枝子は見たのだろう。

遅い朝食を食べ終わり、台所での片付けを終えたところで玄関のチャイムがなった。ドアを開けると郵便配達人が立っていた。

「恐れ入りますがここに印鑑をお願いします」

郵便配達人は茶色の封筒を渡した。配達証明付きのその郵便物は会社からのものだった。

やはり来たか。受け取った封筒は北藤のこれからの人生を決定づけるもののはずだ。薄っぺらな封筒はとてつもなく重かった。

受け取り拒否にして郵便配達人に突き返したい気持ちになったが、思い直して受け取った。

テーブルに座ると封筒の端から荒々しく破った。中には一通のA４の紙が三つ折りで入っていたので、広げた。

北藤徹殿

更生会社・株式会社N航空
管財人　片野栄三

解雇予告通知書

貴殿は就業規則第５２条第１項第４条の「企業整備等のため、やむをえず人員を整理するとき」に該当するため、平成２２年１２月３１日付けで解雇いたしますので予め通知いたします。

（追伸）

平成２２年１２月１０日より２７日１３時までの期間において解雇予告通知の被通知者を対象として「希望退職措置」を実施することといたしました。希望者は当該期間満了までに、別途お渡しする申請書をご提出願います。　以上

今までは解雇という言葉は耳からだけ入っていたが、こうして北藤徹と名指しされ、はっきりと「解雇」という文字が印字されている書面を見たとき、北藤は会社からの脅迫状だと感じた。

ちくしょう、何故こんなものを受け取らなくてはいけないんだ。

紙片を思いっきり床にたたきつけたが、北藤をあざ笑うかのように紙片はふわりと舞って足下に落ちた。もうその紙片を拾う気にはなれなかった。

「ただいま」

玄関から千枝子の声がした。

「ああ、おかえり」

北藤はテーブルに座ったまま玄関に声をかけた。

「大丈夫？」

姿を現した千枝子が北藤の顔をのぞき込んだ。千枝子は薄めの化粧をして、よそ行きの水色のスーツを着ていた。

「うん、頭が少し痛い」

「昨夜遅く、野末さんという方がタクシーで送ってくださったのよ。覚えてる？」

「いや全く覚えていない」

「あなたのあんな姿を今まで一度も見たことがなかったから、びっくりしてね。そうしたら野末さんが、僕も北藤さんと同じ目にあっています、今日は飲むしかなかったんです、どうか大目に見てあげて下さいと言って、すぐにお帰りになったわ」

「そうか、野末さんに申し訳ないことをしたなあ」

野末は無事に家にたどり着いたのだろうか。

「あ、足下に紙が……」

千枝子が腰をかがめて紙片をつまんだ。何気なく一瞥した紙面に千枝子は目を見張った。それから北藤の顔を凝視した。

「あなたもパイロットユニオンの人たちも一生懸命頑張ったけれど、結局報われなかったのね。朝刊にも出ていたわ」

千枝子は再び紙片に目を移した。

「それにしても何という冷たい文章かしら。今まであなたが会社のために尽くしてきたことへのねぎらいや、感謝の言葉などどこにもないわ。まるで不用品扱いね。酷《ひど》いわ」

千枝子は目頭を押さえた。それからテーブルに座ると、気を取り直して言った。

「私、ハローワークに行ってきたの。実はあなたがあれほど期待していた争議権の投票が中止になって、がっかりしていた姿を見てからハローワークに通い始めたの」

北藤が初めて知ることだった。千枝子はあの時、会社の整理解雇方針を撤回させるのは難しくなったと判断して、内緒で仕事を探し始めたのだろう。千枝子は結婚してからずっと専業主婦だった。

思いもしなかったが千枝子はそうするしかなかったのだ。

「この歳になって苦労をかけてすまない」

北藤が頭を下げた。

「私に謝ることなんかないわ。私はあなたが悪いなんてちっとも思っていないから」

千枝子は笑顔を向けた。

「それに私はいやいやながら働こうとしているのではないわ。子どもたちも手がかからなくなったし、外の空気を吸ってみたい気にもなったの」

さばさばした調子で言葉を継いだ。

北藤は千枝子との来し方を思った。

北藤は海上自衛隊に入隊してから六年後、千葉の下総《しもうさ》基地から山口の岩国基地に配転になった直後に、千枝子にプロポーズした。

千枝子は同期の親友の妹だった。下総基地でのクリスマスパーティーの時、隊員は「女性を同伴すべし」という達しが出た。困り果てた北藤に、親友は自分の妹を紹介した。

それが千枝子だった。当時、まだ高校生だった千枝子は色白であどけなさが残っていた。

殺伐とした自衛隊生活の中で、一か月に一度休日に千枝子とドライブに出かけたり、食事をすることで潤いを与えられた。初めて会ってから三年後、北藤は下総基地から岩国基地への転勤を命じられた。幹部自衛官になった北藤は２ＬＤＫの民間アパートで一人暮らしを始めた。冬の夜、勤務を終えて暗く寒いアパートに帰ると無性に千枝子が恋しくなった。一緒にいたいと思った。

結婚したのはそれから一年後、北藤が二六歳、千枝子が二一歳の時だった。

そうして所帯を持ち長女の百合が生まれた。幸せな日々だったが、同じ官舎で家族ぐるみで付き合っていた親しい同僚や先輩たちが、対潜飛行艇を操縦していて相次いで墜落事故に遭遇した。

あの対潜飛行艇は空飛ぶ棺桶だ。そんな陰口がたたかれるようになった。

次は夫かもしれない。千枝子は不安を拭えなかった。ある日、千枝子が言った。

あなたが事故を起こさないよう、私にできることは何だろうって考えたの。それは食事に気を配ること、睡眠がよくとれるようにすること、常にあなたが安らいだ気持ちでいられるようにすることぐらいかしら。

千枝子はその通りに実行してきた。これまで千枝子との間に取り立てるほどの諍《いさか》いは起きなかったし、起きても翌日に持ち越すことはなかった。

北藤がNエアシステムに移籍してからも、そのような千枝子の姿勢は変わらなかった。

「もう、子どもたちにも話した方がいいのではないかしら」

千枝子が北藤を見て言った。

「そうだな。そうしよう」

北藤は決心したように言った。


「幸太、順二、話があるんだ」

夕食が終わりソファにくつろいでテレビを見ている二人に、北藤が対面に座りながら声をかけた。

肩幅があり骨格の太い長男の幸太は背中をソファに預けてゆったりと座り、上背のある次男の順二は上体を立てて座っていた。

「テレビを切ってもいいかな」

北藤は二人の了解を得ないままテーブルにあったリモコンでテレビを消した。

幸太と順二が怪訝な顔をした。佳境に入っていたドラマを一方的に消されて、二人は口を尖らせたが何も言わなかった。北藤の所作には有無を言わせない雰囲気が漂っていた。

「今日会社からお父さん宛てに、こんな文書が送られてきた」

北藤は一枚の紙片をテーブルに置いた。幸太と順二は上体を曲げて、その紙片に目を落とした。やがて幸太が顔を上げた。

「解雇予告って、何のこと?」

幸太が聞いた。状況が理解できないようだった。

「お父さんは二〇日後の大晦日に、会社をクビになるってことさ」

北藤は努めて冷静に言った。

「えっ、会社をクビになるの?」

順二が素《す》っ頓狂《とんきよう》な声を上げた。そして言葉を続けた。

「何かクビになるようなことでもしたの?」

「いや、何もしてない」

「じゃ、何故クビになるの?」

順二が北藤の顔をのぞき込んで言った。

「整理解雇っていってね、会社が経営破綻したので社員を減らさなければならなくなったということだ」

「でもN航空は史上最高の利益を上げていると、新聞で読んだことがあるよ。それなのに何故社員を減らすの？」

幸太が言った。腑に落ちないようだった。

「会社の説明では事業規模が縮小したので、それに見合った人員に一日でも早くしなければならないということだ。それが銀行などの債権者に対する約束だと言っている」

北藤は片野管財人や大東社長が説明したことをそのまま言った。

「どうしてお父さんが辞めなければいけないの？」

幸太が北藤に訊ねた。

「年齢が高かったり、病気をしたりしているパイロット九四名が解雇されることになった。つまりお父さんは年齢を理由にされた」

「年齢が高くなって操縦の腕も落ちたってこと？」

「いやそんなことはない。パイロットは経験を重ねれば重ねるほど、飛行機を安全に操縦できるものだ」

「じゃあ年齢でクビを切るっておかしいよ。年齢の高い人ほど大事にしなければいけないんじゃないの？　お父さんはそれを黙って受け入れたの？」

幸太が小首をかしげて言った。

「いやお父さんも面談で、絶対に認められないし辞めるわけにはいかないとはっきり言った。整理解雇の対象になっている九四名の人たちもそう言って頑張った。パイロットの労働組合も、こんな理不尽な整理解雇は撤回せよと団体交渉で強く抗議してきたのだが、残念ながら撤回することはできなかった」

「N航空って社員のクビをそんなにたやすく切るの？　家族があるっていうのに」

幸太は納得できない表情を浮かべた。

しばらく沈黙が続いた。

「お父さんがクビになれば僕の大学進学はどうなるの？　もうすぐ願書を出す時期なのに……」

順二が不安そうに北藤を見た。順二は思っていることをはっきり言う性格だった。建築に関心があり、建築家を目指して大学受験の勉強に励んでいた。

北藤は返事に窮した。大学進学のことは心配しなくていいよ。そう言いたかったが言えなかった。言えないことが辛かった。

「できることなら進学させてあげたいのだが……」

北藤の言葉は歯切れが悪かった。

「コーヒーでもどうぞ」

千枝子が盆にコーヒーカップを四つ載せてきた。そして北藤の隣に座った。

「他の航空会社への転職が決まれば問題ないのだが、どこも五〇歳までを条件としているので、まだ決まっていない」

北藤が率直に実情を打ち明けた。

「お父さんの転職が決まらなければ、大学進学を諦めろってこと？」

順二が涙を浮かべて叫んだ。

無理もなかった。順二にとっては思いもしないことだった。

「急な話でお前たちも驚いただろう。もっと早く話しておくべきだったがどうしても言えなかった。なんとかして転職先を見つけてお前たちを安心させたいという思いが先立ってね。ごめんな」

北藤は二人を前に頭を下げた。

「幸太も順二もお父さんを責めないでね。お父さんにはどうしようもないことだから……」

千枝子が諭すように言った。

「うん分かった。こうなったのはお父さんの責任じゃないことだけは確かだよね。お父さんも被害者だよね。僕もお父さんが悪いとは思わないよ」

幸太が腕を組んで言った。思慮深い幸太は順二と違って感情を表に出さなかった。

幸太も多分、大学をこのまま続けていいのか悩んでいるだろうと北藤は思った。幸太は経営学を専攻していた。

「分かってくれて有り難う。それじゃ今日はこれまでにして、これからお互いにどうしたらいいか別の機会を設けてゆっくり話し合いましょう」

千枝子がしんみりと言った。

「うん、そうしよう。順二、コーヒーを飲んだら部屋に戻ろうよ」

幸太が言った。順二はうなずくとコーヒーを一気に飲んだ。二人は席を立った。順二は思い詰めた表情をしていた。北藤も千枝子も二人に与えた衝撃の深さを思い、しばらく黙ったままだった。

やがて北藤が口を開いた。

「幸太と順二には人生の出発点でつまずかせてしまった。僕も辛いが二人とも辛いだろうな……」

北藤はうつむいた。

「百合には私の方から話しておくわね」

長女の百合は結婚して家を出ていた。

「うん、頼む」

百合は昔から親思いの娘だったから、僕がクビになることを知ったら悲しむだろう。幼稚園に通っている孫の翔にも、これまでのように玩具を買ってあげられなくなるかもしれない。

そう思って百合に電話する気になれなかったので、千枝子の言葉にほっとした。

「幸太の言葉には救われたが、内心はこれからどうしたらいいか悩んでいるだろうね。順二は立ち直ってくれるだろうか」

「子どもたちを信じましょうよ。幸太も順二も試練に立ち向かって、きっとたくましく育っていくと思うわ」

千枝子が励ますように言った。

「そうだね」

北藤はうなずいた。ともすれば悲観的な考えに陥りやすい北藤にとって、千枝子の前向きな言葉は有り難かった。

「会社に頼らずに、もう一度自分で職探しをしてみよう」

北藤は言った。なんとしても幸太の大学卒業と順二の大学入学の夢を叶えてあげなくてはと思った。

5章　求職の果て

整理解雇の予告通知を受けてから三日後、北藤は大阪の谷町線終点の八尾南駅に降り立った。時刻は午後一時を回っていた。改札口を出ると駅員に教えてもらった道順で八尾空港に向かって歩き出した。商店や事務所や住宅が混在している通りを抜けると、フェンスに囲まれた滑走路が見えた。

そこが八尾空港だった。小型航空機専用の空港としては規模の大きい空港だと聞いていたが、旅客が多い空港しか経験のない北藤にとっては滑走路の短いこぢんまりとした佇まいに見えた。

バタバタという突然の音に見上げるとヘリコプターが飛び立つところだった。雲一つない青空を背景に白い機体が太陽光線を反射してまぶしかった。見渡せば八尾空港は住宅地に囲まれていて、遠くに低い山並みが横たわっていた。

北藤はフェンスに沿って航空会社が並ぶエリアまで歩いた。これが最後のチャンスかもしれない。なんとしても再就職の感触だけはつかみたいと思った。

昨日は霞ヶ浦にほど近い茨城県の阿見飛行場まで車を走らせた。そこは畑と林に囲まれた小さな滑走路が一本とT航空の格納庫、それにバラック建ての事務所があるだけだった。T航空は遊覧飛行や航空写真、操縦訓練を生業としていた。北藤は前もって電話しなかった。電話で断られたらそれきりなので、とにかく会ってもらいたいと思ったからだった。

世間の不景気で遊覧飛行も操縦訓練も閑古鳥が鳴いていましてね、わざわざ来ていただいて申し訳ないですなあ。事務所のソファに一人ぽつねんと座っていた初老の男性が言った。

北藤は海上自衛隊時代、所属していた対潜飛行艇部隊が解隊になった後、下関の小月基地で学生の操縦教官に任命された。操縦教官は操縦教育証明を取得しなければならなかった。取得試験は難関だったので毎朝三時に起きて受験に備え、半年後に無事合格した。その資格が生かせるのではと思ったのだ。

北藤は今日も事前の連絡なしに来た。通用門をくぐり航空会社の格納庫とそれに付随する二、三階建ての事務棟が軒を連ねる一角に歩いて行った。

しばらくすると「D航空」と壁面に赤いペンキで書かれた格納庫が見え、寄り添って事務棟があった。

D航空は昨日訪問したT航空に比べると遊覧飛行、写真撮影、操縦訓練などをはるかに大きな規模で展開していた。北藤はD航空に操縦訓練の教官として採用されることを願っていた。もし採用されれば単身赴任になるがやむを得ないと思った。

昨日訪れた阿見飛行場とは違って、駐機場には小型航空機やヘリコプターが所狭しと並んでいた。

事務棟の前で立ち止まるとグレーのコートを脱いだ。ネクタイの締め具合を両手で確かめると、咳払いをしてドアを開けた。室内はこぢんまりとしていた。手前にカウンターがあって、内側に若い女性が座っていた。

「あのう」

北藤が声を掛けるとすぐに立ち上がった。

「人事部の方にお会いしたいのですが」

「失礼ですがどなた様でしょうか？」

「私はN航空のパイロットの北藤と申します」

「ご要件をお聞きしてよろしいですか」

「御社に採用してもらえないかと思いまして、参りました」

彼女は驚いたように北藤を見つめた。大手のN航空のパイロットが小規模のD航空に求職に訪れるなど考えてもみなかったのだろう。

「分かりました。あちらの椅子におかけください」

北藤は言われるままに入り口の左手に並んでいる椅子に座った。

「お待たせしました。人事課長が直接お会いするそうです」

そう言って右手の奥にある応接室に案内した。応接室のベージュ色の壁にはD航空のマークのついたセスナ機やヘリコプターの写真が飾ってあった。

突然事務室側のドアが開いた。北藤は反射的に立ち上がった。

「お待たせしました」

五〇歳前後の中肉中背の男性が現れた。焦げ茶色の背広を着ていた。

「人事課長の色部と申します」

「北藤と申します」

　お辞儀をしながら名刺を交換した。色部は北藤に着席を促し、対面に座った。

「訪問いただいた主旨は受付の者から聞いておりますが、もう少し詳しくお話し下さいませんか」

　話を聞いてくれるからには脈があるかもしれない。北藤はかすかな望みを感じた。

　そうしてN航空が経営破綻後、整理解雇の人選基準案を発表し、自分も年齢を理由に対象の一人であることを話した後、最後に略歴を付け加えた。

「私は五六歳で、一六年間N航空で中型機の副操縦士をしております。その前は二〇年間海上自衛隊で対潜飛行艇の機長や学生の操縦教官をしておりました。操縦教育証明を取得しております。小型機から大型機までの操縦教官ができます。乗務歴はかれこれ三六年になります。御社でお使いの小型練習機は海上自衛隊にもありまして、学生たちに操縦を教えていました。また幸いに健康にも恵まれておりまして、三六年間一度も乗務を長期離脱したことがありません」

　北藤は一気に心を込めて話し終えた。その間色部は時折うなずきながらじっと耳を傾けていた。

「豊富な乗務歴をお持ちなのですね。北藤さんのような方は弊社では喉から手が出るほど欲しい人材です」

　色部が感心したように言った。

　ひょっとしたら採用してもらえるかもしれない。北藤は次の言葉を待った。

　色部はしばらく考え込むように小首をかしげていたが、意を決したように言った。

「大変残念ですが、今弊社も経営が大変厳しい状況でして、北藤さんを採用したくても余裕がないのです」

　希望は一瞬に消え失せた。しかしすぐに引き下がる訳にはいかなかった。一家の生活がかかっていた。

「経営者や医者などの富裕層が自家用操縦の免許をめざしていると聞いております。私は初めて飛行機を操縦する学生を相手に操縦教官をしておりましたので、教えることには自信があります」

「私も北藤さんの力量は疑いの余地がないと確信し

ております。北藤さんがおっしゃるように、かつてはお金持ちの間に自家用操縦免許を取ることが一種のステータスシンボルになったことがありました。でも今は不景気ですっかり影をひそめました。パイロットを目指す若者たちも以前のようにはいないのですよ」

色部は言いにくそうだった。

「そうですか」

北藤は肩を落としてつぶやいた。わずかな望みもすっかり消え失せてしまった。

「ご期待に添えずに申し訳ありません。弊社の業績が好調であれば一も二もなく北藤さんに来ていただきたいのですが残念です」

色部が頭を下げた。

「お忙しい中、話を聞いていただいて誠に有り難うございました」

北藤は立ち上がった。これ以上色部と話しても無理だと思った。

北藤は駅に向かって引き返した。滑走路からセスナ機が飛び立つのが見えた。

今日のような、風もなく雲一つない日の操縦は快適だろうな。

北藤は心の底からもう一度空を飛びたいという欲求が湧いてきた。しかし今ではもうその夢は完全に打ち砕かれてしまった。再びセスナ機を見上げることはなかった。うなだれながらとぼとぼと歩いて行った。

八尾南駅の改札を通ってホームの前方に立った。八尾南駅は終着駅だった。午後のホームに人影はなかった。

電車が近づいてきた。

今、身を投げれば確実に死ぬ。生命保険で幸太の大学生活も続けられるし、順二も大学に進学することができる。

電車との距離が縮まった。

その時耳元でささやく声がした。

自殺する気なら何でもできるぞ。

北藤は体が硬直して動くことができなかった。電車が目の前をゆっくり通って、やがて停まった。北藤はその場に呆然と立ち尽くした。

我に返ったのは、目の前の電車の出発を知らせるベルが構内に鳴り響いた時だった。

　自宅にたどり着いたのは午後一〇時過ぎだった。新幹線に乗って新横浜駅には午後八時に着いたのだが、駅前の居酒屋に入った後、冷え込む繁華街を首をすくめてふらふらと歩いて時間を費やした。

　もし採用が内定すれば一目散に帰ってみんなを喜ばせるつもりだった。今日のことは幸太と順二には内緒にしていたが早く帰って顔を合わせるのが辛かった。

「ただいま」

　食卓に座っている千枝子に声をかけた。幸太と順二の姿はなかった。このところ幸太も順二も北藤を避けるかのように、自分の部屋に閉じこもることが多くなっていた。

「お帰りなさい。外は寒かったでしょう。熱いお茶を淹れるわね」

　千枝子が台所に立った。北藤は食卓に腰を下ろした。そして千枝子の背中に言った。

「駄目だったよ」

　千枝子の背中がぴくりと動いた。一呼吸置いて千枝子は背中を向けたまま返事した。

「そう、残念だったわね」

　くぐもったやや早口の声だった。いつもはゆったりした口調の千枝子だったが、やはり期待していたのだ。

　千枝子が湯呑みを置いた。熱いお茶が冷えた体と心を少しずつ解かしていった。

「幸太も順二も帰っているかい？」

「ええ、さっきまでここで話をしていたの」

　千枝子が湯呑みを手に持って言葉を継いだ。

「幸太が言ったわ。僕らの人生を狂わせようとしているのがお父さんのせいじゃなくて会社だってこと、僕も順二もよく分かっているんだけど、その怒りをどこにどうやってぶつけていいのか分からないんだ、心の中がもやもやとして僕も順二も勉強が手につかないんだって。今二人とも苦しんでいるわ」

　千枝子はいつになく湿っぽい声になっていた。そういう千枝子も苦しんでいたし、そこから抜け出す術を持っていなかった。北藤は幸太と順二が自暴自棄になるのを密かに恐れていた。

「明日ハローワークに行ってみようと思う」

　北藤が言った。千枝子は黙っていた。

「もう、それしかないと思う」

「そうねえ」

気乗りのしない返事だった。

このところ幾度となくハローワークに通っている千枝子は、若者であふれている状況から見て五六歳の北藤を良い待遇で雇ってくれるところなどないと、容易に想像できるのだった。


翌日、北藤は午前中に横浜駅にほど近いハローワークに行った。ハローワークは雑居ビルの一角にあった。

室内はかなり混雑していたがパソコンに見入っている人がほとんどで静かだった。

「職を探しに来たのですが……」

受付の中年の女性職員に声をかけた。

「あそこにある『求職申込書』を書いてください」

女性職員は事務的に言うと、北藤の背後のテーブルを指さした。言われるままに「求職申込書」を書いて提出した。

「それでは『求人検索コーナー』のパソコンで探して下さい。タッチパネル式ですので簡単に操作できます。希望する求人が見つかりましたら印刷してください。それを基に『相談コーナー』で担当の職員が相談させていただきます。求人は何百件とありますから根気よく探してくださいね」

そう言って北藤を「求人検索コーナー」に連れていった。背中合わせに並んでいるどのパソコンも埋まっていた。

「こちらでどうぞ」

ようやく空席を見つけた女性職員が小声で言った。

北藤は初期画面から「シニア応援」の項目をタッチした。最初に現れたのは「マンション管理人」募集だった。「中高年・未経験者大歓迎」という文字に引きつけられた。良い結果が得られるかもしれないと思った。北藤は「仕事の内容」覧を見た。「エントランスや階段などの共用部分の掃除、駐車場や建物の不具合の点検、ゴミ置き場でゴミの分別や整理、清掃、施錠の確認、管理室での対応、植物の水やり」などと書かれていた。仕事としては物足りなかったが、今はあれこれ選ぶ身分ではないと自分に言い聞かせた。「労働条件」欄を見た。賃金は月額一三万円、雇用形態は契約社員となっていた。北藤が希望する金額よりもはるかに低かった。

「マンション管理人」募集がしばらく続いた。どこもパート・アルバイトで時給が一〇〇〇円前後だった。

これでは話にならないと思った。

次に進んだ。「道路工事現場での交通誘導警備員」募集になった。「二〇代から中高年まで幅広い方が活躍しています」とあって、仕事内容欄には「通行人の方へのお声がけが主な仕事で、未経験者でも研修がしっかりしているので、すぐに現場で働くことができます」と書かれていた。賃金は時間給で、月給にすると二〇万円前後になるとのことだった。

交通誘導警備員の仕事がしばらく続いた。賃金はほぼ同じだった。

次は「家電製品の解体・分別作業」募集だった。「シャワー室完備」となっているので汗と埃にまみれる重労働だろうと思った。

「リサイクル工場内での建築廃材の仕分け・選定作業」など、同じ職種の募集が続いた。賃金はどれも時給一〇〇〇円前後だった。

その後「公園や道路の清掃作業」「ビルの巡回」「コインパーキングの管理代行」などがあったが、賃金はどれも希望にはほど遠かった。

検索を始めてから一時間が過ぎていた。北藤は目に疲労を覚えた。これ以上検索しても時給一〇〇〇円前後、日給一万円前後、月給は税込みで二〇万円程度という賃金に変わりはないだろう。

僕と千枝子の二人だけの生活だったらマンション管理人でも、交通誘導警備員でも家電製品の解体・分別作業でも厭《いと》わない。働きがいがなくても少しばかりきつい労働でも頑張れる。しかしこれらの賃金では幸太と順二の大学生活を保障することはできない。

「仕事が見つかりませんでした。また来ます」

女性職員にそう言うとハローワークを出た。また来ますと言ったが二度と来る気にはなれなかった。

師走も半ばになって昼下がりの街を行き交う人たちが足早に追い越していった。ただ北藤だけが力のない足取りで駅に向かって歩いた。

これがパイロットという肩書きをもぎ取られた、五六歳の僕の現実なのだ。この三日間、僕が追い求めてきた道はすべて絶たれた。もう幸太と順二の大学生活を保障することができなくなった。

そう思った時、はたと気づいた。整理解雇されれば一家の生活そのものが立ちゆかなくなる。どうしても働かなくてはならない。やはりハローワークをまた訪ねるしかないと、北藤は思った。


それから二日後、一二月一五日の午後三時に北藤はパイロットユニオンの組合事務所に行った。

昨日次のメールが届いた。

整理解雇撤回の闘いについて今後の方針を伝え、解雇予告を受けた方々のご意見をお聞きしたいと思います。ついては明日から一週間、午後三時に会議を設定しますので都合の良い日に組合事務所にお立ち寄りください。

組合事務所の会議室には一五人ほどが集まっていた。しばらくして野末が姿を見せ、北藤の隣に座った。

「先日は家まで送ってもらって申し訳ない」

「いや遅くまで引き回した僕こそ悪かった」

あの日から野末との距離が縮まったように思えた。

「それでは委員長の宇垣から、今後の方針について説明します」

書記長の三石が言った。三石を挟んで右に宇垣、左に坂田の顔もあった。

「会社に対して昨日付けで『一二月九日付けの解雇予告通知を撤回すること』という要求書を提出しました。あくまでも整理解雇撤回を要求していきます。しかし整理解雇が撤回されない場合です。その時は裁判で闘うと、一昨日有志の方々が表明されました。同時に解雇予告を受けた人たちに一緒に闘おうと呼びかけています。執行部はこの呼びかけに応えて裁判で闘うことで一致しました。皆さんの率直なご意見をお願いします」

次々に声が上がった。

「理不尽な整理解雇を認めることは到底できない。解雇予告を撤回しない時は裁判に加えて欲しい」

背が高く色黒のパイロットが言った。北藤と同世代に見えた。彼も再就職ができなかったのだろう。

「もちろん僕も納得できない。裁判をやりたい」

「裁判に勝って、整理解雇が間違いだったと会社に謝罪させたい。でなければ腹の虫がおさまらない」

「裁判で闘う」という運動提起は参加者の気持ちそのものだった。

「裁判をするかどうかは、最終的には一人ひとりの意思ですからよく考えて下さい」

宇垣が見回して言った。

北藤は戸惑っていた。これまで再就職先を探した。しかしその道は全て閉ざされた。最後の手段としてハローワークでの職探しを始めていた。

整理解雇された後はN航空とは無縁の世界で仕事を見つけるしかないと思っていた。ところがそうではなくてN航空を相手に裁判を始めるという。北藤の考えとは大きな隔たりがあった。北藤は困惑していた。

「会社が解雇予告を撤回しなかったら一緒に裁判をやろうよ。ここで手を引いたら一生悔いが残るよ。裁判に勝ってもう一度操縦桿を握ろうよ」

野末がささやいた。その言葉が北藤の心に響いた。

理不尽な理由でクビを切られようとしているのに僕はすごすごと会社を立ち去ろうとしている。負け犬同然ではないか。もう一度乗務したい、それが偽りのない痛切な思いではないか。

「僕も裁判をやる」

北藤がきっぱりと言った。坂田が大きくうなずいた。

北藤は野末と組合事務所を出た。旅客ターミナル駅で京浜急行に乗った。席に座るとすぐに発車した。

「僕はまだ職を探しているが、君は見つかった？」

北藤が周りを気にして小さな声で聞いた。

「大学時代の親友が公認会計士をしていてね。事務係の前任者が辞めることになったので手伝ってくれないかと誘ってくれたんだ。有り難いが未経験者の僕に果たして務まるかという不安もあるんだ。女房は昔高校の数学教師をしていたこともあって、学習塾で働くことになった。九州の田舎の両親には仕送りする余裕がなくなったから、こちらに引っ越すように説得を続けているが、なかなか応じてくれなくてね。あの年齢になって住み慣れた田舎を離れたくない気持ちはよく分かるんだが……」

野末は最後の言葉を濁した。野末は夫婦とも働き口を見つけ一家の生活が成り立つ見通しができたのだ。これで中学生の息子二人も安心して勉学に励むことができるだろう。しかし両親のことはまだ解決していなかった。両親の心情を思えば野末も辛いだろう。

「裁判を始めるとなると、いろんな労働組合に支援要請に行ったり街頭で宣伝したりする運動が必要になると思う。会計事務所に勤めるとなるとそれらの運動がどれだけできるだろうか」

野末はそれが気がかりのようだった。

電車は横浜駅に着いた。野末とはもう少し話したかったが別れを告げた。野末はそのまま横須賀まで乗っていった。

北藤は野末と別れて午後七時過ぎに帰宅した。夕食の準備を終えたばかりの千枝子が、手持ち無沙汰に食卓に座っていた。真ん中には卓上コンロが据えられ、その上に土鍋が載っていた。

「ただいま」

テレビを見ていた千枝子に声をかけた。

「ああ、お帰りなさい。今夜は冷えるので鶏の水炊きにしたわ」

千枝子が笑顔を向けた。北藤はその笑顔を見ると我が家に帰ったやすらぎを覚えるのだった。

北藤は土鍋をのぞき込んだ。一煮立ちさせた鶏のぶつ切りが浮かんでいた。鶏肉のほのかな匂いが食欲をそそった。横の大皿には切った野菜などの具材が盛り付けられていた。

鍋は家族揃って食べるのが一番だ。

「幸太と順二は？」

「幸太はゼミ仲間の忘年会とかで遅くなるらしい。順二は私にも相談せずに、今日から中華料理店のバイトに行くと言って夕方に出かけたの」

このところ息子たちと食事をとることが少なくなっていたので、久しぶりに鍋を囲んで一緒に食べられると思ったのに期待が外れてしまった。

「それは残念だな。順二は受験も迫っているのにバイトして大丈夫かな？」

なにげなくつぶやいた北藤だったが、すぐに大学進学さえも危うくなっているのに気づいた。自分の軽率な言葉が腹立たしかった。順二はどういう思いで中華料理店にバイトにいくことにしたのだろうか。受験勉強に集中させてやれないことに、北藤は今更ながら整理解雇の残酷さを覚えるのだった。

千枝子は黙っていた。千枝子も順二のバイトを引き止めなかったのだろう。

「さあ、食べましょうよ」

千枝子が気持ちを切り替えて言った。

「うん、そうしよう」

北藤も明るく応じた。

千枝子が卓上コンロに点火するとまもなく湯気が立ち始め、千枝子が白菜や春菊、春雨などを入れた。

「そろそろ食べ頃よ」

取り皿の中に鶏と豆腐とネギを摘んだ。頰張ると柚の香りが広がった。冷え切った体が次第に温まってきた。しばらくの間食べることに集中した。

一息つくと北藤が言った。

「今日の組合の集会で、整理解雇になったら裁判闘争を行うという執行部の提案に全員が賛成した。このままじゃ引き下がれないというのがみんなの気持ちだった。僕は今まで裁判することなど考えたことがなかった。僕でもみんなの意見や野末さんと話して、僕も裁判に加わりたいという気持ちになった。裁判に勝ってもう一度職場に復帰するんだという気持ちが湧いてきたんだ」

千枝子が残り少なくなった土鍋に具材を足した。

「君はどう思う？」

北藤が尋ねた。

「裁判をやるしかないとあなたが思うのも当然ね。ブランクスケジュールなど酷いことをずっとやられているんだもの。私も裁判に勝ってもう一度乗務に復帰して欲しいと心から思うわ。でも勝つとは限らないし負けることもあると思う。その時はいっそうみじめな気持ちにならないかしら」

千枝子が北藤を見つめて言った。

「そうなるかもしれない。しかし裁判をやらなかったら、お前たちは不必要な人間だと言われたことを認めたことになる。そして納得できないままに毎日を生きることになるだろう。僕にはそんな毎日は耐えられない。裁判することは人間としての、そしてパイロットとしての誇りを取り戻すことでもあると思うんだ。今日の集会でそのことに気づかされた。だから裁判に勝って、もう一度操縦桿を握ってこそ、僕は本来の自分を取り戻せると思う」

北藤は取り皿に鶏肉と白菜を入れ、骨の付いた鶏肉を箸で挟んだ。

「やるからには勝たなくてはね。でも裁判に勝つってたやすいことではないと思う」

千枝子が手を休めて言った。

「野末さんも裁判には運動が必要だと言っていた。彼は友人の会計事務所で働くらしいが、運動ができなくなるのを気にしていた。僕も働かなくてはいけないから、その点は野末さんと同じだが……」

裁判が始まったら自分に何ができるか見当がつかなかった。

「どうであれ、僕はやはり裁判をやろうと思う」

自分に言い聞かせるように言った。

千枝子は黙ってうなずいた。

6章　迫る大晦日

一二月二四日の午後一時過ぎ、北藤はJR有楽町駅前のマリオン前広場に降り立った。駅前広場はせわしなく行き交う人たちでごった返していた。

昨夜遅くパイロットユニオン執行部から次のメールが届いた。

明日と明後日に予定されていたキャビンユニオンのストライキは都合により中止となりました。ストライキに代わって有楽町駅前のマリオン前広場で、整理解雇方針の撤回を求める署名と支援をお願いするチラシを配ることになりました。パイロットユニオンとしても全面的に協力することにしたので、多くの参加をお願いします。

またも予期しないことが起きた。キャビンユニオンは会社の妨害をはねのけて九〇パーセントを超える賛成率で争議権を確立していた。それなのに何故中止したのだろうか。中止の理由は書かれていないかった。

　駅前広場には黒い模擬制服を着た大勢のキャビンユニオンの組合員たちが、全体に散らばって署名を呼びかけたりチラシを配ったりしていた。その中にやはり模擬制服のパイロットの姿も散見された。

「N航空はパイロットと客室乗務員合わせて二〇二名を一週間後の大晦日に整理解雇しようとしています。いずれも経験を積んだベテランばかりです。私たち乗務員の使命はお客様を安全・快適にお運びすることです。経験豊富なベテランを整理解雇することは、安全を切り捨てることと同じです。整理解雇反対の署名をお願いしております。チラシもお配りしております。どうか手に取ってお読み下さい」

　広場の片隅に停めた街宣車の上から声が響いた。整理解雇の予告を受けた客室乗務員の歯切れの良い声だった。

　広場の中央寄りに上背のある野末の姿があった。野末も模擬制服姿で肩から黄色いタスキを掛けていた。タスキには青い字で「整理解雇は再生に逆行」と書かれていた。左手にチラシの束を持っていた。

「ああ君も来たんだ。あの街宣車の中に模擬制服があるから着替えるといいよ」

　野末は街宣車を顎《あご》でしゃくった。

　北藤は言われるままに街宣車のドアを開けた。積み重ねられた箱から黒い模擬制服を取り出して、ズボンを穿き上着を着てネクタイを締めると、これから乗務に行くような錯覚を覚えた。

　制服はかれこれ三か月も着用してなかった。もう一度制服を着て乗務したいという思いに駆られた。しかし今はその思いから最も遠いところにいる。今から模擬制服を着てチラシを配る。

　北藤はタスキを掛けると街宣車から降りた。野末の位置までわずかだったが緊張でガクガクした足取りになった。

「じゃ、これ配って」

　野末がチラシの束の半分を渡した。

　北藤の前を人々は足早に通り過ぎて行く。チラシを出しそびれ、北藤はただ立っているままだった。

　どこからかクリスマスソングが聞こえてきた。今日はクリスマスイブなのだ。去年のイブには孫の翔にレールの上を走る電車の玩具を買ってあげた。翔はとても気に入って、いつも電車と遊んでいると娘の百合が言っていたっけ。しかし今年はプレゼントを買ってあげることを忘れていた。翔に悪いことをした気になった。

恰幅《かっぷく》の良い中年の男が通り過ぎようとしたので、思い切ってチラシを差し出した。男は怪訝な顔をして北藤を見ただけだった。

次は二〇代の女性が来た。スマートフォンを見つめたまま、チラシを無視して通り過ぎた。

次は六〇代と思われる二人連れの女性が夢中で話しながら来たが、チラシなど眼中になかった。

チラシを配るのは簡単だと思っていたが、こんなに難しいものなのか。北藤はすっかり自信をなくしてしまった。右隣の野末のチラシも受け取る人はいなかった。チラシを配る手つきもぎこちなかった。

「今まで駅頭などでチラシを配ったことはなかったからなあ……。それにしてもなかなか受け取ってもらえないものだね」

野末が苦笑した。

ふと左側を見ると、数メートル離れたところで客室乗務員がチラシを配っていた。年格好から、客室乗務員の人選基準の五三歳を少し超えているように見えた。

細面の彼女は柔らかな笑顔を浮かべ、声をかけながら配っていた。彼女のチラシは多くの人が受け取っていた。これまで乗客をもてなしてきた経験がチラシ配りにも生かされているように見えた。それに比べてパイロットは操縦室の計器を睨みながら飛んでいる。とてもあのようにはできないと北藤は思った。

北藤はしばらく彼女の仕草に引きつけられていた。しかしこのまま突っ立っている訳にはいかなかった。一枚でも多く配って整理解雇のことを知って欲しかった。どうしたらあんなに受け取ってもらえるだろうか。北藤は意を決して彼女に近づいた。

「チラシを受け取ってもらえないのです。コツがあったら教えて下さい」

彼女は手を休めると微笑んで言った。

「コツかどうか分かりませんが、チラシを差し出すときにその人の目を見ます。そしてどうぞお受け取り下さいとか、ご支援をお願いしますと一言付け加えています。チラシを読んでいただきたいというこちらの気持ちを伝えることが大切でしょうね」

北藤はその程度ならやれそうだと思った。

「参考になります。やってみます」

「頑張って下さい」

彼女が北藤を励ました。

「ついでに申し訳ありませんが、ストライキ中止の理由をお聞きしていいでしょうか」

北藤が遠慮がちに言った。

「それは……」

彼女は表情を曇らせたが話し始めた。

「マネージャーたちの酷い妨害がありました。争議権確立の時ははね返したのですが、今度の妨害はもっと酷いものでした。『経営破綻したのにストライキなんて非常識だ』『ストライキをしたら支援機構と銀行が出資を取り止める。そうなったら二次破綻だ』って出勤時と退社時に繰り返し脅されたのです。組合員に動揺が走りました。団結を守るためにやむなくストライキを中止しました」

そう言って俯いたが、すぐに顔を上げた。

「でも多くの組合員たちが屈することなく頑張ってくれました。隣の田辺あずささんのように応援に駆けつけた人たちもたくさんいます」


彼女の左隣に、四〇歳前後の客室乗務員が署名用紙を台紙に載せて立っていた。

「君も辛い思いをしたんだろうね」

田辺に話しかけた。

「私たちが育児しながら乗務できるのも、先輩たちが闘ってその権利を勝ち取ったからです。その先輩たちが整理解雇されるというのに、ストが中止になって申し訳ない気持ちでいっぱいです」

田辺は悔しそうに言った。いつまでもこうして話している訳にはいなかった。

「お邪魔しました。私は解雇予告通知を受けている副操縦士の北藤徹です」

「香山由布子と申します。私も解雇予告を受けています。お互いに頑張りましょう」

北藤はその場を離れた。再び野末と並んだ。

バッグを手に持った三〇代のビジネスマンが早足で通りかかった。

「よろしくお願いします」

北藤は相手の目を見てチラシを差し出したが、一瞥しただけで通り過ぎた。

次は昼休みを終えてオフィスに戻る三人の中年男

性だった。

「ご支援をお願いします」

やや大きめの声で言ったが、手前の男性は北藤を見ると手を横に振って拒否の反応をした。

香山が教えてくれた通りにしたがチラシは一枚も捌《は》けなかった。しかしこのやり方で続けるしかなかった。

七〇歳過ぎと思われる銀髪の女性がゆっくりとした足取りで通りかかった。

「ご支援をお願いします」

お辞儀をしてチラシを差し出した。その女性は立ち止まってチラシを受け取ってくれた。

「N航空の整理解雇反対のご支援をお願いします。私も解雇予告の通知を受けている一人です」

北藤が言った。

「まあ、そうなの」

その女性が北藤をじっと見つめた。

「よろしければ署名もお願いできないでしょうか」

北藤は軽く頭を下げた。

「私は首切りなんて絶対反対よ。もちろん、いいわよ。どこに署名したらいいの?」

女性はすぐに応じてくれた。北藤はその女性を田辺の前まで連れて行った。

「田辺さん、こちらの方が署名してくださいます」

「有り難うございます」

田辺が丁重にお辞儀して女性にボールペンを渡した。

ようやくチラシを受け取ってもらった、そして署名まで。たった一枚のチラシを配っただけの些細な出来事だったが、大きな仕事を成し遂げたような充実感を覚えた。

北藤は再び野末とチラシを配り始めた。

「ご支援をお願い致します」

北藤の声は今までよりも力強く気持ちがこもっていた。チラシを受け取る人は少なかったが北藤はもうひるまなかった。一人でも多くの人に読んでもらえればそれでいい。そう思うと気が楽になった。

「どうぞお読み下さい」

野末の声も大きくなった。北藤と野末の声が周りに絶え間なく響き始めた。そうするとチラシを受け取る人たちが確実に増え始めた。北藤と野末はコツを摑んで根気よくチラシを配り続けた。

ふと横を見ると香山と田辺が先ほどの銀髪の女性とまだ話し合っていた。

　しばらくして香山と田辺が笑顔で近づいてきた。

「先ほどの方が『詳しくお聞きしたいわ』とおっしゃるので、田辺さんと二人で今までの経過を話しました。そうしたら『署名を広げたいので用紙をください』と言われて二〇枚ほどお渡ししました。北藤さんのおかげです」

「僕はお連れしただけだから」

　北藤は謙遜したが、署名を集めるという女性の言葉に嬉しさがこみ上げてきた。

　それから一時間ほどして宣伝活動は終わった。


　宣伝行動の後、夕方から航空労組連絡会など航空関係の労働組合が入居しているウイングビルで、「はね返そう！　N航空の『不当解雇』決起集会」が開かれた。決起集会の会場となったウイングビル三階の会議室は二〇〇名を超す参加者であふれた。

　激励のために駆けつけた外部の労働組合や団体の人たちの姿が目を引いた。

　全労連議長の黒崎が挨拶した。

「私たちはナショナルセンターの枠を超えて一一団体が呼びかけ人となって『N航空の不当解雇撤回をめざす国民支援共闘会議』の結成集会を三日後の二七日に行います。皆さん一緒に頑張っていきましょう」

　次いで全労協の金川議長が挨拶した。

「皆さんにかけられた不当な解雇は私たちにかけられた攻撃です。撤回させるまで共に闘います」

　続いて全国港湾の糸山委員長、日本マスコミ文化情報労組（ＭＩＣ）の西林議長などが次々に激励の挨拶をした。会場は熱気に包まれた。

　一二月二七日、「N航空の不当解雇撤回をめざす国民支援共闘会議」の設立総会が都内で開かれた。

　共闘会議には自由法曹団、新婦人、全国港湾、全商連、全労連、全労協、東京地評、南部法律事務所、婦団連、ＭＩＣ、農民連と一一の広範な団体が結集した。その構成員は合わせて三五〇〇万名を超える。設立総会では「安全運航第一のN航空をめざし、整理解雇撤回の実現に全力で取り組む」という結成宣言を、あふれるほどの参加者の大きな拍手で採択した。

翌一二月二八日にはパイロット原告団の結団式が行われ、原告団長に機長で最年長の元山久弥が、事務局長に同じく機長で元山に次ぐ年齢の清沢賢が満場一致で選出された。北藤にとっては、元山も清沢も今まで面識のなかった人たちだった。

パイロットユニオン執行部は諦めることなく、会社に対して「解雇予告通知の撤回」を求め続けた。しかし会社が聞き入れることはなかった。

時間は刻一刻と整理解雇日の一二月三一日に迫っていった。

二〇一〇年の大晦日になった。

朝から自分の部屋の隅に積み重なった本や雑誌を本棚に並べたり、机の上に乱雑に置かれた「組合ニュース」を整理したり、リビングやダイニングに掃除機をかけたりしていたが心はそこになかった。

例年と変わらない大晦日だけど、僕は今日をもって整理解雇される。ここに至ってはもう決定的だ。

夕食が終わってから、今後のことについて家族会議を開くことになっていた。再就職先がいまだに決まらない僕は家族会議で何をどう発言したらいいのだろう。幸太の進級と順二の進学を保障できないことが何よりも辛かった。

夕食での会話は弾まなかった。年越し蕎麦と千枝子が揚げた、大皿いっぱいに盛られた海老や野菜の天ぷらを四名は黙々と食べた。今日限りで整理解雇されるという事実が四名の上に重くのしかかっていた。

夕食が済むと北藤はリビングのソファに席を移した。傍らのテレビからは、趣向を凝らした衣装の歌手たちが晴れやかな表情で歌う声が流れていた。去年までなら食後に四名揃ってみかんを食べながらそれを見るのを楽しみにしていた。あの安らいだ家族の一コマはもう戻ってこないのだろうか。

紅白歌合戦を見る気がしなかった。リモコンでテレビを消した。リビングルームが静かになった。台所から食器の触れ合う音が聞こえた。幸太と順二は気まずい雰囲気を察していったんそれぞれの部屋に戻った。

やがて後片付けを終えた千枝子がコーヒー四つと煎餅《せんべい》を入れた菓子器を盆に載せてきた。

「幸太、順二、コーヒーを淹れたわよ」

千枝子が部屋を覆っている重苦しい空気を追い払うように、明るく大きな声で呼んだ。

いつものように左側のソファに北藤と千枝子が座り、テーブルを挟んで右側に幸太と順二が座った。幸太は緑のセーター、順二はクリーム色のタートルネックを着ていた。

四人は黙ってコーヒーを飲んでいたが、やがて北藤が口を開いた。

「これまでのことを簡単に話そう。パイロットユニオンは解雇予告撤回を強く迫ったが会社は一切聞き入れなかった。本日をもってお父さんは解雇される。年が明ければ失業の身だ。幾度もハローワークに通って職を探しているが、お父さんの年齢になると条件の良い仕事がなかなかなくてね。でも決めるしかないと思っている」

幸太は背中をソファに預けて、順二は上体を立てて座っていた。

「そのことならお母さんから聞いているよ。その先が問題なんだよ」

順二が言った。咎《とが》めるような口調だった。

「そうだね。一家の生活がかかっているから、じっとしている訳にはいかない。年明け早々にハローワークに行って、とにかく仕事を決めることにする。ただ幸太と順二の学費をまかなうだけの給料を得ることは無理だと思う。心苦しいお願いだが学費はそれぞれバイトで稼いでもらえないだろうか」

北藤はテーブルに目を落として言った。幸太は腕組みをして目を閉じていた。順二はうつむいていた。

「それしか方法がないかしらねえ」

千枝子がため息をついて言葉を継いだ。

「バイトに追われて学業がおろそかにならないかしら」

「順二は入学早々から四年間、バイトに明け暮れるとなると勉強に影響が出るだろうな」

幸太が天井を仰いで言った。

「僕は大学には行かないよ」

順二が言った。

「えっ」

千枝子が声を上げた。

「バイトをしている中華料理店で雇ってくれるというんだ。今は皿洗いだが、ゆくゆくは料理も教えてくれるというんだ」

順二の言葉には無理に自分を納得させる響きがあった。順二は中華料理店でバイトを始めたときから、大学進学を諦めていたのだろうか。

「それでいいのかい。順二の夢は建築士になることではなかったのかい」

北藤が順二の顔をのぞき込んで言った。

「だって他に方法がないじゃないか」

順二が怒ったように言った。順二の言う通りだった。何と間抜けなことを聞いたのだろう。

「料理の知識も全くないまま、皿洗いから一人前のコックになるまでには、相当の覚悟と苦労が必要じゃないかしら」

千枝子が眉を寄せて言った。

「順二はやむを得ず中華料理の道に進むの？」

幸太が隣の順二を見て訊いた。

「でも、仕方なく料理の道を選んだんじゃないよ。皿を洗いながら料理人を見ていて、腕一つでお客さんを喜ばせられることに魅力を感じたんだ。目指していた建築士と同じように、とてもクリエイティブな仕事だってことに気づいたんだ」

順二の言葉には先ほどのすねた響きは影をひそめていた。

「順二は自分が進むべき道を見つけたんだ」

幸太が感心して言った。順二は頷いた。幸太が話を続けた。

「それじゃ、中華料理のことを一から勉強したいとは思わないの？」

「そりゃ、中華料理の専門学校に行って本格的に勉強したいさ。だけどそれは無理だから諦めているよ」

順二が未練を断ち切るように語気を強めた。

「お母さん、大学四年間は無理でも、順二を中華料理の専門学校に二年間通わせることはできないの？」

幸太が千枝子に尋ねた。

「うーん」

千枝子は考え込んだ。

北藤は家計の全てを千枝子に任せていた。幸太はそれを知っていて千枝子に聞いたのだった。

「幸太のいうこともよく分かるわ。できればそうさせてあげたいわね。だけどねえ……」

千枝子は口ごもった。しばらく沈黙が続いた。やがて千枝子が口を開いた。

「お父さんの定年後に備えて、いくばくかの貯金はあるけれどそれを切り崩すことになるわね。私たちの老後の備えも大事だけれど、順二の今後の人生にかかわることだからね……」

そう言って千枝子は北藤を見た。

「私は思い切って出してあげようと思うけれど、お父さんはどう思う？」

北藤は返事に窮した。どのくらい貯蓄があるのか正確には分からなかったが、毎月の住宅ローンや幸太と順二の学費などで潤沢にあるとは思えなかった。だから千枝子もすぐには返事ができなかったのだろう。けれども千枝子は決断したのだ。北藤はそれに従おうと思った。

「うん、そうしよう」

北藤は返事した。

「えっ、本当にいいの？」

順二が信じられないとでもいうような表情を浮かべた。

「うん」

北藤はうなずいた。

「お父さんは今日付で解雇されるというのに……」

順二はとまどっていた。

「本当だよ」

北藤が力を込めて言った。

「有り難う。僕もできるだけバイトで稼ぐから」

順二はようやく信じた。

「お礼ならお母さんに言ってくれ」

「お母さんありがとう。一人前の料理人になったらみんなを招待するからね」

順二の声は弾んでいた。

「フルコースを待ってるよ」

幸太の言葉に千枝子が笑顔を見せた。リビングが和らいだ空気になった。

「ところでお父さん、お母さんから聞いたけれど、公園の清掃員になるって本当なの？」

幸太が真顔になって訊いた。

「はっきり決めたわけではないが、そうしようと思ってるんだ」

北藤は答えた。

「お父さんはそれで満足なの？」

幸太がたたみかけるように言った。

「いや、満足はしていない」

北藤は頭を振った。幸太が言った。

「公園の清掃員は、やり甲斐のある立派な仕事だと思うけれど、そこでお父さんが生き生きと働いている姿が、僕にはどうしても浮かばないんだ。顔を歪めながら植木を剪定《せんてい》したり、ぽつねんと寂しそうに清掃している姿しか浮かばないんだ」

「確かに最初はきついだろうね。でもそのうち慣れるさ。お父さんは体力に自信がある。心配ないよ」

「いや、お父さんが本当に輝けるのはパイロットであってこそだと僕は思う」

幸太が反論した。そして言葉を継いだ。

「これもお母さんから聞いた話だけれど、整理解雇された人たちは裁判を始めるんだってね。裁判に勝つためには支援を広げる運動が必要になるけれど、再就職すれば運動に参加することが難しくなると気をもんでいたこともね」

幸太は北藤をじっと見つめた。

千枝子が言った。

「先日来、幸太といろいろ話をしてきたの。お父さんは再就職しないで裁判に勝つための運動に専念した方がいいのではないか、それがお父さんが職場に戻って今までのように生き生きと働くことのできる確かな道ではないか、それが私たち家族の幸せを再び取り戻す確かな方法でもあるという結論になったの」

北藤は今まで再就職しないで運動に専念することなど考えもしなかった。家族を経済的にどう支えていったらいいのか、そればかりを考え続けてきた。

「お母さんと幸太の考えはありがたいと思う。でも僕が働かなければ生活が成り立たないから、現実的には不可能だろうね」

北藤がやんわりと否定した。

「実は、私はヘルパー二級の資格を取って、介護士として働くことにしたの」

千枝子がはっきりとした口調で言った。

「僕は大学を中退しようと思っている」

全く予想もしなかった幸太の言葉だった。

「えっ」

北藤は驚いて幸太を見つめた。千枝子は既に知っていたのだろうか、表情を変えなかった。

「お父さんが再就職しないために幸太が大学を中退するのは何とも忍びない。大学卒の資格だけは取っておいた方がいい。大学中退では就職に不利だ」

北藤が幸太をたしなめた。

「僕が専門学校に行くことになったので、代わりに兄さんは中退することにしたんじゃないの？」

順二が心配そうに言った。

「お父さんの整理解雇や順二の専門学校進学が理由で中退するんじゃないよ。前々から思っていたことなんだ。経営学を専攻しているけれど何のために、何になりたいのか答えが見いだせなかった。このままでは授業料が無駄になる。僕は社会の役に立つことがしたい。働きながら探そうと思うようになった。お父さんの整理解雇の話があって中退する決心をしたんだ」

「しかしもったいないなあ」

北藤は腑に落ちなかった。後二年間バイトをすれば卒業できる。それからでも遅くはないはずだ。

「幸太の決心は固いわ。ここは幸太の気持ちを尊重しましょうよ」

千枝子が言った。思慮深い幸太のことだからよくよく考えてのことだろう。でも整理解雇さえなければ中退することはなかっただろう。

「分かった」

北藤はうなずいた。

「今までの授業料を無駄にして申し訳ありません。これからは下宿代のつもりで少しはお母さんに渡すからね」

幸太が頭をさげた。

「はい、期待しないで待ってます」

千枝子が言うと幸太が頭を掻いた。順二が笑った。

「今まで随分みんなで悩んだけれど、やっとみんなが納得するような結論になったわね」

千枝子が胸をなで下ろした。

「お母さん、幸太、順二、本当に有り難う。お父さんは裁判に勝って、一日も早く職場に復帰できるように頑張るよ」

北藤が深々と頭を下げた。それから顔を上げて正面の壁時計を見た。まもなく一二時を指すところだった。新しい年はもうそこまで来ていた。

7章　新たなる一歩

二〇一一年の年が明けた。大晦日にパイロット八一名と客室乗務員八四名の、合わせて一六五名が整理解雇された。

パイロット八一名の内訳は機長が一八名、副操縦士が六三名だった。

副操縦士六三名の内、北藤のような自衛隊出身者は二六名、野末のような航空機関士出身者は二五名で、合わせるとその大半を占めた。

またパイロット八一名を解雇理由で分けると、北藤や野末のような年齢による解雇が五八名、阿川のような病欠による解雇が二三名だった。

一方、客室乗務員八四名を解雇理由で分けると、年齢による解雇が七二名、病欠による解雇が一二名だった。

整理解雇を受けた者の内、パイロット七四名と客室乗務員七二名の、合わせて一四六名は整理解雇撤回を求めて東京地裁に提訴することを決意した。

ウイングビル二階の一角に原告団の事務局が設けられた。パイロット原告団の事務局には、事務局長の清沢と事務局員の北藤らが常駐した。

一方、客室乗務員の事務局には事務局長の杉村響子と事務局員の芳賀貴子らが常駐した。

パイロット原告団事務局の一員となった北藤は、年明け早々から旗開きへの参加を要請する労働組合や各種団体からの電話に追いまくられた。

こちらは〇〇クローキョーです。〇〇日の〇〇時からハタビラキを行います。訴えにぜひ来て下さい。

受話器からの聴きなれない言葉に北藤はとまどった。パソコンやファックスからの参加要請はまだ良かった。しかし電話はその場での受け答えが求められた。

〇〇クローキョーですね。〇〇日の〇〇時からハタビラキですね。

北藤は相手の言葉を間違えないように一言ひとこと確かめながらメモした。

〇〇チヒョー、〇〇クショクロー、ツーシンローソ、ノーミンレン、ユーサンロー、シンフジン、ジェイエムアイユー……。

当初これらの言葉がまったく分からなかった。ボールペンを握りしめる手が汗ばんだ。

隣に座っている事務局長の清沢にメモを見せながら訊ねた。

○○クローキョーとは○○区内の労働組合が集まっている協議会のことで、区労協と言っている。またハタビラキとは年の初めに団結を固め合う集会のことで、それを旗開きと呼んでいる。

清沢が丁寧に教えてくれた。○○地評、○○区職労、通信労組、農民連、郵産労、新婦人、ＪＭＩＵ……。

なんて場違いなところに来たのだろう。はたして事務局が務まるだろうか。新しい言葉にぶつかる度に冷や汗をかいたが、時が経つにつれて馴染《なじ》んでいった。

旗開きや定例会議などへの参加要請は、一月だけでも六○か所以上に及んだ。

○○さん、○○地区全労協への旗開きに参加をお願いしたいのですが……。

組織担当を任せられた北藤は、パイロットと客室乗務員の原告たちに電話やメールで依頼した。

ウイングビル一階のガレージの奥にある部屋が、原告たちの事務室兼休憩室に割り当てられた。

原告たちの多くは、北藤と同じように今まで外部の労働組合や団体に足を運んだことがなかったので、北藤の依頼に不安の色を隠さなかった。労働運動に縁遠かった自衛隊出身者は特にそうだったが、断る者はいなかった。支援してもらうためには尻込みしている場合ではなかった。解雇されているという宙ぶらりんな状況から一日も早く抜け出したい。この不当な解雇は必ず撤回させる。原告たちに渦巻いているその思いが全員を奮い立たせた。パイロットと客室乗務員の原告たちは組になって参加した。

旗開きのための資料の準備、裁判に備えての陳述書作成、羽田や成田空港でのチラシ配りなど、原告たちは年明けから多くの作業に追われた。

一月一九日の午後にはパイロットと客室乗務員の原告一四六名が、整理解雇撤回を求めて東京地裁へ提訴した。いよいよ裁判が始まった。

年が明けてから早くも三週間が経った。その日の午後、北藤は客室乗務員事務局の芳賀貴子と共に、ウイングビル一階の印刷室で、C区労協の旗開きに参加するための資料一〇〇部を準備していた。印刷室には印刷機一台と作業台が一脚あるだけだった。その旗開きには原告の宝田愛子も参加の予定である。宣伝担当の宝田は駅頭宣伝用のチラシを作成中で、終わり次第作業に駆けつけることになっている。

資料の中味はチラシや、茅《かや》総理と大東社長宛の署名用紙、一月下旬の本社前抗議行動の参加要請文などである。北藤と芳賀はそれらを一組にして袋詰めしていた。

「整理解雇って残酷ね。子どもたちの学費がかかる人、親御さんを介護している人がいらっしゃるわ。その人たちのことがとても心配だわ」

芳賀がつぶやいた。落ち着いた話しぶりや振る舞いから幾分年上のように思えた。

「僕の長男は大学を中退し、次男も大学進学を諦めました」

北藤が袋詰めをしながら言った。

「まあ」

芳賀は手を休めると悲しそうな目で北藤を見た。

「会社はあなたのお子さんたちの夢と希望を奪ったのね。私は絶対に許さないわ」

芳賀が唇を噛んだ。

「私は残り一年と少しで定年を迎えるはずだったの。二人の息子も独立したし、母を一昨年看取ったので定年後はゆっくり家事を楽しんだり、神田の古書店街を散策したり、思いっきり映画を観に行きたいと思っていた矢先だったわ」

芳賀が悔しそうに言った。

「それなら会社の希望退職に応じた方が得だったのでは……」

あの時点で希望退職に応じれば企業年金は減額されないし、未消化の年休も買い取るとの触れ込みだった。定年まで残り少ないとなれば、その選択もあったはずだと北藤は思った。芳賀は一瞬上目づかいに北藤を見たが、すぐに笑顔を浮かべた。

「確かにあの時点で金銭的に得か損かで考えれば、そういうことも言えたわ。私も随分迷ったのよ。でも私が子どもを育てながら乗務できたのも、キャビンユニオンでみんなと一緒に闘って妊娠退職制度を撤廃させたり、四〇歳だった女性客室乗務員の定年を六〇歳にさせたお陰なの。会社はそのようなキャビンユニオンを嫌って分裂を仕掛け、私が入社した直後に第二組合の従業員組合を立ち上げたわ。それ以来、今日までずっと客室乗務員の職場は分裂と差別が続いているの。私は昇格で差別されたし、私が若い客室乗務員に近づかないように年下のチーフに監視させていたわ」

芳賀は一息つくと、再び話し始めた。

「今回の整理解雇はキャビンユニオンを潰すという会社の強い意図を感じるわ。だから私は一日も早く整理解雇を撤回させ、必ず職場に戻ってキャビンユニオンの仲間と一緒に闘おうと決意したの」

芳賀は損か得かで判断したのではなかった。客室乗務員全体のことを思って整理解雇撤回の闘いに足を踏み出したのだった。

パイロット原告団の元山団長も清沢事務局長も、芳賀と同じように定年まで一年とちょっとだった。にもかかわらず希望退職に応じなかった。元山も清沢も損か得かで判断しなかったのだ。

機長の元山と清沢はＡＴＰＬと呼ぶ国際的に通用する定期運送用操縦士の資格を持っていたので、その気になれば海外の航空会社に再就職することが十分可能だった。しかし元山と清沢は再就職しなかった。整理解雇された者たちの先頭に立って闘うことを決意したのだった。

「遅れてすみません」

宝田が姿を現し、袋詰め作業に加わった。

「今、北藤さんと私が入社した頃の話をしていたの。宝田さんは私の二年後に入社したわね。あの頃はもう地上研修という名目で新人の客室乗務員を囲い込んで、全員に従業員組合への加入届を書かせた上で、職場に配属したのよね」

芳賀が袋詰めをしながら言った。

「そうです。地上研修では、キャビンユニオンはストばかりして会社とお客様に迷惑をかけ、仕事しないで文句ばかり言っていると教え込まれたわ。でも一緒に乗務するようになると、真面目で安全や労働条件のことを真剣に考えていることが分かったの。地上研修で言われたことと全く違っていたので、私も同期と一緒に従業員組合を脱退してキャビンユニオンに加入したわ。でも会社の分裂工作が止むことはなかった。客室乗務員の職場は、自由にものの言えない暗い雰囲気に変わっていったわ」

宝田は過去をたぐり寄せるように俯いていたが、顔を上げて言葉を継いだ。

「でも、キャビンユニオンは負けることなく、今でも闘い続けているわ。だから会社はキャビンユニオンの力をそぎたくて、私たちを整理解雇したと思うわ」

宝田も芳賀と同じことを言った。二人とも会社のいう「そんな人」なのだと北藤は思った。

「さて、袋詰めも一〇〇部になったし、そろそろ行きましょうか」

芳賀がおもむろに立ち上がって言った。腕時計を見ると午後五時を過ぎていた。旗開きは午後六時三〇分からだったが、早めに行って準備する必要があった。袋詰めした資料は芳賀のキャリーバッグに多めに入れ、残りを北藤と宝田が手提げのバッグで持って行くことにした。

ウイングビルの玄関を出ると外はすっかり暗くなり、強く冷たい風が吹いていた。無数の雪の粒が薄暗い街灯の光の中で気ままに舞っていた。

「雪は積もるのかしら」

宝田が不安そうにつぶやくと、ベージュ色のオーバーの襟《えり》を立てた。

「一昨年、母が亡くなった時も冷たくて強い風が吹いた夜だったわ」

芳賀が空を見上げて言った。

「『立冬に　母は静かに　旅立ちぬ』これはお通夜の夜に詠んだ句なの。最近しきりに母のことが思い出されてね。母には子育てで随分助けてもらったわ。『夢の中　老いたる母は　大根煮る』これは三日前に詠んだ句よ。親孝行したい時には親はなしって言うけれど、本当にそうね」

芳賀がしんみりと言った。

北藤もまた芳賀の言葉を聞きながら、母のことを思った。

母は北陸の寒村で父と農業をしながら北藤と兄二人の息子三人を育て上げた。貧しかったので兄二人は新聞配達店に住み込みながら大学を出た。北藤が高校を卒業して海上自衛隊の航空学校に入隊した時は「やれやれこれで一安心だ」と喜んだ。ところが入隊直後から先輩隊員に、腕立て伏せなど理不尽なしごきを夜ごと受けた。それがつらくて「海上自衛隊を辞めたい」と毎日のように母に手紙を書いた。母の返事は決まって「あと一日我慢しろ」とあった。母自身どんなことも我慢して生きてきた。北藤は母の言葉であのしごきに耐えることが出来たのだった。

十数年経って北藤の所属する部隊の対潜飛行艇が相次いで墜落事故を起こした時、「お前は大丈夫かい」とその都度心配そうに電話してきた。海上自衛隊を辞めないように説得した自分を責めているような響きがあった。

その後、北藤が自衛隊の割愛制度によってNエアシステムに移籍したことを告げると「良かったねえ」と心底安心したように幾度も言った。それからまもなく母は死んだが、もし今生きていたら僕が整理解雇を受けたことをどう思っただろうか。

漆黒《しっこく》の空から舞い落ちる雪の中に母の面影が浮かんでは消えた。もう一度母に会いたいと思った。

「芳賀さんは俳句が趣味なんですね」

北藤が芳賀の横顔を見て言った。

「下手の横好きってやつね。でも自分の思いを句にすることで客観化できるので、辛い時には心が落ち着くの。北藤さんは何か趣味はお持ちなの？」

「休みの時には自宅近くのゴルフ練習場で打ちっぱなしをして、たまに気の合った仲間とコースに出るのが唯一の趣味でした。もっともゴルフによって体調の維持管理と乗務のストレスを解消することを兼ねていましたが、今はもう……」

北藤は言い淀んだ。昨年の一〇月以降「ブランクスケジュール」で乗務を外されてからはゴルフ練習場にもコースにも行かなくなっていた。行こうと思えば時間はとれたが足が向かなかった。

「私は歌うのが好きで地元のコーラスグループでずっと歌っていたけれど、やはり乗務を外されてからはどうしても参加する気が起きないの」

宝田が言った。

「二人とも趣味まで奪われたのね。一日も早くこの不当な解雇を撤回させて、ささやかな日常を取り戻しましょうね」

芳賀が北藤と宝田を交互に見て言った。二人は無言でうなずいた。雪は本降りになった。

「それでは参りましょう」

芳賀が気持ちを奮い立たせるかのように先に歩き出した。前を歩く芳賀の濃紺のオーバーに雪が降り注いだ。三人は雪の中を駅に急いだ。


会場となっている集会所の最寄りの駅に着いたのは午後六時前だった。歩道には雪が積もり始めていた。芳賀が引くキャリーバッグの二本の轍《わだち》が、歩道にくっきりと伸びていた。

集会所の二階に行くと、大きな部屋に白いクロスのかかった四角いテーブルがいくつも配置されていて、その上にビール瓶が数本ずつ載せてあった。

北藤は驚いた。旗開きは年の初めに団結を固め合う集会だと清沢が教えてくれたが、実際は新年会のようなものだろう。その席に整理解雇の支援を訴えたら料理も酒もまずくならないだろうか。

「北藤さんですね。お待ちしておりました」

振り返ると屈託のない笑顔を浮かべた白髪の男性が立っていた。面識はなかったが、一週間前に電話を掛けてきたC区労協事務局長の水森だと分かった。水森は血色が良くエネルギッシュに見えた。六〇歳過ぎと思われた。

「どうぞよろしくお願いします」

三人は深く頭を下げた。そして指示された細長いテーブルに袋詰めの資料を並べると、「N航空は不当な解雇を撤回せよ」と黄色の地に黒字で書かれたタスキを肩から掛けた。

「今日は旗開きですので気楽にやってくださいね。N航空の整理解雇のことは全員がよく知っていますから何も心配いりませんよ」

三人の固い表情に水森がやさしく声をかけた。

参加者が次々に現れた。頭やコートに雪を付けたままの参加者もいた。資料は全て捌けた。

「まもなく始まりますので、どうぞ」

水森が一番後ろのテーブルに案内した。開会の挨拶の後、乾杯になった。

「さあ、どうぞ」

顎鬚《あごひげ》が濃く黒いセーター姿のずんぐりした男性が、節くれ立った手で北藤にグラスを渡した。そして有無を言わせずビールを注いだ。その男性は芳賀と宝田にもグラスをぬっと差し出してビールを注いだ。飾り気のない動作は現場労働者を思わせた。

「大幅賃上げと労働条件の改善のために、今年も団結して頑張りましょう、乾杯！」

額の広いC区労協の議長がグラスを高く掲げた。

「かんぱーい」一瞬の静寂の後に拍手が湧いた。

北藤は一口飲んだだけでグラスをテーブルに置いた。これから壇上に立つのだと思うと飲み干せなかった。

「それでは大晦日に不当にも整理解雇されたN航空の原告団の方に訴えをしていただきます。みなさん、大きな拍手でお迎え下さい」

水森の声に押されて三名は壇上に向かった。一段と強い拍手が会場を覆った。中央に芳賀が立ち、両側に北藤と宝田が並んだ。

「本日は旗開きにお招きくださり、本当にありがとうございます。貴重な時間をお借りして訴えをさせていただきます」

中央に立った芳賀は緊張する様子もなく、笑顔を浮かべて話し始めた。芳賀は初めに整理解雇までの経緯と闘いを報告した。続いて四日後の一月二五日にN航空本社前で行われる、「N航空不当解雇撤回国民支援共闘会議」主催による抗議集会への参加を訴えた。最後に両手に持った紙片を胸のあたりに掲げた。

「N航空の大東社長と茅総理大臣宛てに不当解雇撤回を要請する署名用紙です。これらの署名用紙はお配りした袋の中に入っております。一筆でも多く集めてくださいますようお願い致します」

三名が壇上から下りると、水森が訴えた。

「これから会場にカンパ袋を回します。不当解雇撤回の闘いを勝ち抜くためには大きな運動にしていかなくてはなりません。そのためには多額の費用がかかります。できましたら重いお金より軽いお金の方が嬉しいです。皆さんのご協力をお願いします」

思いもよらないことだった。確かに支援要請のための交通費やチラシなどの印刷費も全て費用がかかる。水森はそこまで配慮してくれたのだった。

「緊張したでしょう、さあどうぞ」

席に戻ると先ほどの顎鬚の濃い男性が三名のグラスにビールを注いでくれた。乾いた喉にビールがしみた。半分ほど飲んだグラスをテーブルに置くと注ぎ足してくれた。

「私にも注がせて下さい」

北藤がビール瓶を持った。

「これはどうも」

男性は嬉しそうに言った。コップは空だった。北藤が注いだビールを美味しそうに飲んだ。それだけのことだったが北藤は心がなごんでいくのを覚えた。少しだけその男性と近づきになれた気がした。

「私は北藤と申します。副操縦士です。いやもう解雇されたので、副操縦士でしたというのが正しいですかね」

北藤が苦笑いをして言った。

「僕は大熊と言いますが、背が低いので仲間からは小熊と呼ばれています。四年前までは旋盤工でした」

大熊は、旋盤工だったと過去形で言った。

大熊は今は何をしているのだろうか、なぜ旋盤工を辞めたのだろうか。

「これから歓談の時間に入ります。窓際にはたくさんの料理が並んでいますので、召し上がって下さい」

水森の声に参加者たちが一斉に料理コーナーに押し寄せた。しかし三名は足を運べなかった。ビールを注ぎ足すのも気が引けた。まもなく大熊が皿に鶏の唐揚げやローストビーフなどを山盛りにして持ってきた。そして取り皿と箸を三名に配った。

「一緒に食べましょう。なくなったら好きなものを取りに行って下さいね」

大熊が勧めた。大熊はローストビーフを口に入れた。三名に気を配りながらも、その振る舞いは素朴で大胆だった。それが三名の緊張をほぐした。

「ではいただきます」

北藤は取り皿に唐揚げ二片とローストビーフを一枚入れた。芳賀と宝田も少しだけ取り皿に入れた。

「先ほどの話の続きですが、実は四年前に皆さんと同じようにクビ切りにあいました」

三名がびっくりして大熊を見つめた。

「ある大手重機メーカーの下請け会社で働いていたのですが、残業代が支払われないなど労働条件が劣悪で労働組合を作ろうと水面下で動いていました。それを察知した会社がありもしないミスをでっち上げてクビにしたのです」

大熊は悔しそうな表情で言葉を継いだ。

「子どもが小さいので迷いましたが保育士の妻が後押ししてくれたので裁判に踏み切りました。裁判の過程で大手重機メーカーが、僕を解雇しなければ今後の発注を取り消すという脅しをかけた事実が明らかになりました。しかし地裁は会社の言い分を丸ごと認めたために、現在控訴して闘っています」

「お一人で四年間も闘っているのですか」

芳賀が聞いた。

「一人ではありません。C区労協の人たちや機械金属の労働組合の仲間たちに支えてもらっています」

大熊は笑顔になって言った。

北藤には四年という歳月が、とてつもなく長くて辛い日々の連続のように思えた。しかし大熊の言動から垣間見えるのは、楽天性とおおらかさだった。

「大熊さんのお話には勇気をもらいました」

宝田が大熊を見て言った。

北藤らのテーブルにもカンパ袋が回されてきた。大熊は財布の中から千円札を抜き取り、カンパ袋に入れると隣に回した。仕事を奪われた大熊にとって千円は貴重なお金であるはずだ。千円あれば明日の昼食には十分だろう。それなのにカンパしてくれた。北藤は無言で大熊にお辞儀した。

「それでは職場の問題や争議などを抱えている皆さんに、報告をしてもらいます」

水森の声が響いた。

最初に看護師の女性が人手不足で夜勤ではほとんど仮眠がとれない実態を話した。その後、ある大手銀行による派遣切りと闘っている青年労働者、男女差別をなくす運動をすすめている金融関係の女性労働者、賃金差別を闘っている大手電機メーカーの中年の労働者たちが次々に壇上で報告した。

北藤は多くの労働者たちが厳しい状況のなかで負けずに頑張っている実態を知ったのだった。

時刻は閉会の午後八時三〇分近くになっていた。

「まもなくお開きの時間となります。最後にカンパの集計を報告します。全部で六万四三五六円でした。ご協力有り難うございました。カンパをお渡ししますので原告の方は前に出てきて下さい」

水森に促されて三名は再び壇上に上がった。代表して北藤がカンパ袋を受け取った。

カンパ袋は重かった。端数の五六円は金銭的に余裕のない参加者が入れてくれたに違いないと思った。北藤には紙幣さえも重く感じられた。

「本当に有り難うございます。大切に使わせていただきます」

北藤はカンパ袋を掲げながら、大きな声で礼を言った。旗開きが閉会となった。

「これからは一緒に闘いましょう」

別れ際に大熊が握手を求めてきた。北藤は握り返した。大熊の手は意外にも柔らかく温かかった。

外に出ると雪も風もやんでいた。歩道はすっかり雪に覆われ街灯の光を反射していた。人通りの途絶えた通りを三名は横に並んで歩いた。

「お腹が空いたわね。何か食べていかない?」

芳賀が言った。北藤と宝田が同意した。

「旗開きの時は事前に何か食べておく必要があるわね」

宝田が言った。三名は駅前のファミリーレストランに入った。


三階建てのウイングビルの一階にはガレージがあった。そのシャッターはいつも降りていた。暗いガレージには航空労組連絡会の街頭宣伝車が一台だけ、ひっそりと鎮座していた。昨年の大晦日に整理解雇されてから二五日が過ぎた。午後三時からN航空本社前で、整理解雇後初めての抗議行動が行われるので、北藤はその街宣車を運転していくことになっている。

昼食を済ませると一階に下りてガレージのシャッターを開いた。北向きのガレージが明るくなった。急に冷たい風が吹き込んできたので、北藤は思わず身震いをした。ガレージに街宣車があるのは知っていたが運転したことはなかった。街宣車のドアを開けてのぼりや横断幕、チラシなど抗議行動に必要な物を一式積み込んだ。ドアを閉めると、何気なく街宣車を見回した。すると街宣車の屋根に「憲法九条を守ろう」という、白地に黒字の看板が掛かっているのが目に入った。

一瞬釘付けになった。これはまずい。僕にはこの街宣車は運転出来ない。北藤は街宣車から目をそらした。海上自衛隊のことが思い出された。

自衛隊は憲法違反だと騒いでいる勢力がある。彼らは憲法九条によって自衛隊は認められないと言っているのだ。憲法九条を変えて名実ともに認知されなければ、命をかけて国を守っている我々は死んでも浮かばれないではないか。上官から雑談のなかで度々そう聞かされていた。「事に臨んでは危険を顧みず、身をもって責務の完遂に務め、もって国民の負託にこたえることを誓います」海上自衛隊に入隊した時、「服務の宣誓」を暗唱させられた。

自衛隊は、我が国の平和と独立を守り、国の安全を保つため、直接侵略及び間接侵略に対し我が国を防衛することを主たる任務とし、必要に応じ、公共の秩序の維持に当たるものとする。当時学んだ自衛隊法には、第三条でそのように規定されていた。

北藤は入隊当初から自衛隊員としての心構えをたたき込まれた。

多くの同僚が対潜飛行艇に乗って任務遂行中に墜落事故で命を落とした。北藤自身も悪天候で機体が激しく揺れる中で、必死に国籍不明の潜水艦や不審船の探索と監視にあたった。北藤が操縦する対潜飛行艇に向けて、ソ連の艦船から砲台の照準を合わせられたこともあった。これらの経験から、北藤は上官の言葉に少しの疑問も持たなかった。

憲法九条を変えて自衛隊は名実ともに国民から認められなければならない。いつしか北藤もそう思うようになっていた。海上自衛隊から当時のＮエアシステムに移籍して今日まで、既に一六年が経っていたがこの思いは心から消えることはなかった。腕時計を見ると本社前の抗議行動が始まるまで残り二時間しかなかった。北藤は焦った。看板が掛けられていることを知らなかったことにすれば運転できるだろうか。いや僕が運転しているということは「憲法九条を守ろう」と道行く人々に訴えているようなものではないか。

北藤はしばらく自問自答した。やはり自分を偽ることはできなかった。事務局に行って運転できないことを正直に伝えようと思った。

事務局に戻ると清沢、杉村の両事務局長と芳賀がいてパソコンに見入ったり電話をかけたりしていた。いつも外部団体に支援の要請に出かけてめったに席にいない元山、内海の両団長だったが、めずらしく元山が席に座っていた。

「急なことで申しわけありませんが、僕はあの街宣車は運転できません」

北藤は立ったまま声を投げかけた。

「えっ」

四人が一斉に北藤を見た。

「街宣車の看板は私の信条と違います」

「と、言うと?」

清沢が怪訝そうに聞き返した。

「看板に書かれた『憲法九条を守ろう』に賛同できませんので、運転する気になれません」

「ああ、そうなんだね」

元山が納得したようにつぶやいた。それから三人を見回した。

「それでは北藤さんの気持ちを尊重して看板を外そうと思うが、どうだろうか」

「うんうん」

三人とも元山に同意した。

「看板を取り外してくださいとは言いません。私が運転しなければ済むことですから」

北藤が言った。

「整理解雇撤回の闘いは、全員が心を一つにして力を合わせることが一番大事だからね。北藤さんにはやはり街宣車を運転して欲しいと思うよ」

清沢が穏やかに言った。

「しかし、それでは……」

北藤は自分のごり押しで看板を外させるように思えてすっきりしなかった。

「気にすることはないさ、北藤さん。それでは一緒に看板を外そう」

元山は笑顔で言うと、椅子から立ち上がった。北藤は元山の後ろに付いて行った。二人は街宣車から看板を外した。

「自衛隊から移籍してきた人たちは、北藤さんと同じような気持ちを少なからず持っている。だから北藤さんがそう言うのも無理はないと思っている」

下ろした看板を見て元山が言った。元山さんをはじめ、みんな僕の気持ちを分かってくれているんだ。北藤は心が少し軽くなった。

「無理を言ってすみません。これで心置きなく運転出来ます。でも、何故この街宣車に『憲法九条を守ろう』という看板が付いているんですか」

ほっとしたが、疑問が解けた訳ではなかった。

「それは、憲法九条は航空の安全にとって極めて大きな役割を果たしているからさ」

元山は看板をじっと見ていた。しかし北藤にはその訳が分からなかった。憲法九条を変えたら航空の安全は何故保てないのだろうか。元山の言葉は、北藤のこれまでの考えを正面から問うものだった。

「今度ゆっくり話し合おうよ」

考え込んでいる北藤に元山が言った。時計を見るともう出発の時間が迫っていた。

「是非お願いします」

そう言うと北藤は街宣車の運転席に乗り込んだ。


北藤は天王洲《てんのうず》通りに面した本社ビル前の、歩道寄りに街宣車を横付けした。

街宣車の横を大型トラックや乗用車がひっきりなしに通り過ぎて行った。北藤はドアを開けて抗議集会に必要な物一式を取り出した。

既に到着している原告たちはそれらを受け取ると、手際よくのぼりを立てたり、横断幕を掲げたり、チラシを持ったりして集会に備えた。

空は雲一つなく真っ青だったが、時折強い北風が吹いてきた。開始時刻の午後三時近くになると、参加者たちがモノレールや地下鉄から一斉に押し寄せ、またたく間に歩道を埋めた。

時間と共に参加者が増えていった。本社ビル前は埋めつくされたので、後からの参加者はその手前で立ち止まっていた。

北藤は横断幕を掲げている原告たちと並んで、車道寄りに立った。目の前の二五階建ての本社ビルを見上げると覆い被さってくる圧迫感を覚えた。

横断幕には「個人の尊厳を守り『安全運航』を確立するために」と大書され、その下に「N航空は二〇一〇年大晦日に強行した『一六五人の不当解雇』を撤回せよ」と、やや小さな文字で添え書きがされていた。それは原告たちの心からの叫びそのものだった。

北藤が左右を見渡すと「全労連」「全労協」「東京地評」「通信労組」「出版労連」「全農協労連」「国公労連」「都教組」「日本国民救援会」「ＪＭＩＵ」といった赤や黄の数え切れない程の旗やのぼりが、寒風にはためいていた。

左手の少し離れた場所に「Ｃ区労協」の赤い旗が立っていて、水森と大熊の姿があった。一緒にいるのはＣ区労協の人たちだろう。先日の旗開きの訴えに応じたのだった。

原告団は六〇を超える労働組合や団体から旗開きの参加を要請されていた。その時に呼びかけた結果がこうして実を結んだのだ。

「間に合ってよかった」

野末が息を弾ませながら近寄ってきた。グレーのコートの下には白いYシャツと地味なネクタイが見えた。野末は一月から友人の会計事務所で事務員として働いていた。

「やあ、よく来られたね」

「今日は何としても参加したかったから了解してもらった。仕事が立て込んでいるので、終わったら戻らなければいけない」

野末は本社ビルを見上げると言葉を継いだ。

「僕らはこうして寒風に吹きさらされているのに、片野管財人や大東社長らは、このビルの役員室でぬくぬくとしているんだろうな」

野末は本社ビルを睨んだ。

「これから抗議集会を行います」

街宣車の上から司会の客室乗務員の声が響いた。

彼女も原告の一人だった。

「最初に全労連の黒崎議長から、ご挨拶をお願い致します」

恰幅の良い黒崎議長は「国の関与する解雇事件が社会保険庁、N航空と続いている。国民的世論で国と財界を包囲しよう」と訴えた後、背筋を伸ばして本社ビルに対峙すると、吠えるように怒りをぶつけた。

「N航空は整理解雇四要件を蹂躙《じゅうりん》した。労働者は決して許さない。撤回するまで我々は断固闘うぞ」

北藤がふと本社ビルの二階にあるデッキに目をやると、社員らしき男がカメラを持って抗議集会の様子をしきりに撮影していた。おそらく会社からの指示なのだろう。僕らは何か悪いことでもしたのか。正当な理由もなくクビを切ったのは会社であり、そのことに抗議しているだけだ。それなのにまるで犯罪者のように撮りまくっている。北藤は怒りが湧いてきた。

次に全国港湾の糸山委員長が挨拶した。現場労働者出身の糸山委員長はがっしりした体格を黒いジャンパーに包んでいた。

「航空の皆さんとは陸海空という交通の仲間です。今までも一緒に闘ってきました。我々は決して皆さんを見捨てることはありません。経営者よ、よく聞きなさい。現場の労働者を切り捨てる企業に発展などあり得ない。今すぐ整理解雇を撤回しなさい」

糸山委員長は本社ビルに向かって拳を振り上げた。

「それではここでN航空の責任者と交渉する代表団をお知らせします。全労連の黒崎議長、全労協の金川議長、パイロット原告団の清沢事務局長、それに客室乗務員原告団の杉村事務局長の四名です。同時に一か月足らずの間に集まった、整理解雇撤回の要請署名約一万筆を会社に提出します」

司会の客室乗務員が言った。代表団の四名は本社ビルの玄関に向かった。参加者たちは拍手で送った。

清沢が署名を載せた台車を押して一番最後から付いていった。署名は台車の上でこんもりと一塊になっていた。北藤は署名をしてくれた一万名に及ぶ人たちの声が、その塊から湧き上がってくるような錯覚を覚えた。玄関には背広を着た担当者らしい社員二名と警備員数名が待ち構えていた。

抗議集会が再開された。MIC、全農協労連、新日本婦人の会などの代表者が次々に挨拶に立った。

玄関を見ると、四名の代表団は足止めをくっていた。

社員二名と警備員数名は玄関に立ちふさがり、責任者と面会したいという代表団の要請を拒否しているようだった。押し問答しているのが遠目にも分かった。

四名の代表団が引き返してきた。清沢が街宣車に上がった。

「会社は我々代表団を一歩もビルの中に入れようとせず、要請文の受け取りも拒否しました。署名も受け取らないので、これはN航空の利用者でもある皆さんからいただいた署名だと抗議したら、ようやく受け取りました。話し合いで解決しようという意思がみじんもない態度は、社会的にも許されるものではありません。話し合いに応じ、不当な解雇を撤回するまで毎月抗議行動を続けます」

普段は物静かな清沢の声が怒りで震えていた。

集会も大詰めになって、パイロット原告団長の元山と客室乗務員原告団長の内海が集会参加のお礼と決意表明をした後、全労協の金川議長が締めの挨拶をした。

「解雇は労働者の生活基盤を奪う殺人的な行為です。それを黙って見過ごすことなど絶対にできません。勝利するまで共に闘い続けましょう」

金川議長の色白の顔は紅潮していた。

「それでは最後にシュプレヒコールを行います。私たちの怒りを思いっきりぶつけましょう、ご唱和ください」

客室乗務員の原告の一人がマイクを握った。

「会社は一六五五人を職場に戻せ！」（戻せ）

「我々は不当な解雇を許さないぞ！」（許さないぞ）

「経営破綻の責任を労働者に押しつけるな！」（押しつけるな）

「我々は勝利するまで闘うぞ！」（闘うぞ）

シュプレヒコールが響き渡った。振り上げた三〇〇の拳は本社ビルを突き刺すかのようだった。

それから八日後の二月二日、北藤は衆議院予算委員会の傍聴席にいた。傍聴席は後方の高い位置にあって委員会のやり取りを斜めに見下ろすことができた。

両隣には元山、清沢が座っていて、前列には芳賀や宝田の姿もあった。全体では三〇名を超す原告たちが開会を待っていた。

午後の予算委員会で日本共産党の志方《しかた》委員長が整理解雇問題を取り上げるんだ。北藤さんも一緒に傍聴に行こうよ。今朝、元山から誘いを受けた。北藤は返事を渋った。突然の誘いだったからではなかった。日本共産党という名前を聞いたからだった。

北藤は日本共産党には良い印象を持っていなかった。

海上自衛隊時代、選挙が近くなると上官から必ず念を押された。今度の選挙ではどこに入れるか分かっているだろうな。まかり間違ってもあの党には入れるんじゃないぞ。上官は周りに誰もいないのを確かめると声をひそめて言った。政党名は言わなかったが、どちらの党も察しがついた。日頃の上官の話が伏線としてあったからだ。上官は雑談の中で度々付け加えた。俺たちがこうして大手を振っておられるのは自民党のお陰だ。自民党が俺たちをしっかり支えてくれている。反対に自衛隊は憲法違反だと言っているのが日本共産党だ。共産党が天下を取るようなことがあれば、自衛隊は解散させられるかもしれないぞ。そうなったら国防はどうなるんだ。俺たちは失業だ。家族は悲惨な目にあうだろう。

北藤は次第に自民党こそが自分たちの味方であり、日本共産党は敵対する政党だと思うようになっていった。自衛隊を離れて一六年が過ぎていたが選挙の時は比例区も選挙区もずっと自民党に投票した。憲法九条と日本共産党は、自衛隊時代から今日まで自分とは相容れないものとなっていた。

その日本共産党の委員長が整理解雇問題をとりあげるという。いったいどういうことだ。日本共産党は原告団の味方とでもいうのか。

北藤は混乱していた。返事に窮した。北藤さんの傍聴席の分も申し込んでおいたんだよ。一緒に行こう。元山は有無を言わせない口調で言った。

「私は日本共産党を代表して、茅総理大臣に質問いたします」

長身の志方委員長が立ち上がって言った。背後から見る背筋はまっすぐに伸びていた。初めて見る日本共産党員の姿だった。日本共産党員は、うさんくさい人間ばかりだという先入観念があったので、その後ろ姿から受けた印象が意外だった。僕らとちっとも変わらない、ごく普通の人ではないか。

政府側の席には、茅総理を始めとする閣僚が並んでいた。茅総理は民主党の代表でもあった。

志方委員長は冒頭、昨年末に一六五人のパイロットと客室乗務員を解雇したことは違法・不当なものであり既に撤回を求めて提訴が行われているが、空の安全は政治が直接に責任を負わなければならないものであり、その観点から質問をしたいと表明した。

「ここに作家の柳田邦男氏など社外の有識者で構成する『安全アドバイザリーグループ』がまとめた報告書があります。これにはこう書かれています。『財務状況が悪化した時こそ、安全への取り組みを強化するくらいの意識を持って、「安全の層」を厚くすることに精力を注がなければならないのである。決して「安全の層」を薄くすることでコスト削減を図ってはならない。薄氷を踏みながら航空機を運航するエアラインを誰が選択するだろうか』」

その報告書はN航空が破綻する数年前に、柳田邦男氏を座長とする五人の有識者に、社内の組織や社員の意識などについて全面的な分析と問題点の抽出および解決方法を会社が依頼したものだった。当時、N航空は経営危機に陥っていた。

志方委員長は発言を続けた。

「私はここには高い見識が書かれていると思います。しかしながら最近N航空の会長に就任した益盛氏の発言を見ますと、率直に言って重大な危惧を持たざるを得ません」

志方委員長は別の紙片を手に持った。

「益盛氏はある新聞のインタビューで次のように言っています。『私が就任した当初は、航空会社は安全と定時運航、サービスが第一、利益は二の次という人すらいた。今後は責任感があって数字に強い幹部を育成する』と述べています。「安全の層」を厚くすることに力を注がなければならないこの時に、安全第一が問題であるかのようにトップがいうことに、私は大きな危惧を感じています．先ほど総理は『N航空の再生は安全が大前提』とおっしゃいましたが、益盛氏の発言はそのこととも食い違いがあるとお考えになりませんか」

志方委員長は茅総理に答弁を促した。茅総理は、益盛氏の発言は安全を軽視したのではなく民間企業としてしっかりした経営能力を強めたい趣旨だと推察していると益盛会長を擁護した。

続いて志方委員長は、整理解雇によって五五歳以上の機長、四八歳以上の副操縦士、五三歳以上の客室乗務員が一人もいなくなった事実を明らかにした後、次のように発言した。

「経験を積んだパイロットと客室乗務員が空の安全についていかに重要か、私は二年前に起きた『ハドソン川の奇跡』について述べてみたいと思います」

志方委員長はそう前置きして、二〇〇九年一月、ニューヨークの空港を飛び立ったUSエアの飛行機が、鳥の群れを吸い込んで両エンジンとも停止した深刻な状況下で、ニューヨークのハドソン川に着水して一人の犠牲者も出さなかった事例を紹介して、さらに発言を続けた。

「機長のサレンバーガー氏は五七歳、副操縦士は四九歳、どちらもN航空が切り捨てた世代です。私は経験と熟練を積んだパイロットの存在が、危機に際していかに大切かを痛感させられた事故だったと思います。ここにサレンバーガー機長が米連邦議会下院小委員会で証言したものがあります。サレンバーガー氏は次のような警鐘をならしております。『安全のための措置を採算の圧力で犠牲にしてはなりません。空の安全にとって最も重要なのは経験をよく積み、よく訓練されたパイロットなのです。パイロットの経験と熟練が少なくなれば、否定的な結果を目撃することになるでしょう』。この証言は重く受け止めるべきだと思いますが、総理いかがですか」

茅総理は答弁に立たなかった。代わりに国交大臣が、どのように安全を確保して再生を図るのかN航空に確認したいと述べた。また、志方委員長は病欠を整理解雇の理由にしたことについても、安全上の観点から政府の対応を求めたが茅総理は答弁に立たなかった。代わりに国交大臣がN航空を呼んで適切に対処したいと述べただけだった。

「今回のN航空の人員削減のやり方は、空の安全よりも利益追求を優先するものと言わざるを得ません。そもそも経営破綻の責任は、政府の過大な需要予測を基に空港乱造を進めたことや、国策で米国から約二兆円もの高額なジャンボ機を購入するなど政府やN航空の旧経営陣にあり、労働者に転嫁することは許されません。既に自ら策定した人員削減目標を達成し、一四六〇億円もの利益を上げているなかでの整理解雇の強行は整理解雇四要件を蹂躙《じゅうりん》することであり、道理がないと言わざるを得ません。今回の整理解雇は全ての労働者の権利を侵害し、全ての国民の命と安全に関わる重大な問題です。無法な整理解雇を撤回するよう強く指導することを求めて質問を終わります」

志方委員長は原告団の思いを全てすくい取ってくれた。日本共産党は味方なのだ。北藤は志方委員長の後ろ姿を見つめながら、そう思った。

8章　冬から春へ

二〇一一年二月一〇日、午後二時三〇分に日比谷公園を出発したデモ隊は、銀座通りにぶつかると左に折れた。急に人通りが多くなって、先頭の街宣車から発せられる女性の声が勢いづいてきた。

「消費税増税反対！」

「N航空は不当解雇を撤回せよ！」

「社保庁は不当解雇を撤回せよ！」

「TPP参加反対！」

女性の声に呼応して五、六人で横一列になった約四〇〇〇名の長いデモ隊の中から湧き上がった声が、地響きのように銀座の街角に響いた。

北藤ら四〇名ほどの不当解雇撤回原告団は、黒い模擬制服姿でデモ隊の後方を行進していた。

全労連や東京地評などの諸団体が結集して「国民要求実現2・10中央総行動」が開催され、全国から延べ七〇〇〇名が参加した。原告団も参加要請を受けた。都内主要駅頭での早朝宣伝に始まり、各省庁への要請、日比谷公園野外音楽堂での中央集会、そして銀座デモと多彩な取り組みが展開された。

日比谷公園野外音楽堂では原告団約四〇名が壇上に上がった。代表して原告の一人でもある航空労組連絡会の豊村議長が闘う決意と支援を訴えた。豊村は野末と同じ航空機関士出身の副操縦士で、機長昇格訓練の最中に整理解雇された。激励の拍手が長く続いた。

デモ隊は銀座四丁目の交差点に差しかかった。

「故郷に帰って闘うことに不安を感じていたけれど、少し希望が湧いてきたわ」

北藤の左隣で、歩道のすぐ脇を歩いている松林なつがつぶやいた。松林とは初対面だったが、午前中の厚労省前の集会からずっと一緒に行動してきたので、言葉を交わすことができるようになった。松林なつは、客室乗務員原告の一人だった。

「えっ」

北藤は松林を見た。言葉の意味が分からなかった。松林はまっすぐ前を向いて言った。

「来月になったら四国のE県のM市に引っ越そうと

思ってるの。整理解雇の状態で家賃を払い続けることはできないし、私は独り身なので定年になったら生まれ育った土地に帰ろうと前々から思っていたのよ。いずれ親の面倒を見なければいけないので決断は早いほうがいいと思って」

松林は一呼吸置いて、歩きながら話を続けた。

「M市に帰ったら『支える会』を立ち上げて、不当解雇撤回の闘いを広めたいの。でもM市のような地方都市でできるかしらって不安に思うこともあるわ。今日全国から集まったという一連の行動に参加して不安は薄らいだ。M市にもきっと闘う仲間がいるはずだ、不当解雇撤回の闘いを支援してくれる仲間がいるはずだという考えになったの」

大阪では「N航空の不当解雇撤回をめざす大阪支援共闘会議」が一月末に結成されたし、福岡や京都でもそれぞれ支援共闘会議や支える会結成の動きがあり、闘いは東京以外にも広がる気配を見せていた。

また大阪や福岡などでは整理解雇された地元出身のパイロットや客室乗務員たちが故郷に帰って活動を始めていた。これらはいずれも大きな都市であり、そこには多くの労働団体と運動が存在しており結成できる条件が備わっていると言えるだろう。

それに比べてM市は一地方都市である。M市にはどれほどの労働団体と運動があるのだろうか。大きな都市に比べてずっと少ないはずだ。そのM市で「支援する会」を結成することは、松林にとって学生時代までを過ごしてきた街とはいえ多くの努力を必要とするだろう。松林はそのことを承知の上で足を踏み出そうとしていた。

「E県に帰るのは私一人ではなく同世代の原告二人がいるから心強い。一人は同期の池野みすずさんで、もう一人は一年先輩の宮内敬子さん。共通しているのは三人とも独身で、自然が豊かで人情味あふれるE県が大好きっていうところね。三人で力を合わせれば、きっと『支える会』ができると思うわ」

松林の横顔はM市へ帰ることへの迷いが吹っ切れたのか爽やかに見えた。

「必要なものがあったら事務局に相談して欲しい。僕もできるだけバックアップするよ」

北藤が松林を励ました。

松林には未開の地に鍬《くわ》を入れて耕すような労苦が

待っているだろう。少しでも力になりたい。M市のような地方都市に「支える会」ができたら、きっと大きなうねりとなって全国に波及するだろう。

「頼りにしています」

松林がぴょこんと頭を下げた。

デモ行進は終点の鍛冶橋交差点に着いた。太陽は既に西に傾き、気温が急に下がった。


三月三日午後二時三〇分、北藤は東京地裁の一〇三号法廷にいた。まもなく第一回の口頭弁論が始まるのだ。原告側の船田弁護士と、原告で機長の飯塚が意見陳述を行うことになっている。傍聴席が一〇〇席もある大法廷は既に埋めつくされていた。原告たちは左側の原告席だけでは足りなくて、傍聴席にも陣取っていた。北藤は傍聴席の二列目に座った。

右側の被告席には弁護士五名と、その後ろの列に労務担当の数名の社員が強ばった表情で座っていた。

いよいよ裁判が始まるのね。家を出るとき妻の千枝子が感慨深げにつぶやいた。ブランクスケジュールを渡され、乗務を外されてから五か月が過ぎていた。もっと長い年月のように思われたが、まだ五か月しか経っていなかった。今日から始まる裁判の過程で、会社が強行した整理解雇の不当性が次々に明らかにされる。北藤は正面の一段と高くなった裁判官席を見据えながら、疑いもなくそう思った。

早春の柔らかな日差しの中、昼過ぎから地裁前はパイロットや客室乗務員の原告、支援者たちであふれかえり道行く人たちにチラシを配って支援を訴えた。

午後三時になった。

裁判官席後方の扉が開き、渡利裁判長はじめ三名の裁判官が黒い法衣をまとって姿を現した。渡利裁判長は顎から首にかけて肉付きが良く、法衣の下には太った体が隠されているように見えた。

あの黒い法衣は確かに裁判官としての威厳を見せつけるのに十分な効果があるな。北藤は初めて見る裁判官の姿に少し気後れを感じた。

「起立」

書記官に促されて全員が立ち上がった。

「礼」

裁判官に一礼して着席をした。

最初に船田弁護士が立ち上がった。船田弁護士は今回の整理解雇が全く不当で道理がないことを明快に陳述した後、次のように締めくくった。

「リーマンショック以降、いま国民の間には産業や企業の将来に対して、不安と時代閉塞感が広がっています。その最大の理由として雇用不安が根底に流れています。こうした状況のもとで正義と道理にもとづいて公正な司法判断を示されることが、全国各地で働く労働者・市民に勇気を与えるものとなることを考え、審理を速やかに行って欲しいのです」

渡利裁判長は船田弁護士の意見陳述が始まると、すぐに目の前の分厚い書類をぱらぱらとめくり始めた。その動作をしばらく続けた後、顔を天井に向けた。それから船田弁護士を一瞥すると、またも書類をぱらぱらとめくり始めた。渡利裁判長は落ち着きがなかった。

次に機長の飯塚が証言台に着席した。

飯塚は自らが受けたブランクスケジュールや退職の強要を明らかにしながら、その行為によって現場の乗員と会社組織との間の信頼関係が一挙に崩れ去り、ものの言えない暗い職場になったと証言した。

渡利裁判長は飯塚の陳述中、やはり書類をめくったり、天井を見上げたり、飯塚を一瞥するという落ち着きのない動作をずっと繰り返していた。渡利裁判長、ちゃんと聞きなさい。北藤は心の中で叫んだ。

飯塚は次のように発言して陳述を終えた。

「昨年一月一九日に経営破綻してから今日まで、多くの困難を乗り越えながら必死に安全運航を支えている乗員の頑張りは、本当に特筆すべきものです。私たち原告七四名は長年積み重ねてきた知識・技量・経験を発揮し、運航の現場で最大限の努力を傾注する強い意思を持っております。裁判所におかれましては早期に公正な判断を下されることをお願い申し上げます」

飯塚の陳述が終わると期せずして傍聴席から一斉に拍手が起きた。

「拍手はやめなさい」

渡利裁判長は書類から目を外すと、突然傍聴席を睨んで声を張り上げた。

それから六日後の三月九日、衆議院国土交通委員会において、一つの事実が明らかにされた。

日本共産党の稗田《ひえだ》議員がN航空の整理解雇と安全問題について、国交大臣と企業再生支援機構の満富常務に質問した。満富常務はN航空の副社長を兼任していた。その様子を伝えるインターネット中継を、北藤や清沢、芳賀らはウイングビルの事務局で食い入るように見ていた。

稗田議員は、N航空の益盛会長が日本記者クラブで「月を追うごとに会社業績は良くなっております。一六〇人を残すことが不可能かというと、そうでないのはみなさんもお分かりになると思いますし、私もそう思います」と発言したことを先ず取り上げて、満富常務に質問した。

「その発言に続いて益盛会長は、しかしながら会社更生法に基づく更生計画で人員削減を裁判所や金融機関に約束しており、整理解雇は銀行などとの約束のため反故にはできないということを述べておりました。そこで満富常務にお聞きしますが、銀行などが本当に整理解雇しろと言ったのですか」

「個別具体的に整理解雇に対して、要望を銀行からお聞きしたことはありません。銀行からコメントをいただいたこともありません」

稗田議員の質問に、満富常務はややうつむき加減で答弁席に行き、はっきりとした口調で答えた。

「益盛会長は一六〇人を残すことは不可能でなかったと言うし、満富常務は整理解雇について個別具体的に要望を聞いたことがないと言う。今までの片野管財人の発言は何だったのかしら」

芳賀がパソコン画面から顔を上げて言った。

「益盛会長もつい本音を漏らしたのだろうし、満富常務も国会では本当のことを言うしかなかったのだろう。整理解雇を強行するためには嘘と脅しで押し通すしか術がなかったということだ」

清沢は怒りを抑えて言った。

僕らは騙されていたのだ。北藤も怒りがこみ上げた。

それから二日後の三月一一日の午後、北藤と清沢は虎ノ門にある古びたビルの七階の貸し会議室にいた。

客室乗務員の第一回の意見陳述が行われ、この会議室で報告集会を行うことになっていた。北藤と清沢は報告集会の準備のために一足先に来たのだった。他にも裁判を傍聴できなかった人たちが二〇名程、手持ち無沙汰に椅子に座っていた。その中に野末もいた。

北藤は腕時計を見た。時刻は午後二時四五分を指していた。内海原告団長の意見陳述も終わり、参加者はまもなくこの会場に歩いて来るだろう。

その時だった。上体が左右に大きく揺さぶられた。北藤は思わず机の縁を摑んだ。再び上体が左に傾いたと思うと、今度は右に大きく揺さぶられた。二〇名程の参加者も不安そうな面持ちで顔を見合わせていた。どこからかミシッという音がした。大きな揺れは断続的に続いた。

「かなり大きな地震ですね。天井から物が落下すると危険なので頭をバッグなどで覆って下さい」

清沢が参加者に声をかけた。

ドス、ドスッ。入り口のドアの向こうで鈍い音がした。大きな揺れが止まる気配はなかった。全員が床に手をつき腰を落として揺れに体を預けていた。

「外へ出ましょう。エレベーターは使わないで階段を下りて下さい。北藤さん、先導をお願いします」

清沢が落ち着いた声で言った。

「了解です。それでは私に付いてきて下さい」

全員に声をかけるとエレベーターホールの右側の階段を下りていった。階段は薄暗く埃が充満していた。ハンカチで鼻と口を覆った。階段の壁がいたる所で剝がれて破片が階段に散らばっていた。足下に気をつけて下さい。落下物があります。振り向いて声をかけた。この古びたビルから一刻も早く抜け出したかった。七階から一階までの階段がとてつもなく長かった。

最後に清沢が下りてきた。清沢は誰もいないのを確かめてから部屋を出たのだ。清沢の終始落ち着いた言動は、幾度も緊迫した状況を切り抜けたであろう機長としての経験が生かされているのだと北藤は思った。

「巨大地震が三陸沖に発生した模様です。報告集会は中止します。どうか気をつけてお帰り下さい。私は街宣車でいったんウイングビルに向かいます」

清沢が言った。参加者たちはそこで別れた。北藤は野末とJR新橋駅に向かった。新橋駅前の広場は多くの人たちで埋めつくされていた。電車は全て止まっていた。再開の見通しもなかった。

その時、携帯電話が鳴った。千枝子からだった。

「ようやく通じたわ。今どうしているの？」

「新橋駅前に野末さんと一緒にいる。大丈夫かい？」

「お年寄りの傍を離れられないけれど、大丈夫よ」

千枝子が言った。千枝子はヘルパーの資格を二か月間の講習で取得し、三月から近くの老人ホームで働き始めたばかりだった。

「幸太と順二は連絡がとれたかい？」

「幸太は仕事先の物流センターの荷物が散乱していて片付けに追われていると言っていた。順二は学校から帰った直後に地震にあって食器が棚から落ちたらしい。何はともあれみんな無事で良かった」

幸太は大学を中退して物流センターでアルバイトをしていた。千枝子は安心したように電話を切った。野末も家族と連絡がとれてほっとしていた。北藤と野末は品川駅に向かって歩きはじめた。二人とも少しでも自宅との距離を縮めたかった。

北藤と野末がJR品川駅前に着いた時はすっかり暗くなっていた。品川駅でも運転再開のメドは立っていなかった。二人は駅前の高層ホテルに向かった。ホテルのロビーは帰宅困難者で占められていた。

「ここで一晩明かすしかないかなあ」

北藤がロビーにあふれた人の群れを見て言った。

「そうするしかなさそうだ」

野末が観念したように言った。二人はロビーの隅にスペースを見つけ新聞紙を広げて座った。しばらくすると尻から腰にかけて寒さが伝わってきた。一時間も経つと北藤は床の冷たさに我慢できなくなった。

「この冷たさには、とても一晩は耐えられない。とにかく家に向かって歩こうと思う。君はどうする？」

「このままいる。自宅の横須賀までは遠いし……」

「僕の家においでよ」

「君の家で何が起きているか分からない。迷惑をかけるばかりだよ」

「遠慮はいらない。一緒に行こう」

「僕はここで大丈夫だ。早く帰って奥さんを安心させてあげな」

野末の意思は固かった。野末の声に押されて北藤はホテルを出た。横浜方面への歩道には長い行列が連なり、人々は黙々と歩いていた。風はなかったが底冷えがした。北藤はオーバーの襟を立てて歩き続けた。川崎駅まで歩き、そこから運良くバスと東横線を乗り継いで最寄りの駅で下りた。千枝子に車で迎えに来てもらって自宅に着いたのは午前一時過ぎだった。

四月になった。昼時のJR品川駅港南口には柔らかな日差しが降り注いでいた。一〇名程の原告たちは「東日本大震災救援募金」と書いた募金箱を持って、駅前の通路に並んだ。二階の改札口から下りてくる人、階段を上がる人など通路はごった返していた。

「私たちは昨年の大晦日にN航空を不当にも整理解雇されまして、これまでこの駅頭でも不当解雇撤回のご支援を訴えさせていただきました。しかし今は東日本大震災の被災者の方々への支援こそが最優先に取り組む課題と思いまして、救援募金をお願いしております。皆様の温かいお気持ちをお寄せ下さいますようお願い致します」

中程に並んだ元山が肩から掛けたハンドマイクのボリュームを絞って、ゆったりとした口調で言った。

北藤は元山の隣に募金箱を持って立っていた。清沢も少し離れて立っていた。

東日本大震災は、これまで全国で死者一万三〇〇〇名以上、行方不明者一万三七〇〇名以上、避難者一四万五五〇〇名以上という、史上最大級の大津波と史上最悪の原発事故が重なり未曽有の被害を引き起こしていた。

「ご協力をお願いしまーす」

芳賀ら客室乗務員の原告たちが目の前を通る人たちに声をかけると、高齢の夫婦連れや会社員など幅広い層の人たちが次々に募金していった。元山や清沢、北藤などパイロット原告が持った募金箱にも時折入れてくれる人がいたが、やはり客室乗務員原告の方が圧倒的に多かった。

北藤が左手を見やると、紺の半ズボンにグレーの上着と帽子を被った幼稚園児と思われる男の子が硬貨を握りしめ、背伸びして募金箱に入れようとしていた。募金箱を持った客室乗務員の原告が入れやすいように腰を落とした。園児は募金箱に硬貨を入れると、小さい穴をのぞき込んだ。

「入ったかな」

園児が不安そうにつぶやいた。

「見えないねえ。でも確かに入ってるよ。ほら」

そう言って軽く左右に振ると、硬貨が触れ合う音がした。

「ほんとだ」

園児は安心したように言った。

「有り難うね」

「うん」

こくりと頷くと母親に手を引かれて行った。園児の振る舞いは微笑ましかった。

北藤は心が和むのを覚えた。並んでいる原告たちの顔も笑顔になっていた。北藤が原告たちのこんな笑顔を見たのは初めてのような気がした。

原告団は整理解雇以降、全国の多くの人たちから支援のカンパを受けた。被災地となった東北の人たちからはこれまで農民連を通して大量の米が送られて来た。

それらに報いるためにボランティアとして現地に行って救援活動をやろうという声が上がり北藤も行きたかったが、不当解雇撤回の闘いを中断するわけにはいかない。原告団として、せめて募金活動をしようということになった。

カーキ色の作業服を着た若い労働者が元山の前に立ち止まると、ズボンのポケットから硬貨を二、三枚取り出して募金箱に入れた。チャリンとかすかな音がした。有り難うございます。元山が笑顔で礼を言った。隣の北藤も頭を下げた。若い労働者は黙って頷くと階段を上がっていった。

「こういう活動は被災した人たちを助けるにはささやかなものだけど、人々の善意をいただくことで何故か僕らも元気になるなあ」

元山が澄み渡った青空を見上げて言った。元山の表情は明るかった。北藤も同じ気持ちだった。これまでは不当解雇撤回闘争の支援カンパのお願いばかりだった。被災した人たちのための募金活動は、北藤をすがすがしい気持ちにさせるのだった。

「それにしても福島第一原発の事故が、福島の人ばかりか日本の多くの人を苦しめている。あれは明らかに人災だね」

元山が急に顔をしかめた。

津波で福島第一原発の一号機から四号機までの全電源が喪失して爆発を起こし、大量の放射性物質が放出されて広範囲に土地や海を汚染した。住民には避難指示が出された。前途を悲観して自殺した人もいた。関東一円でも土地や水の汚染が確認された。

東邦電力の経営者は「原発事故は想定外だった」という責任逃れの発言をしていた。

「東邦電力では安全無視の利益第一の経営方針を批判した労働者たちを、徹底的に差別したり排斥したりしてきた歴史があるんだ。その一方で『安全神話』をばらまきながら原発事業を推進した。自由にものの言えない職場にして社内の原発批判を封殺したことが、結果として原発事故につながったと僕は思う。この構図はN航空と全く同じだね。N航空も利益優先を批判して安全第一を主張する労働組合や労働者たちを長い間差別し弾圧してきた。そして職制がのさばって自由にものの言えない暗い職場になった結果、数多くの航空事故を引き起こしてしまった」

元山は真顔になって話した。

自由にものを言う労働者を、「そんな人」として差別し排斥してきたのはN航空だけではなかったのだ。しかしそうした企業には健全な発展などないことを、今回の原発事故やN航空の過去の航空事故が証明していた。

ものを言う労働者は企業にとってかけがえのない存在のはずなのに邪魔にされている。経営者はそこまでして利益をむさぼる。北藤は経営者の本質を見る思いがした。

募金活動は昼時の一時間だけだったが多くの募金が寄せられた。北藤は人々の心の温かさを感じた。

ウイングビルに帰るとパソコンの「原告団メール」をチェックした。「原告団メール」は個人の活動報告や事務連絡を行う場でもある。その中に、松林からのメールがあった。

〈E県に帰ってから、労組や民主団体とどのようにつながりを持ったらいいのか分からずに悩んでいましたが、JRのM駅前で東日本大震災支援の募金活動を労組や民主団体で行うという案内のチラシが地元紙に入っていましたので、一緒にE県に帰った同期の池野みすずさんと相談して、その募金活動をお手伝いすることにしました。私たちも大震災の支援活動をしたいと思っていたのです。

当日、M駅に行くと五人ほどの人たちがチラシを配りながら募金を呼びかけていました。「私たちも手伝わせてください」と私と池野さんが募金箱を持った一人の女性に声をかけました。「こんな嬉しい申し出は今まで一度もなかった」と皆さんから熱烈に歓迎されました。募金活動が終わってから不当な整理解雇を受けたことと、地元に帰って支援の輪を広げたいという私たちの思いを話しました。募金活動に参加したことで、その場でE労連議長の福田さんを始め、新婦人の会や通信労組などの人たちと知り合いになりました。E県の人たちとつながりができたことをうれしく思います〉

松林や池野たちはようやく運動の足がかりを見つけたのだった。北藤はそこに不当解雇撤回の闘いが全国に広がっていく可能性を見た。

目覚まし時計が鳴った。北藤は枕元の棚に手を伸ばしてベルを止めた。連日の活動で疲れが残っていて体は重かったが、起きなければならない。隣に寝ている千枝子の眠りを妨げないように静かにベッドをはなれた。午前四時過ぎのリビングルームのカーテン越しに見える東の空は、わずかに薄墨色になっていた。

一時間も経てばカーテンの隙間から朝の光が差し込むだろう。春分の日を過ぎてから日の出は日毎に早くなった。洗面を済ませるとグレーのTシャツと紺のズボンに着替え、台所に立った。コーヒーメーカーをセットすると、大きめのフライパンにオリーブオイルを薄く引いて点火し、卵四つを割って入れて蓋をした。次にオーブントースターにパン二切れを入れた。頃合いを見計らってフライパンの蓋を開けた。黄身が薄い白濁色の膜に覆われていた。フォークを刺すと黄身が流れ出るこの状態が目玉焼きは美味しかった。それを二つの皿に移すともう一度四つの目玉焼きを作った。

昨年の大晦日に解雇されてから四か月、その間誰よりも早く起きて家族全員の目玉焼きを作り続けた。闘いを支えてくれる感謝の気持ちからだった。

いつもは午前五時に起きるが、今朝は午前七時から羽田空港の新整備場駅で航空労組連絡会の機関紙

「ウイング」を配るので、一時間早く起きたのだっテーブルに座って朝食をとっていると千枝子が起きてきた。

「ゆっくり寝てればいいのに」

「いつも目玉焼きを有り難う」

千枝子は返事の代わりにそう言った。勤務先の老人ホームは近いのでもっと遅く起きても間に合ったが、いつも朝食を共にしていた。一日の始まりに千枝子と食事することで心が安らいだ。短い時間だったが何物にも代えがたいひとときだった。

「腰の具合はどう?」

北藤が聞いた。千枝子は老人ホームに就職して一か月が経っていた。体の不自由な老人を抱えたりして腰の痛みが生じていた。

「まだコツが摑めないので。その内慣れると思う」

千枝子が腰の辺りに両手を添えた。ヘルパーは辞めた方がいいのではと言えなかった。代わりの仕事をすぐには見つけられそうにない。

「でも不思議ね」

千枝子が小首をかしげて言葉を継いだ。


「今のあなたはパイロットの頃より生き生きしてる」

「そうかなあ」

「パイロットの頃は休日になると午前中はゴルフの打ちっぱなしに行って、午後からは家でゴロゴロしていたわ」

確かにそうだった。

「最初の頃はいやいやながらやっているように見えたけれど、今では平日はおろか休日でも集会があると元気に出かける姿を見てると本当に変わったと思う」

千枝子が言った。

この四か月余り、事務局員として労働組合や団体との対応、資料の印刷と郵送、街宣車の運転、駅頭や空港でのチラシ配りなど息つく暇もない活動に追われ続けた。

ただ、がむしゃらにやってきた。こんなに忙しい事務局の任務をなぜ引き受けたのだろうと後ろ向きになる日々もあったが、他人のためでなく自分自身のためにやっているのだと気持ちを切り替えた。

「生き生きとまではいかないなあ」

北藤が少し照れた。

「もちろん不当な解雇は絶対に許せないけれど、禍《わざわい》を転じて福となすってことかしら」

千枝子は楽天的な性格だった。ともすれば思い詰めてしまう北藤を解き放してくれた。

「そろそろ行かなくちゃ」

北藤は立ち上がった。幸太も順二もまだ寝ていた。幸太は物流センターで夜遅くまでバイトをし、順二は料理学校が終わると中華料理店で働いていた。

「頑張って」

玄関口で千枝子が声をかけた。


北藤はウイングビルに立ち寄ると、航空労組連絡会の機関紙「ウイング」を紙袋に入れ、街宣車で新整備場駅前に向かった。

地下の新整備場駅に通じる出口には緑のTシャツを着たパイロット原告の阿川、白いブラウス姿の客室乗務員原告の香山、それに半袖Yシャツの整備士が待っていた。その整備士は地上職で結成している労働組合の役員だった。野末も参加することになっているが、まだ来ていなかった。遠く横須賀の自宅から駆けつけるので無理もない。

「待たせてしまったね」

北藤が「ウイング」を三名に手渡しながら言った。

「まだ七時前ですから、気にしないで下さい」

香山が微笑みながら言った。

新整備場地区には航空機の格納庫と、それに付随するようにシミュレーターや座学の教室などが配置されたビルがあった。

そのため、整備士や定期訓練を受けるパイロット、座学教育を受ける新人の客室乗務員などが早朝から大勢出勤してきた。

午前九時までの二時間、地下の改札口から階段を上がってくる通勤者たちを待ち受けて「ウイング」を配り続ける。「ウイング」はタブロイド判で、不当解雇撤回闘争の現状や、パイロット、客室乗務員、整備士などの現場で多発している不安全事例や労働強化の実態、航空労組連絡会に加盟している各労働組合の闘いなど幅広く掲載されている。

「お早うございます」

通勤者たちが群れをなして階段を上がってくる度に、声をかけながら「ウイング」を配った。同じ社員だという思いや職場の問題が取り上げられているので、多くの通勤者が受け取ってくれた。四月半ばだったが、時間がたつにつれて額に汗がにじんだ。四人は直射日光を遮っている駅入り口の壁に並んで「ウイング」を配った。冬から早春にかけては寒さが厳しく手がかじかんだので日差しの当たる場所を選んで配っていた。北藤はその違いに季節の移ろいを感じた。

「遅れてごめんな」

三〇分ほどして野末が階段を上がってきた。野末は白いYシャツにネクタイをしていた。

「遠いところを朝早くご苦労さん」

北藤がねぎらった。野末は北藤から「ウイング」の束を受け取ると北藤の横に並んだ。そしてネクタイを外して配り始めた。

一時間ほどたっただろうか。北藤の前を伏し目がちに歩く男性がいた。濃く太い眉はまぎれもなく的場部長だった。会社は君を必要としなくなったのだ。ブランクスケジュールによって乗務を外され、退職強要の面談を受けた時の的場の声が蘇り、怒りがこみ上げてきた。的場をにらんで声をかけた。

「的場部長」

的場がぎくりとして立ち止まった。驚いたように目を見開いた。

「北藤」

的場は視線を外した

「定期訓練ですか」

北藤が訊ねた。機長は操縦士の資格を維持するために、三か月に一回はシミュレーターによる訓練を受けなければならない。そのために的場は来たのだろう。

「うん」

的場は小さく頷いた。

「私は整理解雇されたので定期訓練さえもできなくなりました」

北藤が怒りを抑えて言った。的場は済まなそうな表情を浮かべた。

「まさか君がこうなるとは……」

的場が絞り出すように言った。的場は周囲を見渡すと「ウイング」を受け取り、素早くバッグに入れた。

「堪忍してくれ」

　その言葉はいつか北藤に言わなくてはと、心の中に留めていたように思われた。的場の退職強要によって北藤と家族の生活は全て奪われた。的場は会社からの指示によってそうするしかなかったのだろう。しかし的場を許す気には今でもなれなかった。

「私は必ず戻ります」

　力を込めて言い切った。的場は頷いた。そしてシミュレーターのあるビルに向かって歩きはじめた。的場が何か言った。はっきりとは聞き取れなかったが「俺もそれを願っている」と言ったように思えた。

　二時間の配布が終わった。「ウイング」は全て配り切った。北藤はハンカチで額の汗を拭った。一つのことをやり終えた充足感があった。

「これからスーパーの仕事があるので失礼します」

　そう言って香山は階段を急ぎ足で下りて行った。

　野末が外したネクタイを再び首に巻き始めた。

「両親がようやくこちらに引っ越すことに同意してくれてね」

　巻きながらほっとした表情で言った。

「そりゃよかった。ひと安心だね」

　北藤が笑顔を向けた。

「ただし裁判に勝って再びフライトできるようになったら、田舎に帰すという条件で納得してくれた」

　野末が苦笑した。

「これから仕事に行かなくちゃならない。君たちに任せて悪いなあ」

　野末が北藤と阿川を交互に見て言った。

「そこはお互い様です。私も目下受験勉強中です」

　阿川が言った。

「ＬＣＣに無事採用されることを祈るよ。それじゃ」

　野末が片手を上げて駅への階段を下りた。

　地上職の労働組合役員の整備士も格納庫に向かって歩いて行った。

　阿川は会社と粘り強く交渉した結果、不整脈のカテーテル手術後の航空身体検査を認めさせた。その結果、不整脈は正常に回復したことが確認され、一月上旬の国交省の大臣判定審査会で航空身体検査証明の再発行が認められた。再発行によって阿川は他の航空会社への採用募集に応募することが可能になり、東アジアのＬＣＣに募集した。今はＬＣＣ採用に向けて試験勉強の最中だった。

阿川はその合間を縫って駅頭や空港でのチラシ配り、本社前の抗議行動に積極的に参加していた。野末、阿川、香山を始め原告たちは厳しい条件のなかで、精いっぱい頑張っていた。

北藤と阿川は街宣車に乗ってウイングビルに引き返した。阿川は集会用資料の印刷を、他の原告たちと一緒に行うのだと言った。

北藤はウイングビルに戻ると、その足でオペレーションセンターに向かった。パイロットのメールボックスに「乗員ニュース」を配布するためだった。メールボックスの配布はパイロットの原告三名が交代で行った。配布作業にはパイロットユニオンの配慮によって多少の手当がついた。週に二回、一回が二時間程度の作業量だったので金額はさほど大きくはなかったが、収入が途絶えた身には有り難かった。

パイロットユニオンの事務所の隅に積まれた五束ほどの「乗員ニュース」を台車に載せて、メールボックスルームまで押していった。だだっ広い部屋には二〇〇〇ものメールボックスの棚が背中合わせに整然と並んでいる。しかし整理解雇されたパイロットたちのメールボックスはとうに撤去されていた。

北藤は配布する度に悔しさと怒りがこみ上げたが、それを振り払ってメールボックスを一つずつ引き出しては「乗員ニュース」を入れる作業を、二〇〇〇回繰り返す作業に取りかかった。

目の高さからくるぶし迄の幅で縦に並んでいる棚に、中腰になったり背筋を伸ばしたりを繰り返していると、三〇〇ほど配った頃から腰が張ってきた。ただ黙々と繰り返して二〇〇〇のメールボックスに配り終えた頃には腰に鈍痛を感じた。ふうと大きく息を吐くと腰に手を当てて思いっきり背中をのけぞらせた。

北藤は千枝子の労苦を思った。僕は二時間やっただけでも腰が痛くなる。千枝子は終日老人の世話だから腰が痛くなるのも当然だ。

台車を押してメールボックスルームを出ようとした時、ドアが開いて一人のパイロットが入ってきた。

執行委員の坂田だった。

「やあ北藤さん、お久しぶりです」

坂田はすぐに気づいて懐かしそうに声をかけた。

坂田と会うのは整理解雇されてから初めてだった。坂田はベージュ色のTシャツを着ていた。目は赤かった。現地を深夜に出発する便に乗務し、今朝早く到着したのだろう。坂田はいつ会っても血色がよくて生気に溢れていたが、目の前の坂田は顔に艶がなく疲れているように見えた。

「徹夜のフライトお疲れ様。ところで職場はどうなってるの?」

近づいてくる坂田に訊ねた。事務局の作業に追われて職場の現状を知る機会がなかった。

「パイロットの乗務時間が経営破綻前よりも大幅に増えて、仕事はいっそうきつくなりました。整理解雇の他、大量の希望退職者が出たので人手不足になったのです。ところが仕事がきつくなったのに、これまで常時一定の割合でいた乗務離脱者が一人もいないのです。その理由ははっきりしています。体調が悪くても自己申告せずに乗務に就いているからです。もし休んだら整理解雇の対象になるんではないかと……」

坂田が顔をしかめて言った。坂田の顔に艶がないのは徹夜で乗務をしただけでなく、乗務時間が増えて疲労が蓄積しているからだろう。

坂田は言葉を続けた。

「最近は職制が幅をきかせるようになり、自由にものが言えなくなりました。そのため職場の雰囲気が暗くなってしまいました。仕事はきつくなり、先行きも見えない、自由にものが言えない暗い職場に見切りをつけて、他の航空会社に移っていくパイロットが後を絶たないのですよ」

そう言って下を向いた。明るく振る舞う坂田がいつになく沈んで見えた。

「加瀬管財人代理を覚えているでしょう。争議権を確立したら支援機構としては三五〇〇億円は出資できないと、争議権投票を妨害した人物ですよ」

坂田が顔を上げて言った。

「もちろん覚えている。組合側が不当労働行為にあたるとして都労委に申し立てて、今も審問が続いているよね。彼がどうかしたの?」

北藤が訊ねた。

「三月二八日に会社更生手続きが終了したので管財人代理の職を解かれましたが、その後もN航空の顧問弁護士として居座っています。あの片野管財人も監査役になっています。その加瀬管財人代理ですが、管理職を集めた『リーダー教育』で、『何かというと安全のためとか社会的使命とか言うけれど一兆円の内部留保を築いてから安全について語って欲しい』と講話しているのです。益盛会長も管理職を対象に、安全よりも先ず利益をめざせという教育をしています。二人はとんでもない発言を繰り返しています」

坂田は言葉を継いだ。

「パイロットの職場では益盛会長が提唱する『部門別採算性』の取り組みが始まっています。パイロット部門で利益を追求しようとすれば、燃料に手をつけるしかありませんよね。搭載燃料をできるだけ減らしたり、航路上に台風などの悪天候が予想されても燃料節約のために迂回せずに最短距離を飛ぶべきか、悪天候でも無理して着陸すべきか、他の空港へ目的地を変更すべきかなど、パイロットに大きな精神的負担を強いてしまいます。『部門別採算性』の取り組みは安全を損なわないかと心配しています」

「事故が起きなければいいが……」

北藤がため息をついて言った。事故は起きてからでは遅い。起こさないようにしなければいけない。

「元山さんや清沢さんなど先輩の方々の闘いによって築き上げられた、安全第一と自由にものが言える職場の風土が根底から崩されようとしています。先輩の方々が築いてくれた安全の砦を崩してはならないと思っています」

坂田の最後の言葉は彼自身を励ますかのようだった。

「裁判に勝って、必ず職場に戻るよ。戻ったら安全を守るために僕も一緒に頑張ろうと思っている」

北藤の言葉にも力がこもっていた。

「是非一緒にやりましょう」

坂田がようやく笑顔を見せた。

北藤は台車を押してメールボックスルームを出ながら、自分もまた「そんな人」になりつつあるのだと思った。

9章　初夏の争議支援総行動

五月中旬のある朝、北藤はJR総武線御茶ノ水駅にほど近い全労連会館に向かった。

五月下旬に予定している「争議支援総行動」への参加を、都内の労働組合に要請するために、全労連会館の三階会議室に集結することになっていた。

「争議支援総行動」は全労連と東京地評が共同で主催するもので、不当解雇や組合潰し、偽装請負、賃金差別や未払い、過労自殺、雇い止めなどさまざまな争議を闘っている労働者たちを支援するために、問題を引き起こしている企業や官庁を参加者全員で回って抗議し、争議解決をめざすという取り組みだった。抗議先の一つにN航空も含まれていた。

このような取り組みは全労協が「けんり総行動」を、東京争議団が「争議団総行動」を互いの行動が重ならないように配慮して一定の間隔を置いて行っていた。原告団は「けんり総行動」と「争議団総行動」の両方にも参加することになっている。

集合時刻よりも少し早めに着くと、ロの字に並べられた机の左側に原告一〇名程が緊張した面持ちで座っていた。原告団がこのような取り組みに参加するのは初めてだった。

正面近くの机にも他労組の五、六名が座っていたが、彼らは打ち解けた表情で談笑していた。

集合時刻の午前九時一五分になるとパイロットと客室乗務員の原告たちが続々と集まり、約三〇脚の椅子は埋まった。

ほどなくして全労連の責任者が正面に座った。

「今日の段取りを説明します。四名一組で一〇グループに分けて二次オルグを行います。二次オルグは個別の労働組合を回りますが、所在地が広範囲に点在しているのでかなり歩くことになります。各グループが担当するオルグ先の一覧表と参加要請書、それに争議支援総行動の展開図を配ります」

責任者はそう言って書類を配った。

五月下旬の総行動ではどこに抗議に行くのだろうか。北藤は展開図が気になった。

見ると、AからEまで五つのコースに分かれ、コース毎に枠で囲んだ抗議先が縦に時系列的に並んでいた。数えるとそれぞれのコースに七か所前後の抗議先が割り当てられ、全部で三三か所を回ることになっていた。こんなに多くの争議があるのか。北藤には思いもよらないことだった。

展開図の真ん中には、横に大きな長方形の枠の中に「日本WBM株式会社」、そして最後には「N航空本社」と大書されていて、全てのコースが午前の終わりと午後の終わりに、この二つの抗議先で合流することになっていた。WBMは世界的なコンピューターメーカーである。この二つの会社には参加者全員で抗議するという主催者の強い意思が感じられた。

「グループは近くに座っている同士で組んで下さい。また、ちょうど良い機会だからN航空の原告のみなさんは、オルグ先では独自の支援要請も同時に行って下さい。それでは今から二次オルグを始めましょう」

責任者の言葉を合図に参加者が立ち上がった。

北藤は芳賀と宝田、それに一月のC区労協の旗開きで顔見知りになった大熊の四名で組むことになった。一〇組のそれぞれに大熊のようなオルグ経験者が一名ずつ割り当てられた。各グループとも一名の経験者以外は、オルグ初心者のN航空の原告が大半だったので、責任者がそうしたのだった。

なお一次オルグでは、四月上旬に産業別労働組合の本部を訪問して、傘下の労働組合に総行動への参加を呼びかけるようにお願いしていた。

北藤ら四名は午前中に、霞が関にある国家公務員の五つの分会を訪問した。農水省が最後だったので四名は農水省の食堂で昼食をとった。

霞が関の分会では、まず大熊が五月下旬の「争議支援総行動」への参加を要請した。続いて北藤ら原告三名が「N航空労働者の財政を支える会」入会と、物品販売への協力を要請した。

「N航空労働者の財政を支える会」は年間一口三〇〇〇円であること、物品販売は売上利益の一部が闘争資金に還元されることを話した。

N航空大東社長宛の不当解雇撤回の要請署名は、既に各分会で取り組まれていたが、更なる集約をお願いした。署名は約三か月という短期間にもかかわらず一六万筆以上が寄せられていた。集まった署名は定期的に行われる本社前の抗議行動や団体交渉の場で会社に提出した。

どの分会でも応対に出た書記長が快く引き受けてくれた。二次オルグの滑り出しは順調だった。

この調子なら、午後もきっとうまくいくだろうと北藤は思った。

昼食を済ませると農水省の食堂を出た。農水省前の街路樹の新緑が目に染みた。足早に横断歩道を渡り、地下鉄・霞ケ関駅の階段を下りて行った。地下鉄に乗ると途中で乗り換えて都心から少し離れた目的地の駅で下りた。地上に出ると大通りをしばらく歩いて路地に入った。間口が狭く低い建物が軒を連ねていて下町の風情が漂っていた。人通りも少なく閑散としていて活気が感じられない。

「この辺り一帯には小規模の出版社や印刷業者が点在していますが、いつまで生き残れるんでしょうか」

大熊が独り言のようにつぶやいた。

「ここです」

大熊は急に立ち止まると右手の建物を指さした。

玄関の真上には「文栄出版社」と書かれた緑色の真鍮プレートが横長にはめ込まれていた。その建物は三階建てで両隣の建物に比べると頭一つ抜きん出ていた。大理石の古い壁が年代を感じさせた。

大熊が事前に連絡をつけていて、到着時間には書記長が仕事を抜け出して応対してくれるという。組合専従者はいないのだ。

「ここの三階です」

玄関の守衛が顎をしゃくって言った。

大熊は先に階段を上がった。組合事務所は通路の突き当たりにあった。大熊が木の扉をノックすると「どうぞ」という男の声がして扉を開けると、「やあ、久しぶり」という親しげな声が返ってきた。続いて北藤、芳賀、宝田の順に部屋に入った。

狭い部屋の中央に机が二つと壁際に印刷機が置かれ、窓のない壁全体を覆っている棚には雑然と書類が積み重なっていた。

白いYシャツ姿の四〇代と思われる男性が机に座っていた。細身で眼鏡をかけていた。北藤ら三人の見知らぬ姿をじっと見つめていた。

「私たちはN航空から不当解雇を受けました。現在、裁判で闘っています」

北藤が言った。

「ああ、N航空の整理解雇のことはよく知っていますが、直接お会いするのは初めてですね。書記長の生井と言います」

生井は机の傍に椅子を四つ並べ、座るように勧めた。まず、一番手前に座った大熊が五月下旬の争議支援総行動への参加を要請した。

「出版の仲間にもパワハラ解雇を受けた者がいて、その会社が抗議先に入っているので、急な仕事が入らなければ私が年休で参加します。確約はできませんが」

生井が返事した。続いて北藤が「財政を支える会」入会と物品販売、署名の協力をお願いした。

生井は入会要請や物品販売のチラシをじっと見ていたが、しばらくして言った。

「本離れが進んでいるので出版業界は火の車です。今年はベースアップもなくてボーナスは雀の涙でした。みんなの懐具合を考えると『財政を支える会』入会や物品販売は厳しいです。組合員には一応話しておきますが、期待しないでください」

生井はそっけなかった。思いがけない返事だったた。快く返事してくれるものとばかり思っていた北藤は、すっかり気勢をそがれてしまった。

「署名だけでも協力していただけないでしょうか」

そう言うのが精いっぱいだった。

「署名は問題ないです。お金がかかりませんから」

北藤は生井が署名を了解してくれたことで、気分が少し楽になった。

「よろしくお願いします」

芳賀と宝田も頭を下げた。

仕事を中断して応対してくれた生井に、四名は丁重に礼を言って組合事務所を出た。

外に出ると空一面が雲に覆われていた。風が吹いて少し肌寒かった。

「次は歩いて一五分ほどの印刷関係の労働組合です。頑張って行きましょうね」

大熊は励ますように声をかけると、再び先になって歩き始めた。北藤は出端《ではな》をくじかれた思いがして足取りが重かった。芳賀と宝田も視線を落としたまま、無口になっていた。

大通りに出て四回ほど信号を渡り、横道に入った。

「ここです」

しばらく行って大熊が鉄骨に合板を張ったような簡素な二階建ての前で止まった。開け放った門のコンクリートの柱に「桂印刷」と書かれた、大ぶりの木製の表札がかかっていた。

見回すと、周囲はマンションや戸建住宅、コンビニ、飲食店などが道路に沿って雑然と並んでいた。

勝手知った大熊が門をくぐった。北藤らは大熊に続いた。建物と塀の間の狭い通路を歩いて行くと、大熊は一番奥のドアの前で立ち止まり、遠慮がちにドアをノックした。返事はなかった。

「約束の時間には間違いないのですが、仕事の区切りがつかないのかも知れません。中で待たせてもらいましょう」

大熊はドアを開けた。鍵はかかってなかった。机が一つあるだけの一〇畳ほどの小さな部屋だった。左右の壁に沿って折りたたみ椅子が立てかけてあった。歩き疲れていたのでその椅子に腰を下ろした。

「いやあ、お待たせしてすみません」

一〇分ほど待った頃、三〇代半ばに見える男性が息を弾ませながら飛び込んできた。カーキ色の作業服を着て、肩には白いタオルを掛けていた。額には汗が光っていた。北藤らは反射的に椅子から立ち上がった。

「委員長の坂口です。午後五時までに納めなければいけない印刷物がありまして」

坂口が立ったまま早口で言った。

「お忙しいところすみません。争議支援総行動への参加要請に来ました」

大熊が言った。

「その件は上部団体からも言われていますが、今のところまだ誰もいないのですよ」

坂口は歯切れが悪かった。

「どちらの組合の方ですか?」

坂口が三人を見て言った。

「私たちはN航空不当解雇撤回の原告です。私たちからのお願いを聞いていただけますか」

芳賀が言った。

「N航空の整理解雇のことはよく知っていますが、何でしょうか」

坂口は首をかしげた。

「『N航空労働者の財政を支える会』入会と物品販売の取り扱いをお願いできないでしょうか」

　芳賀は入会案内と物品販売のチラシを坂口に渡した。坂口は一通り目を通した。

「日本でもトップクラスの賃金をもらっている皆さんが、僕らのような低賃金の労働者に金銭的支援の訴えをなさるとは」

　坂口はかすかな笑みを浮かべて言った。北藤には嫌みのように聞こえた。

「今日の五時まで納品できるか厳しい状況なので、もう職場に戻らなくてはなりません。資料は後でよく見ておきます」

　坂口は落ち着きがなかった。

「お忙しいのに貴重な時間を割いて頂いて有り難うございました。どうかご検討下さい」

　芳賀は深くお辞儀をして言った。

　四名は桂印刷の組合事務所を後にすると、大通りに引き返した。文栄出版社の労働組合に続いて、桂印刷の労働組合でも快諾してもらえなかった。その思いが北藤、芳賀、宝田を寡黙にした。芳賀が俳句を詠むこともなかった。

「私たちの闘いは皆さんに支援してもらえるのかしら。だんだん自信がなくなってきた」

　宝田がつぶやいた。

　北藤の脳裏に先ほど桂印刷の坂口委員長が「日本でもトップクラスの賃金をもらっている」と言った言葉が浮かんだ。

　パイロットの基本給は地上職員と比べ、同程度かむしろ低いくらいだった。操縦という特殊技能や、深夜・長時間労働・不規則勤務などによる乗務手当を加えることで手取額が増した。風邪などの体調不良や不整脈などの症状で乗務できなくなると、その分の手当が削られた。

　二〇一〇年の経営破綻前には労働組合の闘いによって病気で乗務できなくても一定の保障手当が出ていたが、経営破綻後はその保障手当もなくなった。乗務しなければ手取額は確実に削られた。

　客室乗務員の基本給はパイロットよりもさらに低かった。乗務手当を加えることで手取額が増した。以前はパイロットと同じように病気で乗務できなくなった時には保障手当が出ていたが、やはり経営破綻後はそれもなくなっていた。

　世間水準よりも高かった賃金が、支援要請を素直に受け入れてもらえない要因になろうとは思いもしなかった。N航空の不当解雇撤回の闘いは、労働者全体の問題として当然支援してもらえるものとばかり、三名とも思っていた。

「気分が滅入ってしまう。どうしたら私たちの訴えに耳を傾けてもらえるかしら」

　芳賀がつぶやいた。北藤も宝田もその答えは分からなかった。

「でも私、頑張る。ここでひるんでは整理解雇を撤回させることなど、とてもできないと思う」

　宝田は自分を奮い立たせた。

「そうね。沈んではいられない」

　芳賀が気分を切りかえた。原告たちはこうしてお互いに励まし合って足を前に踏み出すのだ。二人の話を聞きながら北藤はそう思った。

　大通りを一〇分ほど歩くと前方に地下鉄に通じる出入り口があった。

「あそこから地下鉄に乗って湾岸方面のオルグ先に向かいます。頑張りましょうね」

　大熊が地下鉄のマークを指して、ことさら明るい声で言った。途中で別の路線に乗り換えて一五分ほどで目的地の駅で下りた。地上に出ると目の前に広い交差点があった。大通りの両側は高層のビルやマンションが並んでいた。

「残り三か所のオルグ先はこちら方面です」

　大熊が湾岸方面を指した。近くに倉庫群でもあるのかトラックがひっきりなしに往来していた。東京湾が近く風が湿っぽかった。交差点を渡り、大通りをしばらく歩いてビルの角を曲がった。

　やや狭い道の両側にもやはりビルやマンションが並んでいた。ビルとマンションの間に、人がやっとすれ違うほどの狭い路地があってスレート葺《ぶ》きの古く小さな住宅が軒を連ねて立っていた。

　大熊が四階建てのビルの前で立ち止まった。見上げるとビルの壁面に「戎谷精密機械」という大きな文字盤がはめ込まれていた。文栄出版社や桂印刷と比べれば一回り大きな建物だった。敷地いっぱいに建てられたコンクリートの外壁は灰色にくすんでいた。

「労働組合の島内書記長に面会に来ました。既に連絡してあります」

　大熊が玄関の窓口で守衛に言った。守衛は電話で確認を取ると「立ち入り許可証」を四名に配った。組合事務所は四階の奥にあった。どこでも組合事務所は隅に押しやられている感じがした。

　大熊がノックしてドアを開けた。大熊に続いて部屋に入った。

　部屋の中央には四つの机が据えられていて、正面のガラス窓から光が差し込んで明るかった。左右の壁に備え付けられているステンレスの棚には、段ボールや剝き出しの書類が積まれていた。

「やあ、相変わらず元気そうだね」

　右端の机に座っていた五〇代後半と思われる男性が大熊に声をかけて立ち上がった。頭はかなりはげ上がっていたが血色はよかった。水玉模様のシャツにジーパン、素足にサンダルを履いていた。他には誰もいなかった。

「さあ、あちらにどうぞ」

　善良そうな笑顔を浮かべて左側のソファに四名を誘導した。焦げ茶色のソファは色があせていた。

「N航空不当解雇撤回裁判原告の北藤さん、芳賀さん、宝田さんです」

　大熊が順に紹介した。

「私は専従で書記長の島内です」

　名刺を交換しながら言った。島内の隣に大熊が座り、向かい合って北藤、芳賀、宝田が座った。

「実は私もストを扇動したという理由で解雇されたことがありまして、撤回させるまで一〇年かかりました。生活基盤を奪われた苦しみ、先の見えない宙ぶらりん状態のやるせなさは、解雇された者しか分かりませんよね」

　島内がしみじみと言った。島内の言葉は北藤の心に深く響いた。

　島内さんは僕らの気持ちを分かってくれている。島内さんの前ではありのままの自分をさらけだしていいんだ。北藤は心が解きほぐされていくのを感じた。

　芳賀も宝田も先ほどまでとは違って安堵の表情を見せていた。

「大熊君も解雇されてからもう四年になるなあ。同じ金属労働者の君が早く職場に戻れるように、総行動には多くの参加を呼びかけているよ」

総行動の抗議先の一つに、大熊の解雇を裏で指揮した親会社の大手重機メーカーも入っていた。

「いつも有り難うございます。皆さんのご支援に支えられて頑張っております」

大熊が張りのある声で礼を言った。総行動は既に取り組んでいるので要請の必要はなかった。そのため宝田が「財政を支える会」と物品販売、署名の継続をお願いした。島内を前に滑らかな口調だった。

「解雇闘争に勝つにはどうしても財政的な裏付けが必要なことは、過去の経験からよく知っています。全面的に協力しますよ」

三名にとっては心強い島内の言葉だった。

「あの問題は、その後どうなりましたか」

大熊が島内に訊ねた。

「組合としては意見集約が終わり、これから方針を決定する段階だが、年末に向けての大きな闘いになるだろう」

島内が表情を引き締めた。

「何かあったのですか」

宝田が島内を見て言った。

「整理解雇に比べれば小さな問題だが……」

島内は話すのをためらっているようだった。

「どういう問題を抱えていらっしゃるのか知りたいと思いまして」

宝田の言葉に大きく頷くと話し始めた。

それは春初めの頃だった。会社が工場の移転を計画しているという噂が組合に寄せられた。本社と営業部門は都内の貸しビルに残し、工場は房総半島の工業団地に移転して敷地は売却するというものだった。会社に問い合わせると、まだ何も進んでいないという回答だったが従業員には動揺が広がった。移転したらローンでマンションや戸建て住宅を買った従業員の多くが通勤困難になる。子どもたちの教育も問題になる。

職場集会を重ねた結果、従業員の生活を根底から覆す工場移転には絶対反対だという声が圧倒的だった。

「今後は移転計画の撤回を会社に突きつけて闘うことになるだろう」

移転計画は小さな問題ではない。仕事が続けられなくなる人にとっては、僕らの整理解雇と同じではないかと北藤は思った。

「私たちも皆さんの闘いを支援したいと思います。移転反対の集会や署名などが計画されたら、ぜひ参加したいと思います」

　宝田が言った。

「以前はこの辺りにも中小の物作りの会社がかなりあって労働組合同士が助け合ったものですが、工場移転や倒産などですっかり減ってしまいました。でも今後皆さんと支援し合うことができれば大きな力になります。これこそ労働者の連帯というものです。一緒に頑張りましょう」

　島内が三名に笑顔を向けた。

　島内に別れを告げて、北藤らは次のオルグ先に向かった。時刻は午後三時を回っていた。外は相変わらず曇り空だった。

　四名は湾岸方面に向かって歩いた。しばらく行くと橋があった。橋の下には幅広い運河が横たわり、両岸をビルに囲まれていた。はるか向こうまで一直線に伸び、その先で東京湾に注ぎ込む大きな川に合流していた。見上げると運河の上には広い空があった。運河は灰色の空を映し、さざ波が立っていた。

　四名は橋の上で立ち止まった。

「水面を渡る風が心地いいわね」

　宝田が目を細めて言った。ずっと歩いたので北藤も汗ばんでいた。

「一句浮かんだわ。『薫風や　歩き疲れて　運河沿い』どうかしら？」

　芳賀が水面を見つめながら句を詠んだ。

「うまいっ、今の気持ちにぴったり」

　宝田が拍手した。

「それほどでも……」

　芳賀が小さく笑って照れた。北藤には俳句の良し悪しは分からなかったが、芳賀が詠んだ後にそれまでの張り詰めていた気持ちがふっと和むのを覚えるのだった。橋を渡りきると右側に大きな樹木に囲まれた広い公園があった。四名はそこで一休みすることにした。欅《けやき》の新緑の下のベンチは涼しかった。

「オルグって、簡単じゃないね。でも大熊さんはどの組合でも歓迎されているのがよく分かったわ」

　芳賀が言った。芳賀は幾分足を投げ出していた。

「最初の頃は冷たくあしらわれました。集会には率先して駆けつけ、粘り強く足を運んでいるうちに少しずつ信頼してもらえるようになりました」

大熊が答えた。

「支援をお願いするだけでなく、相手も支援するという立場に立ってこそ、私たちの闘いは広がっていくような気がしてきたわ」

芳賀が言った。

「文栄出版社の生井さんも、桂印刷の坂口さんもN航空の整理解雇が労働者全体にかけられた攻撃であることは、頭では分かっていると思いますよ。そこから一歩足を踏み出してもらうためには、お互いの信頼関係を築くことから始まるのではないでしょうか」

大熊が言葉を選ぶように言った。大熊と他労組との信頼関係は長い年月を積み重ねた結果だった。

「残り二か所、元気を出していきましょう」

大熊がベンチから立ち上がった。

五月下旬、全労連と東京地評による争議支援総行動が行われた。四月下旬の一次、五月中旬の二次と、二回のオルグで多くの労働組合に参加を呼びかけたのが、この日の総行動だった。北藤は朝早くウイングビルに立ち寄り、のぼりを五本持って電車を乗り継いでJR中央線の中野駅で下車した。階段を下りて行くと改札口から少し離れて、五〇名はいると思われる参加者たちが労働組合や団体名を染め抜いたのぼりを手にして立っていた。

手前に大熊の姿があった。経験豊富な大熊がCコースの責任者だった。香山と阿川、他にパイロットと客室乗務員の二人の原告も緊張した面持ちで大熊と並んで立っていた。パイロットの原告は父親が突然脳内出血で半身不随になったため、海外航空会社に決まっていた再就職先をとりやめて妻と介護していた。客室乗務員の原告は母親と二人暮らしで母の面倒を見ていた。北藤は一次オルグでも二人と一緒だった。

北藤はのぼりを一本ずつ原告たちに渡した。原告団がこのような行動に参加するのは初めてのことだった。この日、原告団はAからEまでの五つ全てのコースに五名ずつ参加した。

「時間になったので行きましょう。目的地はここから歩いて五分ほどの所です」

大熊は全員に声をかけると、車の往来の激しい大通りに沿って歩きはじめた。参加者は大熊の後を列になって歩いた。空には今にも降り出しそうな雲が広がっていた。

北藤は歩きながら、手に持っていた「総行動展開図」を見た。午前九時から始まるCコースは、最初の長方形の枠の中に「中野区立内村保育園」とあり、「パワハラ解雇、不当配転」と小文字で添え書きがあった。大通りを右に入るとすぐに戸建てが並ぶ静かな住宅街になった。しばらくして先頭の大熊が立ち止まった。正面の左側に淡いピンク色に塗られた建物があり、右側は園庭になっていた。建物と園庭の間には一本の背の高い広葉樹が生い茂っていた。

門柱の傍には緑色のスモックを着た若い女性の保育士が立っていて、保護者に手を引かれてくる園児たちを待っていた。そこが「中野区立内村保育園」だった。参加者たちは保育園の柵に沿って一列に並んだ。

青い背広姿で額の広い六〇代と思われる男性がマイクを握った。

「この保育園で二人の保育士が不当解雇と不当配転を受けました。今日で三回目の抗議行動です。私は東京公務公共一般労働組合副委員長の大林と言います。私の隣が中尾委員長です」

大林の言葉にやはり六〇代に見える色白で眼鏡をかけた女性が笑顔でお辞儀をした。中尾委員長は白いブラウスにベージュ色の薄手のカーディガンを着ていた。

公務公共一般労働組合は、自治体やその関連職場で働く臨時・パート・非常勤などの、低賃金で不安定な身分の労働者を組織していた。政府・財界が進める「正規から非正規への雇用切り替え」政策によって非正規労働者が急増し、福祉・教育・医療現場などから無権利と劣悪な労働条件に苦しむ深刻な相談が多数寄せられていた。中尾と大林はその解決のために先頭に立っていた。組合員は年々増加して今では約三〇〇〇名になっていた。

「それでは当事者二人に発言をお願いします」

まず四〇代に見える女性がハンドマイクを持った。

「この保育園を解雇された三宅です。この保育園は区立ですが、実態はスパローという事業会社が指定管理者として運営しています。儲けと効率を優先しており、子どもたちを大声で叱ったり、ほっぺを叩いたり、動作の遅い子を脅したりすることが日常的に行われていました。見かねた私は中野区に公益通報しましたが、十分な調査をすることなくそのような事実はないと回答してきました。スパローは公益通報した私を解雇しました。私は同じ志の黒木さんと一緒に公共一般に加入して闘うことを決意しました」

　三宅は保育士らしい柔らかな語り口だった。続いて三〇代半ばに見える黒木が発言した。男性の保育士だった。

「私は子どもが大好きで保育士になりました。三宅さんと私は子どもの気持ちに寄り添う丁寧な保育を実践してきましたが、能なしと罵《ののし》られたあげく三宅さんは解雇、私には不当配転を命じました。撤回させるまで頑張ります」

　黒木も穏やかに話した。その時だった。

「あ、三宅先生と黒木先生だ。会いたかったよ。一緒に教室に入ろう」

　母親に手を引かれた男の子が駆け寄り、黒木の手を摑んだ。

「駄目よ、さあ中に入りましょう」

　若い保育士が園児を抱きかかえて門に消えた。

「すぐに戻ってくるからね」

　園児の後ろ姿に黒木が叫んだ。黒木は泣きそうな顔で俯いて涙をこらえていた。

「子どもたちに慕われる心優しい保育士さんを排除するなんて……」

　右隣の香山がつぶやいた。

「ものを言う人たちはどこでも除け者にされる。その結果、N航空では安全、この保育園では子どもたちの権利や自由という一番大切なものが脅かされている」

　左隣の阿川が怒りを込めて言った。

「これから保育園の経営者と園長に対して、解雇と配転の撤回を求めて要請に行ってきます」

　大林はそう言うと、当事者の二人と中尾委員長の四名で門の中に入っていった。

　一〇分後、四名は戻り中尾がマイクを握った。

「経営者と園長は抗議行動で保育園の評判が悪くなるのをすごく気にしています。解雇と配転を撤回すればすぐに中止すると言いましたら、和解の話し合いを持つことを約束しました。大きな前進です」

抗議行動の成果があった。一人の声は小さい。こうしてみんなで声をあげることが大事なのだ。

「皆さんのご支援のお陰です」

三宅の声は震えていた。

参加者たちは中野駅に引き返した。次の抗議先に電車で移動するためだ。北藤は歩きながら「展開図」を見た。次は「ソミー本社」となっていた。小さな文字で「ソミー労働組合仙台支部リストラ」と添え書きがあった。

参加者たちは午前一〇時過ぎにJR品川駅で下りた。港南口の改札口を出て五分ほど歩くと、高層ビルが立ち並ぶ一角にソミーの本社があった。ソミーは日本を代表する電子機器メーカーである。外壁が全面ガラス張りの真新しいビルだった。天気は徐々に回復して青い空と白い雲がガラスの壁面全体に映っていた。歩道と玄関の間には広い空間があって、五〇名の参加者たちは歩道に沿ってのぼりを持って並んだ。

三名の青年が「ソミーは被災者の大量解雇を撤回せよ」と大書した横断幕を掲げて玄関の横に立ち、三名の青年がチラシを道行く人に配った。

横断幕の前で、五〇代半ばに見える髪を短く刈り上げた男性がマイクを持った。

「ソミー労組仙台支部委員長の杉田です。ソミーの仙台テクノロジーセンターは東日本大震災による津波で甚大な被害を受けました。工場には沢山の瓦礫《がれき》と一緒に軽自動車やトラックまでも流れ込みました。この難局に正社員、期間社員たちは自宅が被害を受けているにもかかわらず率先して、工場に押寄せた膨大な土砂や瓦礫を掻き出し、機械を洗浄しました。その結果、三月末には生産・出荷の見通しができるようになりました。ところが四月上旬になると期間社員に自宅待機を命じました。その間に震災被害を理由にした事業縮小を画策し、労働者二〇〇〇名の内、正社員約二八〇名を広域配転、期間社員など約一五〇名を全員雇い止めにすると発表しました。期間社員たちは大きな衝撃を受け、納得がいかない二二名がソミー労働組合に加入して闘うことを決意しました。その内の六名がここに来ております」

青年たちはいずれもTシャツ姿で実直そうだった。

杉田委員長は言葉を続けた。

「期間社員の平均年収は約二七〇万円です。ソミーの内部留保は三兆円を超えています。雇用継続は十分に可能です。ソミーに雇用と地域を守る社会的責任を果たさせるために闘いを広げて参ります。それでは当事者たちに訴えてもらいます」

杉田は時折言葉を詰まらせた。杉田の期間社員たちを思う気持ちがひしひしと伝わった。

黒のTシャツと洗いざらしのジーパンの青年がマイクを握った。

「支援の人たちのカンパでここに来ることができました。僕はアパートが浸水したので避難所生活でしたが、そこから工場の復旧作業に通いました。ソミーという会社が好きで一日でも早く仕事がしたかったからです。再開の見通しが立った時、思いもしなかった雇い止めの通知をもらいました。裏切られた思いです」

次にグレーのハンチングを被った青年が話した。

「自分がいた部署は、自分たち期間社員が中心となって立ち上げました。後から配属になった正社員にも教えました。昼飯が夜になろうが文句を言わずに働きました。そこまでして働いてきたのにゴミでも捨てるかのように雇い止めされるのは悔しいです」

杉田がハンカチで目尻を拭いた。怒りの涙だった。

「これから要請書を渡してきます」

杉田は総行動の代表者と共にビルの玄関を入った。

一五分後、杉田と代表者が玄関から姿を現した。杉田がマイクを握り、その横に六名が並んだ。

「人事の責任者と会って、期間社員一人ひとりの思いを伝えました。闘いはこれからです。本日の総行動は大きな励ましとなりました」

青年たちがいっせいにお辞儀をした。

全員が品川駅に引き返した。北藤は歩きながら「展開図」を広げた。次は五つに分かれた全てのコースが「日本WBM本社」に集結することになっている。

Cコースの参加者は途中で地下鉄を乗り継いで、半蔵門線の水天宮駅で下りた。地上に出ると歩いて五分ほどで日本WBM本社に着いた。WBMビルはひときわ高く聳《そび》えていた。玄関前の広場には先に到着した他のコースの参加者たちが赤や黄色ののぼりを持って立ち、街宣車が街路樹の間に横付けされていた。

参加者たちは続々と集まった。ざっと三〇〇名近くはいるだろう。

しばらくして街宣車の上に紺色のゼッケンを付けた二人の中年男性が立った。最初に肩幅が広い男性がマイクを握った。

「日本WBM支部委員長の中岡です。日本WBM支部は一〇〇〇億円もの純利益を上げておきながら、リストラを強行しています。成果主義によって下位一五パーセントの社員を意識的に作り出し、退職強要を繰り返しました。多くの社員が精神的に追い詰められ、一五〇〇人もの社員が辞めました。もはや労働組合に頼るしかないと加入する社員が続いています。このような退職強要と人権侵害は絶対に許す訳にはいかないと、四人の組合員が損害賠償と退職強要の差し止めを求めて東京地裁に提訴しました。代表して本村さんより訴えをさせていただきます」

五〇代後半と思われる本村がマイクを握った。

「マネージャーは、会社に貢献していないとか業績が低いと言って退職を強要しました。他の三人も、与える仕事がないとか会社にとって不必要だと言われました。会社から受けた精神的な苦痛は筆舌に尽くしがたいほどです。今後このような退職強要を繰り返させないためにも裁判で闘うことを決意しました」

本村の誠実そうな語り口が印象的だった。

なお、日本WBM支部は全日本金属情報機器労働組合（JMIU）傘下の組織である。

本村らが受けた退職強要は、N航空で整理解雇された原告たちのそれと全く同じだった。北藤は屹立《きつりつ》する乳白色のビルを見上げた。あのビルのどこかの部屋で陰湿な退職強要が行われているのだ。升目《ますめ》状のガラス窓の全てが暗闇に包まれている感じがした。

「ソミーでは三兆円の内部留保がありながら一五〇人の期間社員を雇い止めにしようとしている、日本WBMでは一〇〇〇億円もの純利益を上げながら一五〇〇人もの社員を退職させる、N航空でも史上最高の営業利益を上げながら一六五人を整理解雇する、どれも日本を代表する大企業だ。その大企業がいかに儲けていようがいとも簡単に労働者のクビを切る。これが経営者の本性なのか」

阿川が独り言のようにつぶやいた。

「シュプレヒコールを行います」

若手の組合員が街宣車に上がった。

「会社は退職強要をやめろ！」（やめろ！）

三〇〇名近くの参加者の声が響いた。その後中岡委員長を始めとする代表団数名が、会社の担当者に要請書を手渡した。

午前の争議支援総行動が終わった。時間は午後一時近くになっていた。三時間以上に及ぶ行動で北藤は全身に疲れを感じたが、それは心地よい疲労だった。

総行動は午後に再開される。参加者たちは散って行った。北藤ら原告の五名は昼食をとるために、水天宮駅近くの小さな中華料理店に入った。昼飯時を過ぎていたので他に客はいなかった。猫背の老婦人が氷の浮いた水とメニューを持ってきた。

「決まったら声をかけてね」

口を動かしていた老婦人はすぐに引き返した。五人は氷の浮いた水を一気に飲んだ。それぞれが老婦人に声をかけて注文した。

「どうして私たちだけが酷い目に遭わされているのだろうと思っていたけれど、そうじゃないことが分かった。みんな頑張っているのでとても励まされたわ」

母親の面倒をみている客室乗務員の原告が言った。

「僕は操縦席からいつも日本列島を眺めていたが、こうして地を這うようにして歩くと至る所に厳しい現実があることがよく分かるね。世間知らずだったなあ」

妻と交代で半身不随の父親を介護しているパイロットの原告が言った。

二人とも一次オルグの時は緊張してしゃべらなかったが、自分の思いを率直に話すようになっていた。

「お待ちどおさま」

老婦人が注文した料理を運んできた。

午後二時三〇分から再開された午後の行動では、Cコースは先ずJR有楽町駅に近い大和重工の本社ビル前で、大熊の解雇撤回を求める抗議行動を行った。ふと見ると「戎谷精密機械労組」の赤いのぼりが数本立っていた。二次オルグの時に島内書記長が約束したとおり午後から参加したのだった。大和重工は多数の警備員を玄関前に配置し、代表団の要請書も受け取らなかった。

「解雇を撤回させるまで闘うぞ」

大熊はマイクの音量を上げて抗議した。解雇されてから四年が経っていたが闘志は衰えなかった。

次に、銀座八丁目にある美正堂のギャラリーに、歩いて向かった。美正堂は大手化粧品メーカーである。そこは画廊やパーラーなどがあるチョコレート色の細長い瀟洒《しょうしゃ》なビルだった。

美正堂の工場で口紅を製造していた派遣社員二四名が、減産を理由に突然解雇された。納得がいかない七名が労働組合を結成して裁判に訴えていた。闘いの過程で、雇用契約は派遣ではなく請負だったことが発覚した。偽装請負だった。派遣法では製造業派遣の受け入れ期間は三年となっているので、その制約から逃れるためだった。美正堂と派遣会社の両者を相手取って、正社員としての地位確認を求めて提訴したのだった。彼女たちは生活のためにパートなどを掛け持ちしながら闘いを続けていた。

「正社員と全く同じ仕事をし、正社員よりも難しい仕事もしてきました。正規・非正規の違いで簡単に解雇されました。悔しいです。ご支援をお願いします」

四〇代後半に見える女性が代表して訴えた。銀座の目抜き通りにあるギャラリー前の宣伝は人目を引いた。

彼女たちはクリスマスシーズンにはパンダのぬいぐるみや赤い帽子を被り、夏の夕方には浴衣を着て訴えているということだった。苦しいはずの闘いを、工夫を凝らして楽しんでいるのだった。

「なんて明るくたくましいんでしょう。私たちも見習わなくちゃ」

香山が言った。

その後、参加者たちはのぼりを立てたまま中央通りを歩き、新橋交差点で左に曲がった。ほどなくして昭和通りに面したルコー本社前に到着した。ルコーは印刷機の大手メーカーである。玄関前には五、六名の警備員が物々しく横一列に並んでいた。

抗議行動が始まった。白髪交じりで六〇代前半に見える男性がマイクを握った。

「私は秋田さんを支援する会代表の中武です。秋田さんはルコーの子会社で、ただ一人の女性営業部員として働いていましたが、連日の深夜残業の強要、休日には接待ゴルフへの強制同行など多くのパワハラ、セクハラを受けて体調を崩しました。ついには金銭横領の濡れ衣で解雇されました。ところが東京地裁は解雇有効というとんでもない判決を下しました。現在控訴して闘っています。子会社の中枢は親会社のルコーからの天下りです。ルコーは一連の違法行為を反省して、今すぐ秋田さんを職場に戻しなさい」

中武の張りのある声が響いた。中武が秋田にマイクを渡した。紺のスーツ姿の秋田は四〇歳前後に見える細身で物静かな感じだった。

「私は男性社員と比べて売り上げ実績も見劣りしませんでしたが、いつも一番低い査定でしたので上司に抗議しました。私は次第に煙たがられるようになりました。女は体で仕事をとっているという噂まで流されました。私は事実関係をはっきりさせ解雇無効を求めて東京地裁に提訴しました。ところが担当の裁判官は私と弁護士を密室に呼び出して、私個人の意見だが女性なんだから将来に傷がつかないように裁判を取り下げて欲しいと言ってきたのです。私は申し出を断りました。するとその裁判官は、社会と企業は不正と差別の上に成り立っている、労働者が権利を主張するのはわがままにすぎないとまで言い放ったのです。判決は会社の主張を丸呑みしたものでした。でも私は泣き寝入りしたくありません。ルコーはパワハラ、セクハラの事実を認め、横領の濡れ衣を撤回して下さい」

秋田はルコー本社ビルに対峙して、まっすぐ顔を向けていた。言葉は力強く華奢な体のどこに強靱な精神が隠されているのだろうと北藤は思った。

「口にするのもおぞましいその言葉を、私は同じ女性として絶対に許せない」

普段は穏やかな口調の香山が、怒りの感情を露わにして言った。

ルコー本社前での抗議行動が終わった。参加者は

ＪＲ新橋駅に向かって歩きはじめた。本日の争議支援総行動の最終目的地であるN航空本社前に集合するためだった。時刻は午後四時半を回っていた。北藤は阿川や香山ら原告たちと連れ立って歩きながら、ふと振り返ると秋田がすぐ後ろにいた。北藤は幾分歩を緩めながら秋田に訊ねた。

「秋田さんを担当した東京地裁の裁判官は、何という名前ですか」

「渡利裁判官です」

「ええーっ」

北藤が驚いて声を上げた。一歩前を歩いていた原告たちが振り返った。秋田の言葉は聞こえていたのだ。

「まともな判決を出してくれるかしら」

香山が心配そうに言った。

「秋田さんに暴言を吐いたり、裁判での落ち着きも集中力もないような渡利裁判長は、どう見ても信用できそうにない。不当な判決を出させないためには、もっと闘いを広げなくては」

阿川が決意をにじませて言った。

Cコースの参加者たちはＪＲ新橋駅で電車に乗り、浜松町駅でモノレールに乗り換えて、天王洲アイル駅で下車した。別の車両からも、のぼりを持った参加者たちが続々と下りるのが見えた。

N航空の本社前には既に多くののぼりが、夕方になって吹き始めた風にはためいている。時刻は午後五時を過ぎていた。既にAからDまでの各コースとも到着しているらしく、本社ビル前の歩道は長い列になって埋めつくされている。三〇〇名近くが集結している。

北藤は林立しているのぼりの一つひとつに目を凝らした。前方に「戎谷精密機械労組」の赤いのぼりが数本見えた。午後からずっと抗議行動に参加していた。彼らは工場移転反対闘争の忙しい中を駆けつけてくれたのだった。

「文栄出版労組」と「桂印刷労組」ののぼりを目で探したが、どちらも見つけることはできなかった。

二次オルグで応対してくれた「文栄出版労組」の生井書記長も「桂印刷労組」の坂口委員長も、あの時そっけない態度に見えた。

やはり参加してもらえなかったのだ。北藤は残念な気持ちになった。

突然、歩道の片隅からギターの音が聞こえてきた。振り向くと黒いシャツを着たギター演奏の四〇代に見える男性を真ん中にして、それより高齢の男性や若い女性など幅広い年齢層の人たちが一〇人近く並んでいる。そして声を揃えて歌い始めた。

この空はどこまでも　高く　高く
魔物もいるけど　わたしの職場
たくさんの命と　暮らしを運んだ
わたしの　誇りを
分ってくれる
あの空へ帰ろう　きっと帰ろう

……

「あの空へ帰ろう」という歌だ。マイクもスピーカーもなかったが素朴で温もりのある声が重なり合い、歌うことを心から楽しんでいる。歩き疲れた北藤の心にじわりと染みこんできた。この歌を毎月一回の本社前抗議行動で耳にするようになった。

「この歌は僕らの気持ちをぴったりと言い表しているなあ。どうやって作られたんだろう」

北藤は隣の香山に聞いた。香山は地域や職場の「うたごえサークル」から訴えの要請があると、いつも進んで行った。きっと歌が好きなのだろう。

「この歌は私たちの不当解雇撤回の闘いを歌で支援しようと、『うたごえ新聞』の呼びかけで生まれたの。作詞はZ空輸の元機長で航空労組連絡会でも活躍されていた人で、私たちの気持ちを丸ごとすくい取ってくれたと思う。作曲は労働運動や平和運動を励ます歌を数多く作曲している人なの。だから詞と曲がぴったりマッチしたものに出来上がったと思う。私はこの歌を聞く度に胸がいっぱいになって、何としても職場に復帰したいという気持ちになるわ」

香山は目を潤ませた。

随分前になるが北藤はうたごえ運動をしているという女性から「歌うことで皆さんの闘いを支援します」という電話をもらった。その時は、歌で裁判に勝てるだろうかという疑問が先に立って特別な感情は何も湧かなかった。確かに歌そのもので裁判に勝つことはできない。しかしこの歌を聞く度に心が癒やされ、必ず整理解雇を撤回させるぞという気持ちになる。そこに歌の力がある気がした。

「只今から争議支援総行動の締めくくりとして、N

航空本社前の抗議行動を行います」

街宣車の上から客室乗務員原告の声が響いた。


八月になった。

北藤は朝から事務局でパソコンと向かい合っていた。引き続き、外部の労働組合や団体から訴えに来て欲しいという要請が、電話やメール、ファックスなどで続々と寄せられ、その組合や団体の名前と日時を次々にパソコンに入力して原告たちに知らせていた。

原告たちは参加可能な日程に、自分の名前を入力した。八月から九月にかけては、各労働組合とも定期大会を設定しているので訴えの要請が一段と増えた。

向かい合った席では、芳賀が原告たちに電話をかけて要請先を調整していた。割当人数を偏りなくするのも北藤や芳賀の仕事だった。

清沢は隣の席で、署名数や集会などの実績をまとめたり、今後の活動方針の原案を作成したりしていた。

その隣の元山は、ある単産での講演のために間もなく出かける。元山は外部の労働組合から、N航空の経営破綻の原因や整理解雇の狙いなどについての講演依頼を受けると、パイロット原告団の団長として率先して応じていた。

「ピピッ」

机に置かれた芳賀の携帯電話の呼び出し音が鳴った。芳賀は待ち構えたように、すぐに手に持った。

北藤も清沢も元山も、いっせいに芳賀の手元に注目した。

「あ、宝田さん」

都労委にいる宝田からだった。北藤が腕時計を見ると、午前一〇時を回っていた。都労委の命令が公布されたのだ。

「ちょっと待ってね。メモするから」

芳賀は足下のトートバッグからメモ用紙を取り出すと、「うん、うん」と相づちを入れながらペンを走らせた。

「分かった。有り難う」

芳賀が携帯を切った。

「勝ったわ」

芳賀の声は弾んでいた。

「やったあ」

三名が同時に叫んだ。

「都労委は組合の主張を全面的に認め、会社が組合の争議権の確立ないし行使等を制約する言動を行ったことは、不当労働行為であると明確に認定しました」

芳賀はメモを一気に読むと、顔を上げた。

「会社が主張していた不当労働行為ではないという論拠は全て却下されたそうです」

芳賀の声は嬉しさのあまり、上ずっていた。

昨年の一一月のことだった。整理解雇人選基準案の撤回を求めて、パイロットユニオンは争議権確立の全員投票を開始した。

間髪を入れずに加瀬管財人代理と塚本ディレクターが介入した。「支援機構としては争議権が確立された場合、それが撤回されるまで三五〇〇億円の出資をすることはできない」

この発言を機に、職制や一部機長が飛行中の操縦室の中や自宅にまで電話をかけて激しい投票干渉を行った。「もし出資されなければN航空の再建は絶望的になる。それでも君は争議権確立に賛成するのか」

運航の安全が損なわれることを危惧した執行部はやむなく争議権投票を中止した。

同じように整理解雇人選基準案の撤回を求めて、争議権確立の全員投票を行っていたキャビンユニオンにも、管理職による激しい投票干渉が行われた。

昨年一二月にパイロットユニオンとキャビンユニオンは、加瀬管財人代理と塚本ディレクターによる組合介入を「不当労働行為」として東京都労働委員会に申し立てたのだった。

「整理解雇強行の裏に、不当労働行為があったことが白日の下に晒《さら》された訳だ。都労委が認定した意味は極めて大きいね」

清沢がパソコンから目を外して言った。

元山が椅子から立ち上がりながら言った。

「出かける前に吉報が飛び込んできた。さあ、元気に講演してくるぞ」

元山が部屋から勢いよく出て行った。

「整理解雇されて悔しい思いをしている原告たちの、久しぶりの笑顔が目に見えるようだわ」

芳賀が満面の笑顔で言った。

パイロットユニオンとキャビンユニオンは、「整理解雇の過程で、裁判所から任命された管財人が違法行為を行ったことを重く受け止めて、整理解雇を撤回して自主解決すべきである」との声明を発表した。

しかし会社は九月一日、都労委の「不当労働行為」認定を受け入れることなく、不服として東京地裁に行政訴訟を行った。

10章　尋問の秋

パイロット不当解雇撤回裁判の第一回口頭弁論が開かれたのは、春まだ浅い三月三日だった。それから半年の間に計四回の口頭弁論が持たれた。パイロット原告たちは全ての口頭弁論で意見陳述をして、病欠や年齢を口実にした整理解雇の不当性を証言した。客室乗務員の裁判も計四回の口頭弁論が行われた。

九月中に開かれるパイロットと客室乗務員の四回の口頭弁論は、いずれも証人尋問を集中的に行うことが決まった。

九月五日の今日、最初の証人尋問が行われる。

北藤は朝早くウイングビルに立ち寄り、のぼりや横断幕、チラシなどを積んだ街宣車を運転して、午前七時三〇分に東京地裁前に横付けした。午前八時になると原告や支援者が地裁前を埋めつくした。横断幕やのぼりが歩道の両側に掲げられた地裁前で、宣伝行動が始まった。街宣車の上から原告や支援者の代表が、公正な判決を下すように訴えた。原告たちは通勤者たちにチラシを配り、署名をお願いした。

朝から曇り空でじめじめと蒸し暑く、一時間以上も立っていると額に汗がにじんだ。

午前九時半になったので、北藤は五〇名ほどのパイロット原告たちと列を組んで、支援者たちの拍手に送られながら裁判所の門をくぐった。数メートル先に野末の後ろ姿があった。

一〇〇席ほどもある一〇三号大法廷は全て埋まった。北藤は傍聴席のやや後方の左端に野末と並んで座った。

午前一〇時に渡利裁判長以下三名が裁判官席後方の扉から現れた。法廷は張り詰めた空気に包まれた。

「それでは開廷します。証人は証言席にお進みください」

裁判長に促されて、大柄な片野元管財人が証言席に座った。

「僕らはあいつにクビを切られた」

左隣の野末が、紺色の背広を着た片野を見ながら声をひそめて言った。

「背中を見るだけでもむかつくなあ」

北藤は小声で相づちを打った。

片野は整理解雇を断行した責任者だったが、約五か月前の三月二八日に会社更生手続きが終了したのに伴って、管財人の職を解かれた。今はN航空の監査役に就任していた。

片野は管財人として毎月五八〇万円の報酬を受け取っていたが、組合側の批判を受けて途中から四六〇万円に減額を申し出ていた。任務終了に際しては三三三〇万円の報酬を別に受け取ったので、合わせると一年二か月の在任中に九〇〇〇万円ほどの金額を手にしたものと思われる。

会社側代理人の川中弁護士が立ち上がった。長身の川中弁護士は上半身をやや前かがみにして、片野に語りかけるように主尋問を始めた。

片野は川中弁護士の質問に答えて、巨額の赤字を出したN航空に対して三五〇〇億円の公的資金を投入することは、世間から厳しい目で見られていたと述べた。続いて川中弁護士は、従業員の待遇についても批判があったのかと尋ねた。

「はい、従業員にはハイヤーだとかタクシーなどさまざまな厚遇があったので、国のお金を使って再建することに国民目線として厳しいものがありました。それで二次破綻をしないとか余剰人員を抱えないとか、国民の目で見て納得がいくような更生計画にしなければならないと思いました」

片野の発言に法廷内がざわついた。書類に目を落としていた渡利裁判長が顔を上げて傍聴席を睨んだが、ざわつきはすぐに治まったので再び書類に目を移した。

北藤はざわついた訳が分かった。誰も片野の発言に納得していなかった。

北藤もハイヤーなど一回も利用したことがなかったし、タクシーも今では深夜と早朝の公共交通機関がない場合に限定されていた。

「嘘を言ってやがる。ハイヤーなど二〇年も前に廃止されている」

野末が腹立たしそうにつぶやいた。

片野は整理解雇に至る経過を述べた後、整理解雇を三月末まで延ばせなかった理由を述べた。

「一一月からは路線が縮小して、働く場所がない人がたくさん出ていました。そういう働かない人たちに対して、公的資金が入っている更生会社で給料をお支払いすることは国民の目からいって、許されるだろうかという点がありました」

あんたは僕らをまるで給料泥棒のように見なしていたのか。ブランクスケジュールを押しつけられて退職強要を受け続けた苦しみが分からないのか。

北藤は叫びそうになったが、ぐっとこらえた。

続いて、片野は銀行から人員削減を強く求められていたこと、一五〇〇億円の営業利益を計上したけれども余剰人員を持たないというコンセプトで更生計画が作られており、かつその利益そのものが特殊な財産評定でかなりの下駄をはかせてもらっている数字であるので、整理解雇に踏み切らざるを得なかったと述べた。

「国民目線、銀行の圧力、あいつは整理解雇を外部のせいにしてやがる」

野末がつぶやいた。

団体交渉では管財人の立場としてどう説明したのかと川中弁護士が尋ねた。

「整理解雇に至らざるを得ないんだということを一生懸命説明しました」

片野が胸を張って答えた。

片野は団交で答えに窮すると「見解の相違です」「ご意見として承っておきます」とはぐらかした。一〇〇名の参加者の誰も納得していなかった。

組合側代理人の船田弁護士が反対尋問に立った。

船田弁護士は、整理解雇された一六五名の一年分の人件費総額が一四・七億円であることを明らかにした上で、質問した。

「三月二九日、更生債権を繰り上げ一括弁済しているが、その内の手持ち資金一四〇〇億円のほんのわずか一パーセントで、整理解雇を回避するための財源に使おうと管財人として検討しなかったのですか」

「検討はしました。しかしこの更生計画は余剰人員は抱えないというコンセプトでできており、それを覆すほどの要素ではないと思いました」

片野は先ほど述べた持論を繰り返した。

「この基本合意書のなかでは人員の圧縮と言っている訳ですが、時期というのはいつまでにされていたか、ご存知でしょう」

船田弁護士が尋ねた。

「はい」

「いつですか」

「この書面上は三月末です」

「そうですね。一二月末までに解雇しろということは、基本合意のなかには出ていないですね」

「そうかもしれません」

それまで迷いなく答えていた片野だったが、言葉の歯切れが悪くなった。

微動だにしなかった肩が左右に揺れた。明らかに動揺していた。片野の発言とその様子に傍聴席からどっと笑いが起きた。

「静かにしなさい！」

渡利裁判長が怒鳴った。

「そうすると三月末をにらんだ形で、再上場に向けた環境整備と雇用確保という二つの要素を調整しようと考えるのが管財人の職務のやり方ではないんですか」

船田弁護士がたたみかけた。

「元々、一一月末時点で人員計画が達成できるという計画になっていました。それを銀行に説明しているので、一一月一五日の時点で希望退職で達成できなかったら、整理解雇をしますと表明しているのです」

片野が言い訳をした。

「もう一度確認しますが、リファイナンスに関わっての基本合意の中で、一二月末までに整理解雇を行うんだというようなことを合意してはいませんよね」

船田弁護士が念を押した。

「それはございません」

片野は渋々と認めた。

船田弁護士は他の質問に移った。

会社は、二〇一〇年度に過去最高の営業利益をあげた増益要因の一つに、会社更生手続きの下で行われた財産評定の影響があり、その規模は七八〇億円の利益改善効果であり、主な内訳は航空機減価償却費などの減少で三六〇億円、人件費の減少で二九〇億円であると発表している、これらの改善効果は次年度以降も継続することを会社が認めていることを明らかにした上で、片野に質問した。

「これらの削減効果は一過性ではありませんよね」

「一過性だと私は申し上げております」

片野は船田弁護士から問い詰められても一過性だと言い張った。一過性であるので余剰人員を抱えるわけにはいかないという主張が崩れるからだった。

その後も船田弁護士の鋭い追及は止まなかった。

片野は形勢不利と判断したのか、突然渡利裁判長に訴えた。

「裁判長、証人尋問で欠けている視点があるので、申し上げてよろしいでしょうか」

「はい、片野先生、どうぞ」

傍聴席にまた小さなざわめきが起きた。

渡利裁判長は「片野先生」ではなく、「片野証人」と言うべきではないか。北藤も違和感を覚えた。

「あいつは東京地裁によって管財人に選任されたので、渡利裁判長とは顔なじみかもしれないな。だからうっかり『片野先生』と言ったんだ」

野末が周囲に漏れないように耳元でささやいた。

「現状をできるだけ早く回復して、少しでもたくさんの資本を蓄積して、欠損状況を解決するために一生懸命やらなきゃいかんだろうという状況にあったことは間違いありません。そういう視点での質問が全くないので申し上げげました」

片野が不満そうにまくし立てた。自分の努力を認めて欲しいとでも言いたげだった。

「私はそんな抽象的なこと聞いているわけじゃない」

船田弁護士は一蹴した後、ワークシェアについてパイロットユニオンによる数次にわたる提案を拒否した理由を質した。

「更生計画は余剰人員を抱えないというコンセプトであり、ワークシェアとは両立しないと思いました」

片野はまたも同じ主張を繰り返した。

「余剰人員とあなたは言うけれど、ぶらぶら仕事もしないで賃金を得ようという提案じゃないですよね」

船田弁護士が確認した。

「ええ……。ただ休んでおられるわけだし……」

片野が口ごもりながら言った。

「その分、賃金は下がりますわね」

「ええ……」

片野はまたも歯切れが悪くなった。

経営破綻した二〇一〇年一月一九日から二日後、管財人と再生支援機構によってN航空の八労組合同の事業計画説明会が開かれた。その席で発言した。

「人員はグループで一万五〇〇〇人削減するが、関連企業の非連結化による削減、定年退職などによる自然減、早期退職、一時帰休などワークシェア的なものを含めてやっていく。いきなり整理解雇など考えていない」

この約束を責任者の片野はボロ雑巾のように捨ててしまった。北藤はまたしても怒りが湧いた。

一時間半におよぶ船田弁護士の反対尋問が終わった。船田弁護士は会社側の主張を徹底的に検証し、その中で論陣をはって片野の言い分をことごとく論破した。

渡利裁判長が閉廷を告げた。証言席から立ち上がった片野の背中が小さく縮んで見えた。

北藤と野末は東京地裁の地下食堂に行った。広い食堂は昼時だったのでかなり混んでいた。

証人尋問は昼の休憩を挟んで、午後から夕方まで三名の証言が予定されている。野末は年休を取って参加したのだった。

二人は天ぷら蕎麦《そば》を注文してカウンターで受け取った。奥に空席を見つけると向かい合って座った。

「ところで、ご両親は九州の田舎から引っ越してこられたの?」

食べ終わってから北藤が訊ねた。両親がようやくこちらに引っ越すことに同意してくれてね。五か月前の四月半ば、羽田空港の新整備場駅で一緒にチラシを配った時、野末はそう言った。

「うん、三か月前に来てくれた」

野末はほっとした表情を浮かべたが、すぐに真顔になって言葉を継いだ。

「ただ、知らない土地だから外に出たがらなくて……。女房は仕事、子どもたちは学校なので日中は二人っきりになるんだ。やることがなくて、ずっとリビングでテレビを見てるのさ」

野末は視線を落とした。

「ご両親も高齢だからなあ。でも、そのうち土地柄にも慣れて、近所の人たちとも顔見知りになるさ」

北藤がなぐさめた。

「そうなるといいんだが……。先日の日曜日、気分転換に横須賀の海岸にドライブに連れて行ったら喜んでいたよ。九州はどっちだと聞くから、南西の海原を指さしたら二人ともいつまでも見ているんだ。帰りたいんだろうと思ったら複雑な気持ちになってね」

野末の表情が陰った。

「裁判に勝って早く職場に戻ろうよ。そうしたら約束通りご両親は故郷に帰ることができる」

北藤が元気づけた。

「うん、そうだな」

野末が気を取り直した。

午後の尋問は、一時から会社側の運航責任者と労務責任者の二人に対する主尋問と反対尋問が行われた。

そして四時からパイロットユニオンの小菅副委員長に対する主尋問が始まった。

会社側による反対尋問は後日行われることになっているので、これが最後だった。

中肉中背の小菅が証言席に座った。小菅は濃いグレーの背広の背筋をまっすぐに伸ばしていた。北藤と野末は午後もやや後方の左端に並んで座った。

「小菅君もかなり緊張してるな」

野末が小菅の背中を見て言った。

「うん、重責を担っているから無理もない」

北藤がうなずいた。

女性で若手の瀬川弁護士が代理人席から立ち上がった。淡い紫色のスーツを着ていた。

まず小菅は瀬川弁護士の質問に答えて、昨年の秋から年末にかけての団体交渉の経緯を述べた。瀬川弁護士がゆったりとした口調だったので、小菅は次第に落ち着きを取り戻していった。

「更生計画案では、事業規模の縮小のみが予定されていたのでしょうか」

瀬川弁護士が核心に切り込んでいった。

「いえ、羽田の発着枠拡大に起因した業務概要に対して確実に取り組むことや、一般的にはLCCと呼ばれている格安航空会社の設立を検討するという形で、事業規模の拡大についてもうたわれていました」

小菅ははっきりした口調で答えた。すっかり落ち着いていた。

「二〇一一年八月一七日の日経新聞を示します。会社と豪州のQ航空会社グループ、日本の大手M商社はLCCの共同出資会社設立を発表したとありますね。会社はQ航空会社とどの程度の期間、協議を重ねてきたのでしょうか」

その新聞記事は一九日前のものだった。

「Q航空会社とは一年以上もかけて協議を続けてきたと、大東社長はそこで述べています」

一年以上もかけてとなると、ブランクスケジュールを押しつけられたパイロットたちが退職強要に晒される前である。その頃には既に会社はLCC設立に向けて協議をかさねていたことになる。

「二〇一〇年一〇月七日の団交議事録を示します。ここでLCCの計画について組合から質問していますが、会社はどのように回答しましたか」

「会社の出席者である加瀬管財人代理は設立する計画はありませんと答え、それに対して私たちがその可能性があるのではないかと追及したところ、可能性はゼロではないがそれは一〇年、二〇年後であって随分先の話であると説明をしました」

「先ほどの新聞記事からしますと、このような説明は正しいと思いますか」

「いえ、一年以上も前から協議してきたということは、既にこの団交の時点では協議が開始されていたということであり、説明は虚偽であったと私たちは考えています」

小菅はきっぱりと言った。

午前中の尋問で船田弁護士が、国交省は今後アジア太平洋地域が世界最大の航空市場になると述べている資料を示しながら片野を追及した。片野は「中期的にも事業拡大は見込めない状況であるので整理解雇を決定しワークシェア提案も拒否した」という陳述書の内容は今でも正確であったと強弁した。

事業拡大の事実を隠し続けた片野や加瀬の意図は、整理解雇を確実に実行するためであったと言える。

瀬川弁護士の質問はワークシェアに移った。

「パイロットユニオンが提案した、休職によるワークシェアは職場の組合員のどのような思いがこめられていますか」

「仲間を守りたい、整理解雇を何としても避けたいという強い思いで提案しました」

小菅は声を詰まらせて言った。傍聴席が静まり返った。

「最後に質問します。会社は交渉の回数を重ねてはいますが、解雇の必要性が十分に説明されたのか、誠実な交渉だったのかという点についてはどのように感じていますか」

「安定的な利益が出される状態になっていたにもかかわらず、ワークシェア等を一切行わなかった整理解雇に正当性があるとはとても考えられません。団交の中で会社は整理解雇の具体的な根拠を一度も示したことがなく、事業規模拡大、ＬＣＣ等に関しては虚偽の説明まで行い、そして不当労働行為のスト権妨害の恫喝まで行われた交渉が誠実なものであったとはとても思えません。不当解雇によって職場は何を言っても無駄ではないかという閉塞感や不満が鬱積《うっせき》しています。裁判を通じて何が正しいか究明されることによって、職場に活気が戻り、安全運航に良い影響が波及することを願ってやみません。早期に公正な判断を下していただきますようお願い申し上げます」

小菅は渡利裁判長をまっすぐに見据え、心持ち声を強めて発言した。その間、渡利裁判長は小菅に向き合うことなく書類に目を落としていた。

小菅の発言が終わると大きな拍手が起きた。

「静かにしなさい！」

渡利裁判長が大声を張り上げた。しかし誰も気にしなかった。

パイロット不当解雇撤回裁判の第一回証人尋問が開かれてから二一日後、九月二六日に第二回証人尋問が行われた。

午後二時過ぎからキャプテンユニオンの清沢に対する証人尋問が始まる。北藤は第一回と同じように、一〇〇席ほどもある大法廷のやや後方の左端に阿川と並んで座った。野末は仕事の都合で来られなかった。

午前中はまず会社側の証人尋問が行われた。

続いて組合側証人であるT大学の五代名誉教授に対する主尋問と、昼食を挟んで反対尋問が行われた。会計学の第一人者である五代名誉教授は会社の財務状況を全面的かつ徹底的に分析し、整理解雇の必要性は全くなかったことを立証した。五代名誉教授は反対尋問でも会社側の主張をことごとく論破して、原告たちに大きな確信を与えた。

開廷の時間が来て、清沢が証言席に座った。清沢は意外にも真っ白なYシャツ姿だった。背広の上着を脱いで緊張した気持ちを少しでも和らげたいという心構えのように見えた。

「会社更生手続き開始後の、運航乗務員の人員削減に関する経過はよく承知されていますね」

黒縁眼鏡をかけた組合側代理人の後藤弁護士が清沢に尋ねた。

「私はキャプテンユニオンの執行委員長あるいは執行委員として、大部分の交渉に参加しておりましたのでよく承知しております」

清沢が落ち着いた声で答えた。

「これは整理解雇の人選基準です。人員削減の目標数から希望退職者数を除いた上で、病欠、休職等で人選をして目標に達しない場合、各職種、職位ごとに年齢の高い者から順に、目標人数に達するまで解雇することになっています。職種というのは、例えば客室乗務員、運航乗務員の区別を言いますね」

後藤弁護士が念を押した。

「はい」

「職位とは、運航乗務員で言えば機長と副操縦士の区別を言いますね」

「はい」

「そうすると機長と副操縦士の職位ごとに目標人数がないと、目標人数まで解雇することはできませんね」

「はい」

「キャプテンユニオンは、会社から機長の削減目標について、どう聞いていましたか」

「機長の削減目標は約一三〇名と聞いておりました」

「それはどのような機会に聞きましたか」

「二〇一〇年九月二日の希望退職説明会で聞きました」

「機長の削減目標が一五四名などというような数字を聞いたことはありますか」

「交渉の場で一五四という数字を聞いたことはありません」

清沢は淡々と答え続けた。


この数字は会社が準備書面の中で、突然出してきた数字だった。そして機長の希望退職応募者数と被解雇者数の合計は一七二名であったことを明らかにした。一七二名と一五四名の差の一八名は解雇された機長の総数だった。当初発表していた機長の削減目標数約一三〇名と比較すると、四二名も多く削減されたことになる。

「団交などで機長の希望退職の応募状況についても聞いていましたか」

「はい、特に一〇月二六日の団交ですが、その時点で機長の希望退職の応募人数が約一四〇名になったことを聞きました。目標数約一三〇名に対して一〇名ほど超過して達成したんだと理解しました」

「解雇する目標は達成したんですね」

後藤弁護士が念を押した。

「私は達成していたと理解しております」

清沢が答えた。

「それにもかかわらず、一八名の機長が解雇されていますね」

「はい」

「これは一体どういうことなんでしょうか」

「これは、機長らの中にどうしても解雇したい者がいたんだとしか考えられません。解雇された機長たちの豊富な組合活動歴を見れば明らかです」

「この一覧表は機長に限りませんが、全原告の組合活動歴を取りまとめた表ですね」

後藤弁護士が書証の一覧表を掲げて言った。

「その通りです。この表を見ますと、組合の現職の役員あるいは航空産別の団体である航空安全推進会議、航空労組連絡会、それから日本乗員組合連絡会議の現職の議長あるいは三役、及びその経験者が解雇者の中に多数含まれているという状況がよく分かります」

清沢が被解雇者の組合活動歴を具体的に答えた。

「こういった組合活動歴を嫌悪して整理解雇したんだと、これがあなたの見方ですか」

「そうです」

北藤の脳裏に内部文書の文言が浮かんだ。しかしそんな人を残してその後の再建を果たせるのか。会社はその通りに整理解雇を実行したのだ。

続いて後藤弁護士は、会社が病気による欠勤や休職を整理解雇の人選基準にしたことへの不合理性について尋ねた。

清沢は、一般の労働者であれば勤務に差し支えないという心身の状態であっても、運航乗務員の場合は乗務不適合となるケースが非常にたくさんあると答えた。

「具体的な例で説明していただけないでしょうか」

「例えば風邪を引いた場合です。一般的な仕事であれば、風邪で多少具合が悪いときでも、重要な仕事で外せない場合には頑張って出勤することがあります。しかし運航乗務員の場合は、これは乗務に不適ということになりますので乗務することはできません」

「風邪はどのように支障をきたす恐れがありますか」

「例えば鼻づまりの場合は気圧の関係で航空性中耳炎になる恐れが非常に高くなります。そうなると航空交通管制との通信が聞き取りにくくなったり、鋭い痛みで操縦ができなかったり、熱が出たりすると三半規管が狂って錯覚を起こしかねない状況になります」

「鼻づまりや熱を抑えるために薬を服用して乗務するというのはどうなんでしょう」

「身体検査マニュアルにありますように、薬を飲んだら少なくとも二四時間以内の乗務はできません」

傍聴席がどよめいた。航空関係以外の人たちも傍聴していたので、乗務の厳しさの一端を知って驚きを隠さなかった。

続いて清沢は、精神異常をきたしていた機長の操縦で起きた一九八二年のN航空羽田沖事故を契機に、当時の運輸省から会社に対して運航乗務員が安心し信頼して健康相談ができる体制を作らねばならないという通達が出されたこと、それによって航空身体検査の厳格な運用と共に、安心して健康状態の自己申告ができる体制が作られた事実を述べた。しかしながら、病気欠勤あるいは休職等が今回解雇基準にされたことによって、自己申告がしづらくなったという声がたくさん届いていると証言した。

「会社側の証人は先ほど、運航乗務員は自己申告すべきことが法的に決められており、きちんと申告すれば問題ないと証言していますが、運航乗務員にまかせれば足りるんでしょうか」

「いや、これは乗員の自覚に任せたきりでは会社の責任を果たせたことにはなりません。会社に課せられた通達の趣旨をねじ曲げています。一方で会社が自己申告しづらいという環境を作っておきながら、もう一方では運航乗務員にのみその責務を課すということは、明らかに通達の趣旨に反すると私は思います」

「病気欠勤あるいは休職が人選基準になったことで、運航乗務員以外に心理的な影響を与えたところがありますか」

「産業医にも影響が及んでいます。産業医は運航乗務員の乗務離脱や乗務制限を判断する場合は、安全だけに着目して判断をしなければならないと、通達や諮問にも書かれております。しかしながら、自分の判断によって今回の整理解雇に結びついたと、産業医が非常に気を病んでおられる側面がありまして、会社がこういう状況だから、正直に乗務制限という判断を下すことをためらう、と言われた乗員もいます」

今回の整理解雇は、産業医をも自責の念にかられてしまったのだ。産業医の心が本当に晴れるのは整理解雇が撤回される時しかないだろうと北藤は思った。

次に後藤弁護士は、年齢順に整理解雇したことの問題点について尋ねた。

清沢は、同じライセンスであれば必要最低限の能力は満たしているが、経験の積み重ねという要素は、全く別の価値判断として評価されると答えた。

「日々の乗務の中でキャリアの長い、短いの違いが現れる場面とは、どのような例があるのでしょうか」

「例えば飛行中に前方に危険な雲があって回避しなければならないと判断した場合、まず航空交通管制から迂回ルートの許可をもらいますが、迂回するとなると時間も燃料も余計にかかるので、どの程度雲から離れればそれらを最小限に抑えることができるかなど、プレッシャーの中で決定します。また危険な雲といっても、同じように見える雲でも揺れ方に大きな違いがあったり、危険度に違いがあったりします。この雲は大丈夫か、そうでないかという判断は、まさに積み重ねてきた日々の経験、この蓄積がものを言うことになります。今回ベテランが整理解雇されたことで、後輩のパイロットたちに知識や経験を伝承していくという点でも大きな障害となっているのです」

豊富な経験に裏打ちされた清沢の証言は説得力があった。

「質問を変えます。会社は年齢が高い者は経済的にも条件がいいので、解雇されても被害の度合いが少ないと主張していますが、その通りでしょうか」

後藤弁護士が尋ねた。

「被害の度合いは個人によって違います。特に年齢の高い副操縦士の場合は、機長と事情が全く違います。会社の施策によって航空機関士から副操縦士へ職種変更をして、いよいよ機長昇格訓練が始まろうとするその直前に解雇された者がいます。あるいは自衛隊の機長であった人が移籍してくると副操縦士から始めますが、機長昇格という直前に解雇された原告がいます。いずれも年齢の高いのが特徴です。年齢が高いというのはローンや教育費などの経費が最もかさむ年代です。再就職の道を探すとしても、年齢が高いので副操縦士としての採用は極めて困難で、辞めるに辞められないという状態で解雇されました。この解雇基準は、そういった年齢層の人たちを狙い撃ちにしました」

　野末や北藤など高年齢の副操縦士が抱える切実な事情を、渡利裁判長に是非とも理解して欲しいという清沢の思いが北藤にも伝わってきた。

　しかし渡利裁判長は相変わらず天井を見上げたり、書類に目を落としたりという落ち着きのない動作を繰り返して、清沢の証言に真剣に向き合っているようには、とても見えなかった。

　続いて清沢は後藤弁護士の質問に応じて、世界一〇〇か国以上、一〇万名のパイロットを組織している国際定期航空操縦士協会連合会、いわゆるＩＦＡＬＰＡが日本の国交大臣、厚労大臣に宛てた書簡について述べた。

「ＩＦＡＬＰＡは、Ｎ航空の整理解雇について三つの点を指摘しております。一つ目は年齢を理由とする解雇は明らかな差別で国際基準に合致していないこと、二つ目は病気欠勤記録を理由とすることは乗員が体調の不具合を素直に申告できない事態を招きかねないため、航空安全に関わる重要な問題であること、そして三つ目は当時はまだ解雇前でしたが、交渉が十分に行われていない中で解雇が実行されようとしているのはＩＬＯ八七号、九八号条約違反なので国交大臣に早急に調停をしてほしいという内容の書簡を大臣宛に送りました」

　清沢はＮ航空の整理解雇を、世界のパイロットたちが自らの問題として重大視していることを証言した。

「最後になりましたが、パイロットを代表して裁判所に訴えたいことがありましたらお願いします」

　後藤弁護士が言った。

　清沢は、今回の整理解雇に関してＩＬＯに申し立てたこと、ＩＬＯ提訴にあたってはＩＦＡＬＰＡだけでなく国際運輸労連、即ちＩＴＦが強力にサポートしており国際的な問題となっている状況であり、こういう世界からの注目、批判に耐える公正な判決を是非ともお願いしますと訴えて証言を終わった。

　渡利裁判長は清沢の証言の時も書類をめくったり天井を見上げたりを繰り返した。

　続いて会社側弁護人の川中弁護士が反対尋問に立った。川中弁護士は清沢の証言に真っ向から切り込むことができず、揚げ足をとる質問に終始したが清沢は全て明確に答えた。

　その中で北藤の印象に残ったのは、川中弁護士が「機長は削減目標を達成しているので、一八名分は副操縦士から解雇すべきだったというのがあなたの主張か」と清沢に尋ねたことだった。清沢はすこし声を荒らげて「それは恣意的な読み方だ」と反論した。

「職位ごとの削減という事実をねじ曲げている。まるで原告団に亀裂を持ち込むような悪意の質問だ」

　阿川が北藤の耳元で怒りを込めてささやいた。

　清沢の証人尋問が終わった後、小菅に対する会社側の反対尋問が始まった。会社側代理人の古屋弁護士は三〇代と思われる若手だった。最初は意気込んで質問していた古屋弁護士だったが、小菅からことごとく反論を受けて攻めあぐんでしまい、質問にも迫力がなくなっていった。正確さを欠いた質問を逆に小菅から指摘されて、やり直したこともあった。

　その中で次のやり取りが北藤の心に残った。

　古屋弁護士は、経営破綻後の大幅な賃下げで生活が維持できないという声が「乗員ニュース」に載っているが、賃金がさらに減額になってもワークシェアを受け入れるというのは矛盾ではないかと質問した。

　小菅は、納得できない賃下げとは違って、仲間を守るためであれば生活は苦しくなるけれども、組合員は納得して受け入れるということですと、はっきり言い切った。

　こうしてパイロット裁判の二回にわたる証人尋問は終わった。組合側の証言は会社側を圧倒し、整理解雇の不当性を法廷の場で明らかにした。

　パイロット裁判の第二回証人尋問から四日後の九月三〇日、客室乗務員裁判の第二回証人尋問が開かれた。

　この日は午前中に益盛会長に対する証人尋問が行われることになっていて、原告と支援者たちの大きな注目を集めていた。

　益盛会長は去る二月八日の記者クラブでの講演で「一六〇名を残すことは、経営上不可能かというとそうではない」と発言していたからである。

　益盛会長に対する証人尋問は午前一〇時から始ま

った。北藤は傍聴席のやや後方の左端に野末と並んで座った。野末は益盛会長の証言を自分の耳でしっかり確かめたいので、午前中だけ休みをもらって駆けつけたのだった。一〇〇席もある大法廷の傍聴席はいつもの通り全て埋まった。

午前一〇時ちょうどに黒岩裁判長以下三名が裁判官席の後ろの扉から姿を現した。北藤が黒岩裁判長を見るのは、客室乗務員裁判の一回目の証人尋問と合わせて二回目だった。黒岩裁判長は渡利裁判長とは違って、細面で穏やかな印象だった。渡利裁判長のように大声で威圧することも、落ち着きのない動作を繰り返すこともなかった。裁判中は微動だにせずにじっと聞き入っていた。

黒岩裁判長に促されて、濃紺に細い縦縞の入った背広をスマートに着こなした長身の益盛会長が証言席に座った。北藤が益盛会長を見るのは初めてだった。

「経営の神様」というマスコミによって作られた虚像のためか、益盛会長の背中がひときわ大きく感じられた。

会社側代理人による主尋問が始まった。中年の藤村弁護士は、益盛会長をいたわるような口調で尋問を続けた。

益盛会長は藤村弁護士の質問に導かれて、整理解雇の実行権限は管財人にあり自分にはなかったこと、日本の経済と社員の雇用を守るために会長就任要請を受ける決断をしたこと、就任後は社員の意識改革の教育を徹底して行い大きな成果を上げたこと、整理解雇は管財人の説明を聞いて詮方《せんかた》ないと感じたことなどを、とうとうとまくし立てた。

「二月八日の記者会見での発言というのは、整理解雇が不要であったということをおっしゃりたかったんでしょうか」

藤村弁護士が核心とも言える質問をした。隣の野末が背もたれから上体を浮かせた。北藤も益盛会長の言葉を待った。傍聴席が一瞬静まり返った。

「そうではありません。利益が出ているという、いわゆる会計上の問題からいけば雇用を維持することも不可能ではないと、しかし、更生計画を止めるわけにはいかないんだということなので私は辞めていただく方に憐憫の情みたいなものがありましたので、今の利益状況から見れば、いわゆる経営を維持することは不可能ではありませんがと、しかし、更生計画ということがありますのでと、そういうふうに申し上げました」

今まで淀みなく発言していた益盛会長が、一転して歯切れが悪くなった。

「今、経営上という言葉をお使いになりましたが、実際に会社会見のときにも経営上、不可能ではないという表現を……」

藤村弁護士は、益盛会長の顔をのぞき込むようにして尋ねた。

「経営上と言ったかも知れませんが、実際には、それは経理上と言ったほうがいいかもしれません」

「経理上ということは数字的にはということですか」

「そうです」

益盛会長は大きくうなずいて答えた。

「ちぇっ、言葉をごまかしてやがる」

野末がささやいた。

続いて、組合側代理人の船田弁護士が反対尋問に立った。船田弁護士はまず、会社が東日本大震災のような厳しい状況に遭遇してもなお更生計画を大幅に上回る黒字を計上したことは、リスク耐性基盤が形成されていると言えるのではないかと数値を上げて尋ねた。それに対して「いいえ、そうではありません」と否定したが、その根拠を示すことはなかった。

「ところであなたは二月八日の記者会見で、経営上一六〇名の人たちの解雇を回避することは不可能ではない、とおっしゃいましたね」

「はい」

先ほどは言い繕っていた益盛会長も、発言の事実までは否定できなかった。

「整理解雇によって削減される被解雇者の一年間の人件費は、年間約一四億七〇〇〇万円という試算が出ていますが、会社の業績を踏まえてこの整理解雇を経営上、回避することは不可能ではないと、あなたはおっしゃったわけですね」

「そうです」

益盛会長は素直に答えた。

「ところで二〇一〇年度の事業計画で、人件費を二七五五億円にまで削減しようという計画は、当然人員削減の目標計画と対応していますよね」

　船田弁護士が念を押した。

「だと思います」

　益盛会長が当然だというように答えた。

「この会社資料を見て下さい。ここには更生計画が目標としていた人件費二七五五億円よりも二〇六億円多く削減して、二五四九億円まで人件費を減らしているのは分かりますね」

「分かります。これは恐らく希望退職者を募っていく中で、更生計画よりも多くの方が希望退職に応じて辞めていかれた結果だろうと思います」

　傍聴席がざわついた。それなのになぜ整理解雇をしたのだ。北藤は腹立たしい気持ちになった。

「つまり、大規模に深掘りして、この削減目標を実施したということですよね。その努力の表れですよね」

　益盛会長は自分が発した言葉の意味に気がついたのか、急に黙ってしまった。

「更生計画に基づく事業計画では、自ら決定した目標よりも二〇六億円も多く超過達成しなきゃいけない、そのために整理解雇という方法を使ってまで人員削減しなきゃいけないということになっていたんですか」

　船田弁護士がたたみかけた。益盛会長は黙ったままだった。答えに窮しているのが分かった。

「そんな事業計画がありますか」

　船田弁護士があきれたように尋ねた。益盛会長はなおも沈黙を続けた。

「そんなことを定めた更生計画なり事業計画がどこにあるんですか。あるならおっしゃってください」

　船田弁護士が問い詰めた。

「知りません」

　益盛会長がようやく口を開いた。その声は弱々しかった。

　船田弁護士が別の証拠資料を示した。

「ここでは、二〇一〇年度において人員削減をした結果、削減目標とされていた三万二六〇〇人体制よりも大幅に深掘りされて、三万一二六三人まで削減してしまったという事実を明らかにしていますね」

　益盛会長は再び黙ってしまった。

「更生計画で削減目標とされていた人員よりも、一四〇〇人ほど超過して削減するところまで実施したという事実ですね。これは」

船田弁護士が念を押した。

「そうなっていますね」

益盛会長が渋々答えた。

「それから、これは会社が認めていることですが、N航空単体として一五〇〇人を削減するという目標についても、本件解雇を決定した昨年の一二月九日の時点で、既に一六九六人が削減されている。つまり削減目標としていた一五〇〇人より一九六人も超過して削減していたということを、あなたはご存知なかったのですか」

船田弁護士が問い詰めた。

「それは全部管財人が主宰してやっておられました」

益盛会長が言い逃れをした。

「ご存知なかったの?」

船田弁護士が尋ね直した。

「はい、細かいことは知りませんでした」

益盛会長は小さな声で答えた。傍聴席が少しざわついた。

「職種別で見ても、客室乗務員の削減人員は一二月九日の時点で、頭数《あたまかず》七六二人、休職者を除いて六九六人、こういう状況になっていたということもご存知なかったのですか」

一二月九日の時点での客室乗務員の人員削減目標五七〇名に対して、実際はそれをはるかに上回る希望退職者が出ていた事実を、船田弁護士は明らかにしたのだった。

「知りませんでした。私は経営に対するアドバイスと指導を一生懸命やっておりまして、そういうことは全部……」

管財人に任せているとはいえ、知らぬ存ぜぬでは経営のトップとしてあまりにも無責任ではないか。北藤は益盛会長の背中を睨みつけた。

「このような事実を知らないで、あなたの陳述書を見ると『更生計画の認可から一か月もたたないうちに、更生計画でうたった施策をほごにすることは、経営改善を金融機関に約束しながら毎回のごとく破ってきた従前のN航空の経営者と同じことになる』というふうに書いているんだけれど、人件費と人員のいずれも削減目標を達成しているのに、なんでこんなことを書くんですか」

「更生計画に掲げた目標に達していないと、管財人さんが説明しておられました」

「客観的な事実で目標をオーバーしていることを説明しましたが、その事実を前にしても、その管財人の説明は正確なものだとあなたは認識していますか」

「私は正確だと思っています」

傍聴席から「えーっ」という驚きの声とどよめきが起きた。

「静かにして下さい」

黒岩裁判長が傍聴席をたしなめたのは初めてだった。

「経営のトップにいながら、何の検証もせずにただ管財人の言葉を鵜呑みにしただけじゃないか。経営の神様が聞いてあきれる」

野末が怒りを込めてつぶやいた。

「質問を変えます。あなたは、安全への投資や各種取り組みは財務状況に左右されてはならないという提言をご存知ですか」

船田弁護士は先ほどと違って、ゆっくりとした口調で尋ねた。

その提言は去る二月二日、衆議院予算委員会で日本共産党の志方委員長がN航空の整理解雇問題を取り上げた際に紹介したものだった。

「……よく知りませんでした」

少し間を置いて益盛会長が答えた。

それは「利益なくして安全なし」と公言し、利益を上げることを全てに優先させる益盛会長の経営理念とは相容れないものだった。たとえ、知っていたとしても益盛会長は、その提言に真摯に向き合うことはなかっただろう。

「航空法一〇三条はご存知だったでしょうか」

船田弁護士が尋ねた。

航空法一〇三条には「本邦航空運送事業者は、輸送の安全の確保が最も重要であることを自覚し、絶えず運送の安全性の向上に努めなければならない」と規定されている。

「いや、そう聞かれても分かりません」

益盛会長が答えた。

「彼はこの条文も意識しないままトップにいたのか」

野末があきれたようにつぶやいた。

船田弁護士の尋問が終わった。

続いて、客室乗務員原告団長の内海が尋問した。

「あなたが会長に就任されて間もなく、労働組合との顔合わせが持たれました。その場であなたは物心両面で幸福にしたい、労働組合とも誠実に話し合っていきたいと発言されました。私がキャビンユニオンの代表として、N航空再生に向けての提案をしたことを覚えていらっしゃいますか」

内海は落ち着いた口調だった。

「覚えていません」

にべもない益盛会長の答えだった。内海が証拠資料を示した。

「この提案を覚えていらっしゃいますか」

益盛会長が文書に目を落とした。それはキャビンユニオンが組合大会で決定したもので、「事業再生計画（安全性の更なる向上）のために」「公平・公正・透明性のある労使関係を築くために」「全社員が安心して働ける職場にするために」など、五項目にわたる問題点とその解決策を詳細に述べていた。

「覚えてはおりませんでした」

益盛会長は文書から顔を上げて言った。

内海は労働組合との話し合いの場で、益盛会長が言った言葉を明らかにしたが、益盛会長はそれらを覚えていないと繰り返すだけだった。

内海は別の質問に移った。

「解雇回避の方法について、組合からリフレッシュ休暇、無給の休暇制度などを具体的に提案しましたが、耳を傾けてみようとは思わなかったのですか」

「そういう話は聞いておりませんで、管財人さんと当社の労務、人事の者たちが全て検討しておりまして、あまり詳しいことまでは聞いておりませんでした」

益盛会長が答えた。内海の質問が終わった。

「社員を物心両面で幸せにしたいという言葉はインチキだったのか。トップにしてはあまりにもお粗末だ」

野末が腹立たしそうに言った。

午前の益盛会長に続いて、午後は客室乗務員原告二名の証人尋問が行われ、午後五時に終了した。これで九月に集中して行われたパイロットと客室乗務員の証人尋問は全て終了した。

原告と支援者たちは歩いて二〇分ほどの、虎ノ門の貸会議室で行われる報告集会に向かった。

北藤の少し前を宝田愛子が歩いていた。北藤は足を早めて宝田に声をかけた。

「黒岩裁判長は渡利裁判長に比べると、ずっと誠実そうに見えるね」

「元々真面目な人だったわ」

「黒岩裁判長を知ってるの？」

北藤が宝田の横顔を見て訊ねた。

「同じ地元で、大学も一緒だったの」

「幼なじみだったんだ」

「幼なじみではないけれど、同じ地元で同じ大学の仲間たちと一緒にキャンプや旅行によく行ったわ。それで黒岩さんとも気軽に話すようになったの」

そう言って宝田は言葉を継いだ。

「あの頃、黒岩さんは裁判官になる夢を語っていたわ。すべて裁判官はその良心に従い、独立してその職務を行い、この憲法及び法律にのみ束縛されると書かれている。だから僕は真実と正義によってのみ判決をくだす裁判官になりたいと思っているんだと、私に熱っぽく語ったことがあったわ」

宝田は当時を思い出すかのように、遠くを見る眼差しをして言った。

「黒岩裁判長は自分の夢を実現したんだ」

北藤は感心した。

「大学を卒業してしばらく経ってから、黒岩さんが司法試験に合格したことを知ったわ。でも、その後私は客室乗務員として多忙な日々を送っていたし、黒岩さんも司法研修に追われて全く音信不通になっていたの。だから黒岩さんが私たちの担当裁判官だと知った時、もうびっくり。黒岩さんも弁護人席の後ろに座っていた私と目が合った時、驚いたようにしばらく私を見つめていた」

いつもは物静かな宝田だったが、物語のような巡り合わせに言葉を弾ませていた。

「そのような志をもって裁判官になった黒岩裁判長なら、きっと正しい判決を出してくれるだろうね」

北藤が期待を込めて言った。

「ええ、私も黒岩さんがあの頃の純粋な志を持ち続けていることを願っているわ」

宝田は明るい声で返事した。

まもなく貸会議室のビルに着いた。エレベーターの前は原告や支援者たちであふれていた。これから報告集会が始まるのだった。

11章　年の暮れ

証人尋問から二か月が経過した一一月下旬の土曜日、二〇名ほどの原告たちは千葉ポートアリーナのロビーにいた。

一か月前、うたごえ祭典実行委員会から事務局あてに電話が入った。

「二〇一一・日本のうたごえ祭典・イン千葉」という催しが、千葉ポートアリーナで行われます。全国各地から数千名の参加者が見込まれますので、ぜひ署名活動と物品販売においでください。うたごえ祭典実行委員会としても不当解雇撤回の闘いを支援します。

今まで「日本のうたごえ祭典」なるものに参加した者は、原告団にはいなかった。

どういうものか分からないが、数千名の参加者となると署名も物品販売もかなり期待できるのではないだろうか。有り難いお誘いだ。ぜひ参加しようよ。

事務局長の清沢が北藤に言った。

メールで希望者を募った結果、清沢や北藤らパイロットと香山や宝田など客室乗務員の原告合わせて二〇名ほどが応じたのだった。

北藤は客室乗務員の原告たちが準備した段ボール一〇箱分の物品販売品と署名用紙、のぼりなどを街宣車に積み込んでウイングビルを出発し、午後三時に千葉ポートアリーナに着いた。ドーム型の天井に覆われた千葉ポートアリーナは、スポーツや音楽などの大規模イベントが開催できる建物で、千葉港の近くにあった。

玄関で待っていた原告たちは街宣車から荷物を降ろしてロビーに運び入れると、実行委員会が用意してくれた長机二つに物品販売品を所狭しとばかりに並べた。

販売品はほとんどが一〇〇〇円前後のパッケージされた食品で、ナッツや麺類、乾菓子、つまみ等だった。

右端には署名用紙も置いた。背後の壁には黄色ののぼりを立てた。

ロビーは天井が高く開放感があった。夕方の開演に合わせて、午後四時頃には談笑している人や待ち合わせしている人で次第に混雑していった。うたごえ祭典というだけあって、ロビーには華やいだ雰囲気が漂っていた。

ポートアリーナ前の広場に貸切バスが次々に到着した。その度に子どもから大人までの参加者たちが波のように押し寄せたが、ロビーに立ち止まることなくまっすぐに会場内の席に向かった。

原告団の物品販売に関心を示す人は少なかった。売れ行きは良くなく、署名も少なかった。

これでは段ボール一〇箱に詰め込んだ販売品が捌けそうにない。数千名が参加するというので意気込んで運んできたのに全く期待外れだ。

北藤はがっかりした。他の原告たちも手持ち無沙汰に立っていた。

気がつくと、傍に田辺あずさが小学校四、五年生と思われる男の子と一緒に立っていた。田辺は昨年のクリスマスイブの日、JR有楽町駅前での宣伝行動に参加していた現役の客室乗務員の一人だった。一緒にチラシを配り、言葉を交わしたので覚えていた。

「やあ、あの時はご苦労さん」

北藤が声をかけた。

「お久しぶりです」

田辺が笑顔を向けた。

「お子さんと一緒に来たんだね」

「ええ、少しでもお力になればと思って来たのですが……」

田辺も拍子抜けしたのか語尾を濁した。

「ねえママ、あのドアの向こうで何が始まるの？」

男の子が指さして言った。

「みんなで歌うのよ」

「じゃあ行ってみよう」

一一月も半ば過ぎなのに青い短パンと黄色のTシャツ姿の男の子が言った。いかにも快活そうに見えた。

「あれっ、手伝うんじゃなかったの？」

田辺が男の子の背中に言った。

「うん、後で」

男の子は駆け足でドアに向かった。

「しようのない子ね」

制止する間もなかった。

「お子さんも手伝いに来てくれたんだ」

北藤がドアに消えて行く後ろ姿を見て言った。

「子どもたちには整理解雇のことをよく話してるんです。ママが働き続けられるように頑張ってきた人たちを辞めさせるなんて酷い、みんなが仕事に戻れるように応援すると言ってついてきたのはよかったのですが、あの調子ですから……」

田辺が苦笑した。

「子どもの頃を思い出すなあ。僕もやんちゃで母を随分手こずらせたもんだ」

男の子の好奇心旺盛な振る舞いや手伝うという気持ちが微笑ましかった。

「あの子は一番下で、三人とも男の子なんですよ。だからいつもてんてこ舞いです」

田辺が笑顔で言った。

「三人の子ども育てながら、不規則勤務の客室乗務員を続けるって大変だろうな」

「国際線は何日も家を留守にすることがありますので、夫の協力なしにはできません。でも、何といっても整理解雇された先輩たちが闘って、子育てできる労働条件を勝ち取ってくれたのが一番です」

田辺はそう思うからこそ、家族と一緒に過ごす貴重な土曜の休日を削ってまでして、駆けつけてくれたのだと北藤は思った。

「ところで客室乗務員の職場も、やはり厳しくなっているの？」

北藤が訊ねた。

パイロットの職場は賃金が大幅に減らされ、乗務時間は長くなり、ものの言えない暗い雰囲気になっていると、坂田から聞いていた。

「給料は減らされる一方、乗務時間は大幅に増えました。その上、部門別採算性のために機内セールスの売り上げ増を強要されていますので、みんな疲労困憊です」

やはりパイロットの職場と同じような状況になっていたのだ。田辺が言葉を続けた。

「サービスを時間内に終えることができずに立ったまま着陸するという規則違反が起きたり、出発時の機内ブリーフィングで機長が、二〇万円ほど燃料節減になるから遠回りせずに台風の中を通過しますと発言したり、安全をおろそかにする事態が発生しています」

田辺はふっと表情を曇らせた。

益盛会長が提唱する部門別採算性によって、安全が脅かされることが現実に起きているのだ。

「キャビンユニオン組合員への差別は、今も続いているの？」

芳賀や宝田らが受けていたという酷い昇給昇格差別を、田辺たちも受けているのだろうか。

「ずっと続いています。キャビンユニオンから脱退させようとする職制もいます。そのような中でも、キャビンユニオンは自由にものの言えない従業員組合の人たちの声を聞いたり、安全や仕事の改善を会社に要求したりしているんです」

「少数組合で、かつ差別を受けても頑張り続けているんだね」

少数といえどもキャビンユニオンはなくてはならない存在であり、組合員一人ひとりの生き方は気高いとさえ思えた。

「正しいことをしているという自負と誇りが、みんなの心の中にあります。でも乗務中は、周りは従業員組合の人たちばかりですから疎外感を持つこともありますが……」

田辺は微笑みを浮かべながら話した。悲壮感は少しもなかった。

「私は組合の垣根を越えて、誰とでも仲良くして仕事を楽しむことをいつも心がけています。その中で、従業員組合の人たちの間にも昇給昇格差別への不満があることや、職制の中にも機内セールスを強要する会社のやり方に疑問を抱いている人たちがいることが分かりました。その人たちとも心が通じ合えるようになりました」

田辺は一息ついて、話を続けた。

「それからもう一つは、どんな辛いことがあっても翌日には持ち越さないようにしています。とても難しいことですが、毎朝を新しい気持ちで迎えられるように心がけています」

田辺の言葉に気負いは感じられなかった。

「田辺さんが仕事を続けられるのは、そういう前向きの気持ちがあるからなんだね。どうしてそういう心境になれたの？」

北藤が訊ねた。

「私は聖書から学んでいます。一つは『隣人を自分のように愛しなさい』という言葉で、もう一つは『その日の苦労は、その日だけで十分である』という言葉です。それらの言葉が今の私を支えています」

田辺の口調は穏やかだった。

「田辺さんはクリスチャンなの？」

「はい、私にとってはクリスチャンであることと、キャビンユニオンの組合員であることは重なり合っています」

北藤は田辺の言葉に、確固とした信念を持つことの強さを垣間見た。クリスチャンの田辺は、これからもキャビンユニオンの組合員としてあり続けるだろう。


「只今、うたごえ祭典実行委員会から連絡がありまして、この後出演される歌手の中田友季さんが原告団の人たちと一緒に『あの空へ帰ろう』を歌いたいとおっしゃっているそうです。一〇名ほど壇上に上がってくださいということです」

清沢が少し声を大きくして言った。

「ええーっ」

原告たちがいっせいに声を上げた。予期しないことだった。中田友季はうたごえ運動の中から生まれた、著名な歌手だった。

「歌いたい人は手を上げて下さい」

清沢が見回して言った。しばらく沈黙が続いた。

「歌います」

声の方を見ると、香山が手を上げていた。

「私も歌います」

続いて宝田も手を上げた。次々に手が上がった。なんて潔いのだろう。

「これで女性は八名だ。残りの二名は男性にしよう。北藤さん一緒に歌おうよ」

清沢が誘った。

「完全には歌えないから」

北藤は尻込みした。さまざまな集会の最後に参加者全員で「あの空へ帰ろう」を合唱することは幾度もあったが、歌詞はうろ覚えだ。最後まで間違いなく歌える自信はなかった。それに人前で歌うことも恥ずかしかった。

「口パクでいいんだよ。北藤さんが出ないと僕ひとりになるから……。頼んだよ」

「それじゃ」

北藤は渋々了解した。清沢に押し切られてしまった。

一時間後、北藤たち一〇名は入口を入ってすぐの壁際で出番を待った。ステージでは中田友季が大勢の合唱団をバックに幾つかの歌を熱唱していた。過去に聴いたことのある歌もあった。

「それでは最後に『あの空へ帰ろう』を歌います。この歌は昨年の大晦日に、不当な整理解雇を受けたN航空のパイロットと客室乗務員一六五名の方々の、もう一度必ず職場に戻るぞという決意を表したものです。原告の皆さんと一緒に歌いたいと思います。皆さん、ステージに上がって下さい」

中田友季が手招きした。大きな拍手が会場から起きた。拍手に迎えられて一〇名はステージに向かった。

先頭は香山、続いて宝田、北藤は清沢と並んで最後尾にいた。原告たちは中田の後ろに横一列に並んだ。全員が模擬制服姿で、「N航空不当解雇撤回原告団」のタスキを掛けていた。スポットライトがまぶしかった。照明をやや落とした客席から、数千名の目が一斉に注がれた。
「大きな声で歌いましょうね。それだけで皆さんの思いは聴く人の心に響きます。うまく歌おうなんて考えなくていいですよ。さあ、深呼吸して肩の力を抜きましょう」
中田は後ろを向くと笑顔で語りかけた。一〇名は深呼吸した。北藤は緊張が解けていくのを感じた。
ピアノによる演奏が始まった。

この空は　どこまでも　高く　高く
魔物もいるけど　わたしの職場

中田友季の温かく包み込むようなソプラノが響きわたった。ステージの背後から、中田に合わせて合唱団の歌声が迫ってきた。
北藤は出だしが少し遅れたが、すぐに中田の声に追いついた。

たくさんの命と　暮らしを運んだ
わたしの　誇りを
分って　くれる
あの空へ帰ろう　きっと帰ろう

一番が終わった。一〇名の原告たちの声は気後れのためか小さかった。中田と背後の合唱団の声に埋没していた。
二番が始まった。

夏の雲はどこまでも　厚く高く
強い揺れの中　笑顔で飛ぶよ

中田はトーンを下げて耳をそばだてた。そして後ろを向いて、「もっと大きな声で」とささやいた。

いろいろな人生と　巡り逢いながら
わたしの　生き甲斐
分って　くれる
あの空へ帰ろう　きっと帰ろう

原告たちの歌声が大きくなった。中田がうんうんと頷いた。
三番になった。

冬の闇はどこまでも　深く　深く
星座は輝いて　翼を照らす

中田は再び朗々と歌い出した。一〇名も合唱団に負けじとばかりに歌った。

どんなに差別を　繰り返されても
わたしは　フライト
愛し　続ける
あの空へ帰ろう　みんなで帰ろう

あの空へ帰ろう　きっと帰ろう

歌が終わった。すると会場を揺るがすような拍手が湧き起こった。拍手はしばらく止むことがなかった。

北藤は長く続く拍手に戸惑っていた。

これは僕らへの拍手だ。ハンカチを目頭に当てている人たちもいる。ぶっつけ本番の僕らの歌は決して上手ではなかったはずだ。でも全員がそれぞれの思いを託して歌ったことだけは確かだ。

「原告団の皆さんは、ロビーで物品販売と署名をお願いしております。皆さん、ご協力下さいね」

中田がそう言ってステージを締めくくった。

「ここで二〇分間の休憩に入ります」

場内アナウンスが流れ、客席のあちこちから参加者が立ち上がった。

「拍手が凄かったね」

「思いもしなかったわ」

ステージを下りながら、原告たちは興奮気味に言葉を交わしていた。

ロビーに戻ると、北藤は目を見張った。原告団の物品販売コーナーの前には人だかりができていて、残った一〇名が対応に大わらわだった。ステージから戻った一〇名は急いで加わった。

購入品と代金を受け取る係、その背後で計算しておつりを揃える係など原告たちは分担し合って手際よくさばいた。

「感動した。すごく良かったよ」

「あなたたちの、すっくとした立ち姿がとてもきれいだったわ」

「勝つまで応援するからね」

北藤は代金を受け取る度に声をかけられた。

「有り難うございます。頑張ります」

北藤は声をかけられる度に胸が熱くなってきた。

右側の署名コーナーにも長い行列が出来ていた。署名コーナーの隣には田辺と男の子が並び、紐で吊したボードに署名用紙を置いて立っていた。二人の前にも列ができていた。

「署名をお願いしまーす」

男の子が大きな声で通りかかる人たちによびかけていた。

「ぼく、偉いわね」

男の子に声をかけて、署名用紙にボールペンを走らせる女性の姿もあった。

二〇分の休憩時間が終わった。次のプログラムが始まるので、参加者たちは波が引くように席に戻っていった。

段ボール一〇箱に入れてきた販売品は、またたく間に二箱だけになっていた。署名で埋まった用紙が一〇センチほどの高さで、署名コーナーに積み重なっていた。かなりの筆数だった。

「こんなに販売品が売れたのは初めてだわ」

誰かが驚いたように言った。

「署名だって短時間にこれだけ多くの人たちに書いてもらったのも初めてよ」

他の人の声も聞こえた。

今までさまざまな労働組合や団体の集会などで、物品販売と署名を行ってきたが、それらをはるかにしのいでいた。

「歌にはこんなにも大きな力があること、改めて認識させられたわ」

宝田の声は弾んでいた。

「歌う人と聴く人の心を一つに結びつける力が、歌にはあることがよく分かった」

香山が言った。

「確かに歌の力って凄いね。たった三分間歌っただけなのに……。たとえその倍の時間をかけて言葉だけで訴えても、これだけの反響は得られないだろうね」

清沢が感嘆した。それは二〇名の気持ちそのものだった。

整理解雇のことをどれだけの人が知っていただろうか。初めて知った人も大勢いただろう。それなのにこれだけ多くの人たちが応援してくれている。うたごえというものが、労働組合の枠を超えた人々に支援の輪を大きく広げる可能性を秘めているように北藤には思えた。

「午後八時の終演までには完売しそうだね。それに署名もたくさん集まりそうだ。もうひとふんばりだ」

清沢が明るく声をかけた。

「頑張りましょう」

二〇名が呼応した。

暮れも押し迫った一二月二六日の午後、事務局の部屋は北藤だけになった。午前中は元山や清沢らもいたが、支援要請のために労働組合や団体の訪問に出かけた。北藤は午前中から一月の旗開きの参加依頼を電話やメールなどで受けていて、その対応に追われていた。整理解雇から一年近く経って参加依頼は確実に増えた。

一段落したので、原告団メールを開いた。

松林からのメールがあった。松林はおなじ四国・E県出身の池野、宮内と三名で地元に帰って、「N航空不当解雇撤回」の闘いを広める取り組みをしていた。

松林と池野は、四月にM駅前でE労連や新日本婦人の会などが行っていた東日本大震災支援の募金活動に飛び入り参加して、地元の人たちの繋がりを作っていた。松林ら三名は地元での活動の合間を縫って上京し、本社前の抗議行動や裁判傍聴、原告団集会などにも足繁く参加していたが、ゆっくり話を聞く機会がなかった。

北藤は松林のメールに見入った。

〈この一年の活動をかいつまんで報告します。

私たち三人は先ず、顔つなぎと整理解雇の実態を知ってもらうための活動から始めました。県都のM市在住は私だけで、別の市にお住まいの池野さん、宮内さんとはひとりぼっちにならないように、常に連絡を取り合っています。

そしてお互いの事情を尊重しながら三人一緒にあるいは二人でまたは一人でE労連の大会、母親大会、新日本婦人の会、働く女性の集会、働くものの学習交流集会などで支援を訴えました。E県の「うたごえ祭典」では参加者全員で「あの空へ帰ろう」を歌っていただきました。こうして不当解雇撤回の闘いと私たち三人の存在が少しずつ知られるようになりました。

地元にも解雇されて闘っている人たちがいることを知りました。社保庁の分限免職を受けた人たち、偽装請負で解雇された人たちなどです。その人たちは個別にM駅前で宣伝行動をしていましたので、「みんなで一緒にやりませんか」と声をかけました。今では定例で私たちの不当解雇撤回も含めて、M駅前で合同宣伝をしています。合同宣伝によって、参加している人たちの顔が明るく元気になったのを実感しています。呼びかけてよかったと思っています。

秋にはE労連福田議長を始めとして地元の農協労連や農民連の人たちと総勢一〇人で、木々の色づき始めた山間部の二四の自治体を、二回にわたって訪問しました。目的は猿や鹿の被害を聞き取り調査するためですが、「参加して下さい」と福田議長から頼まれたのです。「松林さん、議事録をとって」という福田議長の指示に、「こんなことをやるために地元に帰ったのではない」と心で反発しながらも町長や町議会議長とのやり取りを懸命にメモしました。会議の最後には必ず福田議長が「松林さん、N航空整理解雇撤回の支援のお願いをどうぞ」と言って、訴えの時間を設けて下さいました。私はその心遣いに、反発した自分の心の狭さを思い知ったのでした。

こうした日々を積み重ねたある日、福田議長に「E県にも『N航空整理解雇撤回の闘いを支える会』を立ち上げていただけないでしょうか」とお願いしました。それは私たち三人に共通する思いでした。

「うーん」福田議長はうつむいて考え込んでしまいました。そして「地元のことで手いっぱいだし、相手はN航空という大企業だからなあ」と空を見上げてつぶやきました。でも私は悲観していません。地元での私たち三人の活動は緒に就いたばかりですから……。私たちの努力はまだまだ足りないのだ、もっともっと地元の仲間たちの懐に飛び込んでいこうと、来年に向けて決意を新たにしています〉

松林たち三名は、四国の地方都市で「支える会」を立ち上げるために奮闘していた。その努力は必ず実を結んで欲しいと強く思った。

北藤は原告団メールを閉じた。

今日は夕方から、今年最後の本社前抗議集会が行われる。北藤は準備のため、早めに街宣車を運転して駆けつけることになっている。時計を見ると、少しだけ時間の余裕があった。

部屋の隅のコーヒーメーカーから紙コップに熱いコーヒーを注いだ。椅子に座って一口飲むと気持ちが落ち着いた。

整理解雇されてからほぼ一年が経つ。この間の闘いが北藤の脳裏をよぎった。

原告たちは年明けから連日、労働組合や団体の集会で支援を訴えると共に、署名依頼や「財政を支える会」入会勧誘、物品販売を行った。

新宿・品川・池袋などJR主要駅でのチラシ配りや署名活動は十数回を数えた。羽田と成田の旅客ターミナルビルでも頻繁にチラシ配りを行った。地裁前では口頭弁論が行われる度に宣伝活動を行った。

全労連・東京地評による「争議支援総行動」、全労協による「けんり総行動」、東京争議団による「争議総行動」などは七回に達し、毎回二五〇名を超える労働者が本社前を埋めつくした。

毎月定例の本社前抗議集会は一月下旬から始まって一一回を数え、毎回百数十名の労働者が参加した。

二つの大きな集会も開かれた。

四月の「許すな！　乱暴な解雇・退職強要　声を上げよう四・一四集会」には約一〇〇〇名の労働者が結集した。原告団は分限免職と闘っている社会保険庁の組合員、退職強要と闘っている日本WBM支部の組合員と共に、壇上に整列して参加者から大きな激励の拍手を受けた。

一二月の「一二・六N航空不当解雇撤回総決起集会」には約七〇〇名の労働者が駆けつけた。

東京だけでなく、大阪・京都・福岡でもそれぞれの地で頑張っている原告と支援者たちによって、さまざまな集会や宣伝活動が取り組まれた。

これらの運動は署名の筆数にも結実した。

大東社長宛は九月の締めきりまでに約二〇万筆、茅総理宛も約二〇万筆に及んだ。一〇月からは東京地裁宛の署名に切替え、第一次分として一二月上旬までに約七万筆を提出した。

本社前抗議行動に出かける時間が迫ってきた。北藤は椅子から立ち上がった。朝から快晴だったが気温が上がらず寒い一日だった。夜の帳《とばり》が下りて寒風が吹き荒れる本社前には、それをものともせずに百数十名の労働者が結集するだろう。

東京地裁でのパイロット裁判は一週間前の一二月一九日に結審となった。渡利裁判長は、判決日を来年三月二九日とすると告げた。客室乗務員裁判も一二月二一日に結審となり、黒岩裁判長は判決日を三月三〇日にすると告げた。両裁判は一日違いで判決が言い渡されることになった。

証人尋問では会社側を圧倒した。勝利判決に向けてもうひとふんばりだ。北藤は街宣車に乗り込むとガレージを出た。

「足の痛みは引いたかい?」

大晦日の夕方、北藤が大掃除を終えてソファでくつろいでいると、幸太が姿を見せた。千枝子は台所で夕食の支度をしていた。順二はアルバイト先の中華料理店で大晦日の夜も働いていた。

幸太は自分の部屋で、ずっとベッドに横になっていた。幸太の右足首から先はギプスを付けていた。

「うん、大分楽になった」

幸太が右足をいたわるようにして、ゆっくりとソファに座った。物流センターでアルバイトをしている幸太が、怪我をしたのは三日前のことだった。

大ぶりで重い段ボール箱を、倉庫からトラックの荷台に運んでいた時、手を滑らせて自分の足に落としてしまったのだ。幸太はその場にうずくまった。

「何をやってんだ。荷が壊れちまうじゃないか」責任者が大声で怒鳴った。幸太は立ち上がることができなかった。

「お前が不注意だからそうなるんだ。明日から来なくてよい」幸太は即刻クビを言い渡された。一緒に働いている四〇代の朴訥《ぼくとつ》な男性が、腋の下に腕を入れて立ち上がらせてくれた。「怪我してれば労災だよ」男性が責任者に言った。「労災? 本人の注意怠慢だから駄目だ」責任者は一蹴した。「ちっ、ひでえな」男性は舌打ちしながらロッカーまで支えてくれた。「お大事にな」男性はすぐに仕事場に引き返した。靴下を脱ぐと右足の親指が膨れ上がっていた。痛みが引かないので幸太は一人で外科に行った。レントゲンを撮ると親指が骨折していた。

「畜生、あの責任者め! 毎日夜遅くまでくたくたになるまで働かせて、最後はゴミのように僕を棄てちまった」

幸太がギプスを見ながら怒りをぶつけた。

「整理解雇さえなければ幸太に辛い思いをさせなくて済んだのになあ。ごめんな」

こんな経験を幸太にさせたくなかった。あまりにもみじめすぎる。やるせなかった。つい、謝りの言葉が出た。

「お父さんが謝ることはないよ……。仕事はきつい、給料は安い、残業しても残業代は出ない、これが社会の現実だってことがよく分かったよ」

幸太はふーっとため息を吐いてしばらく目を伏せていたが、顔を上げると気を取り直して言った。

「でも、そんな酷い職場でも仲間同士の人間的な触れ合いがあったんだ」

そう言って幸太は話を続けた。

職場では、二年前のリーマンショックで雇い止めにされた朴訥な四〇代の男性、三月の東日本大震災で採用内定を取り消された大卒の若い男性、二人の子どもを育てながら働いていた三〇代のシングルマザーたちと同じグループだった。

朴訥な四〇代の男性は、農作業で鍛えた屈強な体で重い荷物を率先してトラックに積み込んだ。いつも僕らをかばってくれた。偉ぶったところがなく、冗談を言っては殺風景な雰囲気を和ませた。北海道の田舎には妻子がいた。

内定を取り消された大卒の若い男性は、最初は無口で暗かった。僕は父が整理解雇にあったので大学を中退し、弟も大学進学を諦めたこと、母も働かざるを得なくなったことを包み隠さず話した。

すると彼は「逆境に負けないで頑張っている君の一家に励まされた、もう一度夢にトライする」と決意した。その時から彼は前向きになった。

シングルマザーの人は夜も居酒屋で働いていたので、残業は僕ら三名が引き受けた。昼飯時にはシングルマザーの人がいつもおかずを一品作ってきた。質素なものだったがコンビニ弁当だけの三名にとっては、ことのほか美味しく感じられた。

「厳しい労働の中で、あの人たちは互いに助け合っていた。僕にはそれがすごく大切なものに思えた。でもあの人たちは給料が低く、残業代も出ないまま働かされている。そういうことって僕はおかしいと思う」

幸太の話は終わった。

「うん、お父さんもそう思う。しかし、おかしいことはおかしいと声を上げなければ、いつまでも非常識なことがまかり通ってしまう。みんなで声を上げて労働条件を良くするために、労働組合というものがあるんだよ」

「労働組合ねえ……」

幸太は小首をかしげた。よく分からないようだった。

無理もない。僕も一年と少し前までは、労働組合なんか必要ないと思っていた。労働組合の有り難さは、それを必要とする状況に追い込まれなければ分からないだろう。今は労働組合という存在を知ってくれればそれでいい。

「真面目に働いていながら突然クビにされたことで、理不尽な整理解雇を受けたお父さんの気持ちが心底分かったよ」

幸太が言った。その一言が心に響いた。足指の骨折という代償は大きかったが、幸太は社会人として生きていくための大事な経験をしたのだ。

「夕食の支度ができたわよ」

千枝子が台所から声をかけた。

ダイニングテーブルには去年の大晦日と同じように、年越しそばと大皿に天ぷらが盛られていた。

「今年はお父さんも幸太も大変な年だったけれど、来年は良いことがあるといいね」

千枝子がしんみりと言った。

「うん、きっとあるさ」

北藤が言い切った。幸太と夕食を共にするのは久しぶりだった。一家で食事することがとても大事であることに北藤は気づかされた。

12章　二つの調査報告書

二〇一二年が明けた。

一月早々から原告たちは労働組合や団体の旗開きに精力的に参加し、三月末の東京地裁判決に向けていっそうの支援をお願いした。

一月からは東京地裁前での宣伝行動が、週一回のペースで行われるようになった。

二月初め、北藤はモノレール線・新整備場駅前で午前七時から二時間、かじかむ手で航空労組連絡会の機関紙「ウイング」を原告や整備士たちと配った。その後、ウイングビルに戻って街宣車にのぼりや署名用紙などを積んで、ＪＲ有楽町駅のマリオン前広場に向かった。

マリオン前では午前一一時から一時間、数十名の原告たちが道行く人たちにチラシを配り、署名をお願いした。

それが終わると原告たちは歩いて東京地裁に移動

した。北藤は街宣車を再び運転して、地裁前の街路樹の傍に横付けした。

東京地裁では宣伝行動と共に、元山、内海両団長を始めとする代表者六名が、公正な裁判を求める署名約二万筆分の束を地裁に提出した。

署名はこれまで四回、地裁前宣伝行動に合わせて提出していた。パイロットと客室乗務員分を合わせると、約一四万筆にも及んだ。

一連の宣伝行動が終わると午後一時を回っていた。北藤は元山、清沢と三名で地裁の地下にある食堂に行った。食堂はピーク時を過ぎて空いていた。

三名とも空腹を抱えていたので、申し合わせたようにカツカレーを注文した。テーブルには元山と清沢が並び、向かい合わせに北藤が座った。

午前中からずっと宣伝行動だったので三名とも模擬制服を着ていた。

「いつもご支援有り難うございます。失礼ですが、どちらの労組の方でしょうか」

元山が隣のテーブルに一人で座っている女性にお辞儀をして言った。女性は小柄で髪には白いものが目立ち、黒いセーターを着ていた。地味な身なりで六〇代半ばと思われた。食事は既に終えていた。北藤はその女性に見覚えがなかった。元山は街宣車の上からよくスピーチをするので覚えていたのだろう。

「役員ではありません。一市民です」

女性はそう言って言葉を継いだ。

「かれこれ三三年前になりますが、夫がO電気で指名解雇を受けまして七一名の仲間たちと共に、あなた方と同じように解雇撤回の闘いをしました。八年四か月の闘いの末、三五名の職場復帰と解決金を勝ち取りました。勝利することができたのは全国の皆さんからの支援のお陰です。その闘いの中で、世の中には争議がいっぱいあることを知りました。夫たちが支援を受けたお返しにと思って、微力ながらボランティアのつもりで参加しています」

女性は親しみのある笑顔を浮かべながら話した。

「O電気の指名解雇のことは、当時大問題でしたからよく覚えています。でも、まさか自分たちが同じような目に遭うとは思ってもみませんでした」

元山が苦笑した。

三三年前と言えば、海上自衛隊で対潜飛行艇を操縦して、日本海で潜水艦や不審船を監視していた頃だ。北藤はO電気の指名解雇を知るよしもなかった。

「粘り強く闘って勝利されたのですね。私たちも大いに励まされます」

清沢が幾度もうなずきながら言った。

八年四か月とは、これまで闘ってきた一年一か月の七倍以上だ。北藤には想像もつかない長さだった。

目の前の女性は夫が解雇されていた間、不安と苦難の連続だったろう。千枝子にはできるだけ早く安心させてあげたい。北藤は落ち着いた雰囲気のその女性から、それらを乗り越えてきた芯の強さを感じた。

「それでは失礼します、頑張って下さいね」

女性は盆を持って立ち上がった。

「これからもよろしくお願いします」

三人はお辞儀した。女性は軽く会釈して、行った。

「自分たちの闘いはとっくの昔にケリがついているのに、今日までずっと他の労働者の争議支援を続けているって、凄いことだね」

元山がカレーを頰張りながら言った。

「僕が関わっている東京争議団にも、自分の争議が解決した後も離れることなく他の争議を支援する人たちが大勢いるんだ。きっと闘いの中で労働者同士の強い絆が生まれるんだろうね」

清沢が言った。東京争議団には「首都東京から一人の首切りも一切の差別も許さない」を合言葉に、解雇や賃金差別などを受けている多くの争議団や個人、支援者が結集していた。

原告団は東京争議団にオブザーバーとして加入しており、清沢は客室乗務員原告団の杉村事務局長と共に、毎月の定例会議に参加していた。

「甲斐川辰治氏が、二月一日付でN航空の社外取締役になることが決まったようだね」

カツカレーを食べ終わると、清沢がやや声をひそめて言った。

「甲斐川氏と言えば元最高裁判事で、コンプライアンス調査委員会の副委員長として、調査報告書をまとめた中心人物だ。二か月後に東京地裁の判決が出るが、会社はそれを見据えてわざわざ社外取締役に迎えたのだろう。最高裁の元判事がN航空の社外取締役として、裁判に睨みをきかせるという構図だね」

元山が言った。

コンプライアンス調査委員会は、二〇一〇年三月に、管財人である企業再生支援機構と片野栄三氏によって設立され、メンバーとして元最高裁判事の戸口千早氏を委員長、同じく甲斐川辰治氏を副委員長、他に公認会計士、弁護士などを選出した。

そして、N航空が経営破綻に至った要因、過去の重大なコンプライアンス上の問題及びその他経営上の問題などの調査を委嘱した。その調査報告書が、整理解雇の四か月前に出されたのだった。二〇一〇年八月末のことである。

「僕は甲斐川氏が最高裁判事時代にどういう案件を取り扱ったのか、少し調べたんだ。一九八七年の国鉄民営化の際に、新会社であるＪＲが国労や全動労の組合員を採用差別した事件があってね」

清沢は周りを気にして小声で言った。

「ああ思い出した。国鉄清算事業団が、ＪＲに採用されなかった人たち二万人以上を、全国各地の人材活用センターに押し込めて、草むしりやペンキ塗り、空き缶拾いなど人権無視の扱いをした」

元山が相づちを打った。

清沢は話を続けた。

その採用差別を各地労委と中労委は不当労働行為として認定した上で、ＪＲは就労させなければならないと命令したんだ。ところがＪＲはこの決定を不服として東京地裁に提訴し、東京地裁は中労委命令を取り消すという不当な判決を下した。中労委が控訴した東京高裁も、東京地裁の判決を支持した。

中労委は高裁の判決を不服として最高裁に上告したが、最高裁はＪＲには採用の責任はないとして棄却した。二〇〇三年のことだった。この上告棄却の判決では裁判官五名の内、二名が中労委の命令を支持して反対を表明した。きわどい判決だった。裁判官五名の内の一人が甲斐川氏で、彼は上告棄却に賛成している。この上告棄却によって、再就職に至らなかった一〇四七名の人たちは就労の道を閉ざされてしまった。二〇一〇年に、この理不尽な不採用問題が政治解決という形で幕を下ろすまで、国労の人たちは実に二四年にわたる苦難の闘いを強いられた。また民営化の過程で起きた仕事上の差別や強制出向、国労脱退の脅しなどで、一〇〇名以上の国鉄労働者が自殺に追い込まれたと言われている。国鉄労働者を救済することなく、JRの主張をまるごと認めた甲斐川氏に、僕は怒りを覚えているんだ。

普段は物静かな清沢が感情を露わにして言った。

「うん、僕もそうだ」

元山は大きくうなずくと、話を始めた。

「あのコンプライアンス調査報告書が、経営破綻の経営者の責任を不問にした上で、破綻後の経営体制と方針を決定づけ、整理解雇へと大きく舵を切らせたと僕はみている。その報告書をまとめた甲斐川氏を社外取締役に据えるなんて、僕も許せない」

元山も強い口調で応じた。

清沢がバッグの中からクリップで挟んだ、二つの書類を取り出した。どちらもA4判で数十枚の厚さがあった。

「これがコンプライアンス調査委員会による調査報告書で、こちらはそれよりも一〇か月前に出された、N航空再生タスクフォースによる調査報告書だ」

清沢がテーブルの上に並べた二つの書類を指さしながら言った。

北藤はコンプライアンス調査報告書については知っていたが、再生タスクフォースの調査報告書は初めて目にするものだった。

N航空再生タスクフォースとは、民主党政府の前谷国交大臣が経営危機に瀕したN航空の自主的な再建を確実にすることを目的として、二〇〇九年九月に設置したものだった。再生タスクフォースのメンバーは事業再生の専門家五名によって構成され、リーダーには元産業再生機構委員長の高杉新一郎氏が任命された。

再生タスクフォースによる調査報告書は、二〇〇九年一〇月末に前谷国交大臣に提出された。ところがこの調査報告書が日の目を見ることはなかった。何故か非公表となったのである。

当時、キャプテンユニオンの委員長だった清沢は、会社に対してこの調査報告書の説明を強く迫った。会社は「公表しないこと」を条件に渋々と清沢にコピーを渡した。

結局、再生タスクフォースによる調査報告書の提言は実行されないまま、N航空は二か月半後の二〇一〇年一月一九日に、経営破綻した。

「再生タスクフォースは自主的再建をめざす、私的整理を提言していた。ところが実際には公的整理となり、東京地裁は企業再生支援機構と片野栄三氏を管財人に選出して、経営の舵取りをまかせた。私的整理から公的整理に変更した背景には、経営破綻を儲けのチャンスととらえる支援機構や管財人の思惑があったという巷の話もあるが、それに加えて僕はもう一つの見方をしている」

元山が言った。

管財人の片山は一年二か月の在任中に九〇〇〇万円ほどを、また管財人代理だった加瀬など他のメンバーもかなりの報酬を手にしていたので、巷の話もあながち間違いではないだろうと北藤は思った。

「この二つの調査報告書は、二つの点で全く異なった評価をしている」

元山は二つの報告書をたぐり寄せると、めくりながら話を続けた。

まず一つ目は、経営を破綻させた経営陣の処遇のことだ。再生タスクフォースの報告書では「現経営陣は残念ながら新生N航空を引っ張っていくトップ層としてふさわしい存在とは言い難い」「現経営陣は速やかに全員退陣を公式に表明し、N航空は可及的早期に次期経営陣の選考、選抜に入らねばならない」と言い切っている。

一方、コンプライアンス調査委員会の報告書は「歴代経営者について、刑事上及び民事上の法的責任は認め難いとの結論を導くに至った」として、歴代経営者の責任を免罪した。また、現経営陣の総退陣には一切触れなかった。結果として、相当数の役員が居座った。労務担当の小村専務もその一人だ。

彼は組合分裂やものを言う労働者への差別など、五〇年近く続くN航空の歪んだ労務政策を忠実に推進している役員だ。彼の留任は従来通りの労務政策を続けることへの表明に他ならない。管財人と会社は経営破綻を機に、公正で明朗な労務政策に改める意思など全くなかったと僕は思う。

元山は一息ついた。湯呑みで喉の渇きを癒やすと、再び二つの調査報告書をめくって話を継いだ。

二つ目は、社員や労働組合をどのように見ているかだ。再生タスクフォースの報告書では、社員について次のように評価している。少し長いが読んでみよう。

「N航空で働く人々の特徴として、より航空機の運航現場に近いセクションにいる人々ほど活気があり、目を輝かせて仕事をしている。今やN航空の現場レベル、若手層レベルの職員の多くの給与は、実質手取りベースでは、決して世間相場や同業他社に比べても高くないにもかかわらずである。昨今の経営危機報道、人員削減報道が流れる中で、N航空が安全運航面でかつてのような大きな問題を起こさずに運営を続けていることは、N航空の現場で働く人たちのモチベーションの高さの一つの証左といえよう」

元山の口調は次第に熱を帯びていった。

労働組合については次のように評価している。これも少し長いが読んでみよう。

「労働組合問題についても付言しておく。現在N航空の組合員のほとんどは、いずれもその職務、すなわち航空機にお客様を乗せ、安全に運航する仕事に対して大変な誇りと忠誠心を持っており、この会社が引き続き日本の安全な空の公共交通機関として大きな役割を果たしていくことに関しては、深くコミットメントしているところである。この未曽有の経営危機、会社消滅の危機において、あくまでも未来志向でN航空再生のためのさまざまな痛みに団結して耐えていこうとする機運が、個々の組合の壁を超えて生まれつつあることを私たちは感じている。これを機に新経営陣には、この窮状を率直に包み隠さず吐露し、従来の『内向き』で『蓋をし』『先送り』する体質から決別して、本音で腹を割った新たな労使関係を構築することを望んでやまない」

元山が紙面から顔を上げた。

「この再生タスクフォースの、社員と労働組合についての記述は、僕ら現場の人間の心情をかなり正確に捉えていると思う」

清沢が言った。

北藤は思った。僕は的場部長から退職強要を受けた時「会社にとって不必要な人間だ」と言われた。しかしこの報告書は僕という存在を認めてくれている。

もう一方の、コンプライアンス調査委員会の報告書を見てみよう。

そう言って元山はその報告書に目を落とした。

社員についてはこう言っている。

「これまで『ナショナル・フラッグ・キャリア』と評されてきたこの会社の役員及び従業員の意識の中に、『何があっても潰れることはない』という慢心した思いが深く根ざしていたが、今やそのような神話が崩壊したことを役員および従業員の一人ひとりが認識すべきである」と述べている。

また労働組合についてはこう言っている。

「労働組合の意識改革もままならずに大胆なリストラ策を実行できなかったことなどの複合的な経営者の不作為が要因となって破綻に至ったことが窺える」

ここに言う労働組合とは、地上職員と客室乗務員の圧倒的多数を組織している労使協調の従業員組合ではなく、キャプテンユニオン、パイロットユニオン、キャビンユニオンならびに地上職員の一部で結成しているN航空ユニオンなど、ものを言う労働組合を指しているのは明らかである。

二つの調査報告書についての、元山の話はようやく終わった。

「コンプライアンス調査委員会の報告書には、経営破綻の原因と責任の一端を、社員と労働組合に押しつける意図があったと思う。それによって、グループ全体で約一万五〇〇〇名の人員削減と一六五名の整理解雇に道を開いた。再生タスクフォースの調査報告書は邪魔になって、闇に葬られたのだろう」

清沢が言った。

「再生タスクフォースの調査報告書の提言通りに、再建が行われなかったのは残念だなあ。でも、いったい誰が闇に葬ったのだろうか。会社だろうか、それとも管財人だろうか」

北藤が小首をかしげた。

「もちろん会社と管財人は関わっている。彼らは経営破綻を千載一遇のチャンスととらえて、その報告書を闇に葬り、ものを言う労働者を整理解雇した。それに国や財界など日本の支配層も絡んでいると思うよ」

元山が答えた。

「一民間企業であるN航空の整理解雇に、国や財界が絡んでいるとは……」

北藤はその意味が理解できなかった。

「その点については、空の安全を脅かす国の政策に反対してきた航空労働者の闘いが関係していると僕は思う。北藤さんにも知ってもらいたいので少し話してみようね」

元山は柔らかな表情に戻っていた。

「二〇〇〇年前後のことだが、自民党と公明党の連立内閣が有事法制の制定を画策した。アメリカ軍と自衛隊が一体となって行動するためのものだった。有事の場合には、陸・海・空・港湾などの労働者や施設は国の統制の下に置かれ、民間航空機での兵員や武器弾薬輸送も可能になるというものだった。航空労組連絡会は陸・海・港湾に働く労働組合二〇団体に、廃案のための反対運動を呼びかけた。そして宗教者や広範な市民の方々と一緒に、数万人規模の『STOP！　有事法制』大集会を幾度も成功させた。廃案には至らなかったが継続審議に追い込んだことがあった」

元山が一息ついた。先ほどからずっと話していたので声が幾分かすれていた。二度ほど咳をした。

北藤は労働組合には無関心だったので、そういう闘いがあったことなど全く知らなかった。

「その後のことは僕から話そう」

清沢が話を引き取った。

「北藤さんも覚えているだろう、二〇〇四年に政府がイラクのサマワに自衛隊員を派遣したことを……。あの時、政府は自衛隊派遣のために日本の民間航空機を使う計画だったが、外国の航空機をチャーターするしかなかった。これは有事法制反対の闘いの中で、航空労組連絡会が民間機の軍事輸送に反対してきたことが影響していると思う。二〇〇六年にサマワから撤退する時、政府は密かにN航空機をチャーターした。キャプテンユニオンはこれを事前に察知して自衛隊員の輸送を止めるよう会社に申し入れた。会社は苦肉の策として、非組合員の部長や副部長など職制のキャプテンを使って運航した」

北藤は自衛隊員のサマワ派遣には、強い衝撃を受けたのを今でもはっきり覚えている。自衛隊時代、「自衛隊はあくまで専守防衛であって、自ら進んで戦争に行くのではない」と教えられてきた。戦地に行けば自衛隊員の命が危険に晒される。どうしてサマワに派遣するのか、専守防衛はどうなっているのか。あの時、北藤は自衛隊のサマワ派遣に大きな疑念を抱いたのだった。

戦争に反対する航空労組連絡会の運動は、間接的に自衛隊員の命を守ることにも繫がっていたのだと北藤は思った。

「国や財界にとっては、有事法制や自衛隊のサマワ派遣は日米の軍事協力の根幹に関わる重大な問題だ。航空労組連絡会は、航空の安全を脅かすこれらの方針に真っ向から反対してきた。航空労働者の闘いを警戒した国と財界は、もの言う労働者の整理解雇に加担したと、僕は思っているんだ」

清沢が話を区切った。

元山は冷めたお茶で喉を潤すと、清沢に代わって話し始めた。

「僕たちが反対運動をした理由は、このままでは民間航空機が軍事利用されるという強い危惧があったからだ。国際民間航空機構条約、即ちＩＣＡＯ条約には、民間航空機の軍事利用などの乱用を禁止することが記されており、航空法もこれに準拠している。民間航空機が軍事利用されることは、この条約を逸脱するばかりか、敵国からの攻撃対象となり、乗客・乗員の命や安全が脅かされるからなんだ」

元山の話が終わった。

元山と清沢は長年にわたり、一緒に組合運動に関わってきた。

二人は副操縦士の時代には共にパイロットユニオンの委員長や書記長などを歴任した。機長になってからも共にキャプテンユニオンの執行委員を続けた。

そして元山は二〇〇五年一〇月から二〇一〇年九月までの五年間は航空労組連絡会議長、清沢は二〇〇五年八月から二〇一〇年七月までの五年間、キャプテンユニオン委員長の任にあった。

豊かな黒髪の元山は行動力と指導力を、白髪の清沢は沈着冷静さと実務能力を備えていた。異なったタイプの二人は手を携えながら航空の安全を守り、航空労働者の労働条件を改善するために、整理解雇の直前まで常に組合運動の先頭に立って闘ってきたのだった。

少し間を置いて清沢が言った。

「民間航空にとって何より大切なものは世界の平和だよね。戦争が起きれば民間航空機は安全に飛行できない。飛行中に誤って撃墜されたこともあった。世界の平和のためには、日本は自衛隊を海外に派遣するのではなく、もう戦争はしないと世界に約束した憲法九条を守ることこそが、何よりも大切だと思う」

清沢の言葉には平和への思いが溢れていた。その思いが有事法制に反対し、自衛隊員のサマワ派遣に民間航空機を使うことへの反対に結びついたのだと北藤は納得した。

僕はずっと日本の平和は自衛隊によって守られてきたと信じていたが、本当は憲法九条によって守られてきたのではないか。

北藤はふとそう思った。

「大分時間が経ったね」

元山が腕時計を見て言った。広い食堂には誰もいなかった。街宣車は地裁前に横付けしたままだった。盆を下げると三人は足早に地下食堂を出た。

昼下がりを過ぎた地裁前は人通りが少なく、街路樹の栃の小枝が寒風に震えていた。三人はいったんウイングビルに戻るために、街宣車に乗り込んだ。

「元山さん、外していた看板を元通りに取り付けていい？」

街宣車を運転しながら、助手席の元山に聞いた。

「えっ」

元山がきょとんとした表情をした。

「『憲法九条を守ろう』と書かれた看板のことだけど……」

去年の一月下旬のこと、北藤が初めて街宣車を運転して本社前の抗議行動に出かける時だった。街宣車には「憲法九条を守ろう」と大書された看板が屋根の枠に取り付けられていることに気づいた。

憲法九条を変えて自衛隊は名実ともに国民から認められなければならない。当時そう思っていた北藤は街宣車を運転することができなかった。北藤の心情を察した元山と清沢はその看板を外してくれたのだった。

「やっと思い出した。あのことね」

元山が笑顔で北藤を見て言った。

「無理しなくていいんだよ。僕らは今のままで構わないんだから」

　後ろの座席から清沢が言った。

「今の僕は、あの看板を元通りに取り付けたいと心から思う」

　北藤の言葉に気負いはなかった。

「うん分かった。それでは清沢さん、三人で取り付けようね」

　元山が振り向いて清沢に言った。

「了解、あれは三人がかりでなければ到底無理だな」

　清沢が笑いながら言った。

　北藤は、今までなんとなく隔たりがあった元山と清沢との距離が急に近くなったのを感じていた。

13章　地裁判決

　三月半ば、N航空不当解雇撤回闘争を支援するための「東京中部共闘」の発会式が、都心の公民館で開かれた。開会時刻の午後六時半には満席に近い約八〇名が集まった。

　パイロット団長の元山を始め、芳賀、宝田、北藤など原告たち六名は緊張した面持ちで前方に座っていた。二月初めの発足準備会から一か月余り、東京の中央地域にある労働組合が組織の違いを乗り越えて「東京中部共闘」を誕生させたのだった。

　都内で地域の支援組織ができるのは「原発のない社会の実現とN航空の不当解雇撤回を許さない西部地域連絡会」に次いで二番目だった。その結成集会にも多くの原告たちが参加した。

「中央地域には長年にわたって国鉄闘争を支援してきた幅広い組織があります。一昨年の国鉄闘争の終結で解散しましたが、その貴重な経験をN航空不当解雇撤回の支援組織を作るために生かしてはいかがでしょうか」

二月初めの発足準備会で水森が提案した。

「異議なし」

参加者全員が賛成した。

発会式はC区労協の樋口事務局次長の司会で進められた。樋口は事務局長の水森よりも一回り若くて黒髪だった。

「東京中部共闘はC区労協、C区労連、お隣のU区労協、並びに中央地域全労協の四つの組織によって発足しました。代表して中央地域全労協の青木さんよりご挨拶をお願いします」

樋口に促されて青木が正面に立った。国労出身の青木はがっしりとした体躯《たいく》と精悍《せいかん》な顔つきで、いかにも現場労働者を思わせた。

「この整理解雇はあまりにも理不尽で酷すぎます。原告の皆さんの人格を傷つけ、人生を狂わせました。日本の労働運動にとっても極めて重大です。断じて許す訳にはいきません。この地域から不当解雇撤回の大きなうねりを作っていきましょう」

青木が発する言葉一つひとつには力があった。続いて清掃業務に携わる労働者、国労組合員、区職の事務労働者、金融や医療、出版や報道の労働者たちが次々に立った。彼らは、この解雇は自分たちの問題でもあり勝利するまで支援すること、「財政を支える会」の入会や署名を積極的に広げること、集会や宣伝行動には率先して参加することなどの決意を述べた。

集会は終盤になった。

「他に発言はありませんか」

樋口が会場を見回して発言を促した。

「はい、あります」

前頭部がはげ上がり、血色のよい五〇代後半の男性が正面に立った。戎谷精密機械労組の島内書記長だった。

「私たちは昨年来、工場移転に反対して闘ってきました。残念ながら移転を阻止することはできませんでしたが、粘り強い闘いの中でいくつもの有利な回答を引き出すことができました。ストライキによる社前集会には毎回のように、原告の皆さんが応援に駆けつけてくれました。これは大きな力になりました。私たちの組合も房総半島の工業団地に移転しますが、不当解雇が撤回されるまで支援することを誓います」

　昨年の四月下旬のことだった。原告団は手分けして五月下旬に開かれる「争議支援総行動」の参加要請の二次オルグに行った。原告団にとっては初めての経験だった。北藤、芳賀、宝田の三名は大熊に連れられて署名や「財政を支える会」の入会、物品販売の協力を併せてお願いした。午後最初に訪問した「文栄出版労組」と「桂印刷労組」での反応は思わしくなかった。気落ちしたまま「戎谷精密機械労組」を訪ねた。書記長の島内が応対してくれた。自分も解雇された経験があるという島内は北藤らを温かく迎え入れて、全面的な協力を約束してくれた。島内に励まされて北藤ら三名は元気を取り戻したのだった。工場移転反対の集会がある度に、大勢の原告たちが支援に駆けつけた。工場移転は止められなかったけれど、有利な条件を勝ち取ったという。支援して本当に良かったと思った。

「時間が迫っておりますので、あと一人だけ発言を受けつけます」

　樋口が言った。

「それでは発言します」

　そう言ったのは大熊だった。大熊は正面に立った。

「原告の皆さんは、全労連・東京地評、全労協そして東京争議団それぞれの主催する総行動では、毎回全コースにわたって大勢参加しています。オルグにも初めての経験で戸惑いながらも積極的に応じています。もう経験者の私たちが一緒について助言する必要はなくなりました。原告の皆さんは私たちにとって、なくてはならない大きな戦力になっています。これからも互いに支援し、支援されながら勝利に向けて力を合わせていきましょう。なお、私の解雇撤回の闘いですが、皆さんの大きなご支援を受けながら、控訴審での闘いを進めております。闘い始めてから五年、絶対に勝利するまで頑張りますので、ご支援をよろしくお願いいたします」

　大熊は頭を深々と下げた。大熊からこれまで多くのことを学んだ。大熊だけでなく、原告たちはさまざまな争議を闘っている人たちと行動を共にすることによって、貴重な闘いの経験を聞くことができた。

北藤は大熊の姿を見てふと気づいた。ずんぐりしていた大熊の体が幾分縮んでいるように見えた。

濃い顎鬚はそのままだったが、顎から頬にかけての肉が薄くなっていた。体調を崩していないだろうかと気になった。しかし気迫のこもった声は少しも変わらなかったのでダイエットでもしているのだろうと思い直した。

「それでは原告団の皆さん、前にどうぞ」

樋口の言葉に原告たち六名は正面に並んだ。代表して真ん中に立っていた元山が挨拶した。

「二一日後の三月二九日にはパイロット、翌三〇日には客室乗務員の地裁判決が言い渡されます。どちらの裁判も内容で会社側を圧倒しており、勝利は間違いないと確信していますが、決まったわけではありません。勝利を不動のものとするためには、どれだけ支援の輪が広がるかにかかっています。その点でも東京中部共闘の発足は大きな意義を持ち、私たち原告団にとってもこれ以上の励ましはありません。原告団を代表して厚くお礼を申し上げます。どうか今後ともよろしくお願い致します」

元山の甲高い声が響いた。呼応して「頑張ろう」という声と拍手が会場を覆った。

発会式が終わった。原告たちは出口に並んで、参加者にお礼を言った。

「今まで集めた署名を渡すよ。『財政を支える会』にも五人が入会してくれたので、先日振り込んでおいた」

見ると隣の芳賀に、文栄出版労組の生井書記長が署名を渡していた。

「まあ、有り難うございます」

芳賀が驚いた声でお礼を言った。

「少しばかりの署名だけど」

対面に立っていた宝田に、小声で署名を渡していたのは桂印刷労組の坂口委員長だった。

生井と坂口には、その後も二次オルグや争議総行動などで幾度か顔を合わせる機会があった。その度に、初対面の時の取り付く島のない態度が次第に軟化していった。

原告団の地道で粘り強い行動の積み重ねが、こうして実を結んだのだ。原告団も少しずつ地域の労働者に受け入れられてきている。北藤は胸が熱くなっていくのを覚えた。

三月二九日午後二時過ぎ、北藤は野末や阿川と並んで東京地裁一〇一号法廷の傍聴席の最前列に座っていた。傍聴席の一〇〇席は全て埋まっていた。

向かって左の原告側の席には最前列に弁護人五名、その後方には元山、清沢を始めとする原告たちが三列に並んでいた。

右の会社側の席にはやはり最前列に弁護人五名、その後方には会社関係者たちが座っていた。

判決言い渡し直前のため、どの顔も硬い表情だった。法廷内には張り詰めた空気が漂っていて、時折傍聴席から漏れる咳だけが高く響いた。北藤の両脇に座っている野末と阿川も話しかけることなく、ただ正面の裁判官席をじっと見つめていた。

野末は年休を取り、阿川は昨年末に東アジアのLCCに内定し、操縦訓練の合間を縫って駆けつけたのだった。野末も阿川も勝利判決を信じていた。いや、原告全員が信じていた。

開廷時刻の午後二時半ぴったりに、裁判官席後方の扉が開いて渡利裁判長始め三名が姿を見せた。

「起立！」

沈黙を破って書記官の声が響いた。全員が立ち上がると、ざわざわと衣服の擦れるような音が重なった。

「礼！」

裁判官が席に着くと再び書記官が言った。全員が一礼して座った。

「判決を言い渡します」

渡利裁判長は席に座るやいなや、机の書類に目を落とした。

裁判長はまず、原告二名が昨年一月分の賃金減額を不服として提訴した部分について、会社が是正するようにとの判決を読み上げた。それは争点二とされるものだった。

争点一の整理解雇の判決についてはどうなんだ。僕らはそれを知りたいんだ。

北藤はじりじりとした思いで、渡利裁判長の口元を見つめた。

「原告らのその余の請求をいずれも棄却する。訴訟費用は原告らの負担とする」

渡利裁判長は淡々と読み上げた。

「詳細は判決文によるものとします」

最後にそう付け加えるとすぐに立ち上がり、逃げるように後ろの扉に向かった。二名の裁判官が従った。その間、渡利裁判長が原告側の席や傍聴席に目をやることは一度もなかった。

「不当！」

「不当判決だ！」

組合側席と傍聴席のあちこちから鋭い声が、扉に向かう渡利裁判長らに浴びせられた。

「まさか……」

右隣の野末が呻《うめ》いた。

「畜生」

左隣の阿川が膝の上で拳を握りしめた。

「こんな判決ってあるか！」

北藤が吐き捨てるように言った。

口頭弁論では会社側を圧倒し、公正な裁判を求める東京地裁への要請署名も最終的には一七万筆を超えた。客室乗務員裁判の署名を合わせると三四万筆にもなっていた。にもかかわらず組合側の訴えを全て退けるとはどういうことだ。

原告と支援者たちの鋭い視線が束になって、扉の向こうに消えかかる渡利裁判長の背中を射貫いた。

午後四時から虎ノ門の貸会議室で報告集会が開かれた。会場は四〇〇名近い原告や支援者たちであふれ、座りきれない人たちが三方の壁を二重に取り囲んでいた。正面には船田弁護士を始め、弁護人やパイロット原告団長の元山など十数名が二列に並んだ。

参加者たちは予想もしなかった判決に呆然とした表情を浮かべていたり、じっと目を閉じていたりした。笑い声などなく、会場は重苦しい空気に覆われていた。北藤は野末や阿川らと共に、後方の壁際に並んで立っていた。

集会が始まった。正面の中程に座った船田弁護士が立ち上がった。白髪で色白の船田弁護士の顔は紅潮していた。

「これほど酷い判決はない、大変な不当判決です」

開口一番にそう言った。声が怒りに震えていた。

「判決の前文では、会社更生手続下であっても整理解雇の法理は適用されると述べています。ところが人員削減の必要性、解雇回避努力の履行、人選基準の合理性、手続きの妥当性の四要件については、ことごとく会社側の主張を採用しており整理解雇を容認したものになっています。これは整理解雇法理を形骸化するものであり、絶対に許すことはできません」

そう言うと船田弁護士は、手に持った判決文を見やった。

「まず、人員削減の必要性です。『本件解雇は管財人片野が事業規模に応じた人員体制にするという、更生計画遂行の一環としておこなったのであり』『更生計画を上回る収益が発生したとしても、このような収益の発生を理由として、更生計画の内容となる人員削減の一部を行わないことはできないというべきであり、被告が更生計画を上回る営業利益を計上していることは、更生計画に基づく人員削減の必要性を減殺する理由とはならないのである』と述べて、どれほどの利益があっても更生計画に従うべきだという、更生計画ありきの論理に立っていることです。これは会社が法廷の場で主張したこと、そのものです」

「そんな馬鹿な」

会場から声が飛んだ。約半年前の証人尋問で、元管財人の片野は船田弁護士からことごとく論破され、追い詰められる度に「余剰人員を抱えないというのが更生計画のコンセプト」だと繰り返した。渡利裁判長は片野のその証言を採用したのだ。

「二番目は解雇回避の努力についてです。会社が六度にわたり希望退職募集をしたことなどをもって、一定の整理解雇回避の努力をしたことが認められるとしています。ワークシェアリングは一時的な措置であり、それを行わなかったからといって解雇回避努力が不十分であると評価することは困難であるとしています。これも会社の主張そのままです」

ブランクスケジュールを押しつけながら退職強要したことも、解雇回避努力の一環というのだろうか。

北藤はとても納得ができなかった。

船田弁護士は判決文をめくりながら話を続けた。

「三番目の人選基準については、その判断に解雇者の恣意が入る余地がない基準であり一定の合理性が担保されているとして、ここでも会社の主張を全面的に認めました。例えば、豊富な知識と経験の蓄積によって安全性を支えてきたベテラン乗務員を一掃することは、安全確保の点で大きな脅威となるという私たちの主張に対して、運航乗務員は年齢にかかわらずライセンス（国家資格）を受けているから、運航の安全確保に必要な知識や経験の多寡が年齢と相関関係にあると認められるだけの根拠はないと退けました。また、休職・乗務制限などを解雇対象者選定の基準とすることは、運航乗務員および産業医に対する心理的プレッシャーになり、運航の安全への脅威となるという私たちの主張に対しても『そのような事態はにわかに想定し難い』と一蹴しました」

「あり得ない！」

また会場から声が上がった。

「会社は当初機長削減目標を約一三〇名と発表していた事実についても、削減目標人数は運航乗務員全体に設定されていたという、事実と全く違った会社の主張をそのまま鵜呑みにしました。またこの整理解雇は労働組合活動の中心を担ってきた者を排除し、組合の弱体化を狙ったものであるという私たちの主張については、客観的な基準によって行われており、原告らの主張は採用できないと言い切っています」

船田弁護士はコップの水を一口飲んで喉を潤すと、話を続けた。

「最後に四番目の手続きの妥当性です。判決では合計一三回の団体交渉を行っており、整理解雇が信義則上許されないと評価するだけの事情が認められないと、これまた会社の主張を丸呑みにしました」

団体交渉とは名ばかりで、ワークシェアなどパイロットユニオンの提案にはまったく聞く耳を持たず、整理解雇を押しつけることだけに終始した。

船田弁護士が判決文から目を外した。

「以上の通り、まさに絵に描いたような不当判決です。こんな判決が社会的に通用するはずがありません。今日がまた新しい闘いの出発点です。皆さんと力を合わせて頑張りたいと思います」

船田弁護士の長い報告が終わった。

正面に座った弁護人たちは硬い表情のままだった。会社の主張をことごとく論破したのに、全て否定された判決への怒りが読み取れた。

「勝つとばかり思っていたのに、やりきれないなあ」

隣で野末がため息をついた。

北藤とて同じ気持ちだった。これまでの闘いは無駄だったのだろうか、これからの闘いは一から始めなければいけないのだろうかという不安が心の隅に生じていた。

最後にパイロット原告団長の元山が立ち上がった。

「この判決はペテン以外の何物でもありません。こんな解雇が許されるなら日本の労働者に未来はありません。会社と司法に対する怒りと闘いを、全国に広げる必要性を痛感しております。運動は足し算です。今までのどの闘いをとっても今後の闘いに繋がります。多くの皆さんから寄せられたご支援を土台にして、高裁での勝利に向かって更に一回りも二回りも闘いの輪を大きくしていきましょう」

元山の力のこもった決意表明に、「よーし」という声と共に大きな拍手が沸き起こった。

そうか、闘いは足し算なのだ。今までの闘いは決して無駄ではなくて、今後に生かされるのだ。

北藤は先ほどまであった不安が消えて、目の前が明るくなったような気がした。

「僕は早く仕事に復帰して、親父とお袋を九州の郷里に帰さなくてはならない。落ち込んでいる場合じゃない」

野末も前向きになった。

「僕は東アジアのＬＣＣに採用が内定したが、家族と過ごす時間は大幅に減るだろう。こんな無茶苦茶な解雇は絶対に撤回させなくてはいけない」

阿川もまた自分を奮い立たせた。

「ちょっと一杯やっていこうか」

野末が誘った。

「うん、いいよ」

阿川が応じた。

「今日は早く帰る約束をしたんだ。残念だが次の機会にご一緒するよ」

北藤が言った。本当は二人と酒を飲んで憂さを晴らしたかった。千枝子が「今晩は久しぶりに一家で食事ができるわ、不当解雇撤回の前祝いをしようということになったの」と、北藤が家を出るときに言った。昨夜、北藤が「明日の地裁判決は勝利間違いなし」と断言したので、それを真に受けての家族の計らいだった。

家路をたどる北藤の足取りは重かった。

「ただいま」

玄関から声をかけた。

「じいじ、お帰り」

孫の翔が駆け足で寄ってきた。

「おや、大きくなったね」

翔と会うのも久しぶりだった。長女の百合は保育園で働いていたし、北藤も多忙なので顔を合わせる機会が少なくなっていた。翔が北藤の手を引っ張ってダイニングルームに連れていった。

「丁度良かった。夕食の支度が終わったところよ」

千枝子がテーブルに取り皿を並べながら言った。

「百合も来てくれたんだ」

台所にいる百合の背中に声をかけた。

「お母さんから誘われたの。主人の夕食は作っておいたから、今日はゆっくりできるわ」

百合が振り返って言った。

テーブルの真ん中には大ぶりのデコレーションケーキが据わり、横には缶ビールが数本と一升瓶が一本立っていた。その周りには大ぶりの皿が三つ並んでいて、それぞれに春巻き、豚とニンニクの炒め、トマトと卵の炒めがたっぷりと盛られていた。トマトの赤い色が鮮やかだった。

「どれもこれも美味しそうだね」

北藤が舌なめずりして言った。

「料理は全て順二が作ってくれたの」

千枝子の声はトーンが高かった。

「ほう、凄いね」

北藤が感心した。

「練習段階だから味は保証できないけれど……」

台所で鍋を洗っていた順二が照れくさそうに言った。

「お父さんの好きな純米酒は幸太から、デコレーションケーキは百合からよ」

千枝子が言った。全員がテーブルに座った。

「実は……」

北藤は言い淀んだ。久しぶりに華やいだ雰囲気を壊すようで一瞬ためらった。しかし言わない訳にはいかなかった。

「整理解雇を認める不当な判決だった」

「えっ」

予想もしなかった北藤の言葉に、四人は啞然とした表情になった。室内はしらけた空気に一変した。

「負けたってこと？」

　幸太が北藤をじっと見つめた。幸太は足の親指の骨折が完治すると、道路やマンションなどでガス管を埋設する配管工事のアルバイトをしていた。屋外作業のため顔はすっかり日焼けしていた。

「いや、負けた訳じゃない」

「勝利の判決じゃなかったんだろう。だったら負けじゃないいか」

　順二ががっかりしたように言った。

「地裁の判決を不服として控訴する。高裁での勝利をめざして闘うということだ」

「野球でいう逆転勝利だね」

　中学、高校と野球一筋だった幸太が言った。

「そうか、まだ決まった訳じゃないんだ」

　順二が納得したようにうなずいた。

「僕は家族みんなのお陰で、整理解雇撤回の闘いに専念できている。すごく感謝している。また百合には心配かけてすまない」

　百合は北藤の整理解雇後、激変してしまった両親と弟たちの生活を気遣って、いつも電話してくると千枝子から聞いていた。結婚して、傍にいないので余計に気がかりなのだろうと北藤は思った。

「心配したけれど、こうして家族が助け合い、お父さんを応援している姿を見てると、この家族ならこれから先もきっと大丈夫だっていう気がしてきたわ」

　百合が笑顔で言った。

「今日は『祝勝会』を切り替えて、『お父さんを励ます会』にしましょう」

　千枝子の言葉に全員が賛成した。

14章　削減目標数は達成されていた

四月初めの月曜日、北藤は街宣車をウイングビルから運転して、N航空本社前の歩道際に停めた。

午前八時前だったが、既にパイロットと客室乗務員の原告十数名がいた。原告たちは街宣車から四〇脚を超える折りたたみ椅子を降ろすと、本社ビルを背にして歩道の端に並べた。のぼりも立てた。

原告たちは椅子に座ると、「不当解雇を撤回せよ」と大書した長い横断幕を前面に掲げた。

パイロット裁判の翌日に行われた客室乗務員裁判の判決は、まるで裁判長同士が示し合わせたかのようにパイロット裁判と瓜二つだった。

即ち、整理解雇四要件を適用するとしながら、解雇の必要性については更生計画で掲げた人員削減目標を絶対化し、解雇回避努力義務については特別早期退職などの募集のみで十分であるとし、人選基準の合理性については年齢や病欠などの日数を基準としたことは合理的であり、キャビンユニオンの弱体化を企図したと認めることはできないとし、手続きの妥当性については団交等で真摯かつ十分に説明したとして、原告側の主張を全て切り捨て、会社側の主張を全面的に採用したのだった。

また、益盛会長が「会社の業績を踏まえて、この整理解雇を経営上、回避することは不可能ではなかった」という記者会見の発言を、法廷の場で明確に認めたことは判決を左右するほどの重大な証言だったにもかかわらず、「主観的心情を吐露したにすぎない」とまで言い切って無視した。

客室乗務員裁判の不当判決が出された翌々日の、パイロットと客室乗務員合同の原告団集会では、東京高裁に控訴することと、全国的に闘いを広げるという意思統一を行った。

そして、四月初めの二日間、不当解雇と不当判決は絶対に認めないという強い意思を示すために、本社前で抗議の座り込みを行うことを決めたのだった。

午前一一時を過ぎると、「N航空の不当解雇撤回をめざす国民支援共闘会議」に参加している各団体の支援者たちが続々と座り込みに加わり、四〇脚ほどの椅子はまたたく間に埋まった。支援者たちはハンドマイクで、勝利まで共に闘う決意を述べた。

原告たちも交代でハンドマイクを握り、怒りや悔しさを思いっ切りぶつけた。

怒りで強ばったような、あるいは思い詰めたような原告たちの表情が、支援者たちの励ましによって次第に明るく柔らかな表情になっていった。原告たちを孤立させてはならないという支援者たちの思いが、北藤にもひしひしと伝わってきた。

早朝には、ややひんやりとしていた気温も時間と共に上昇し、昼過ぎには春らしい陽気になった。そよ風が黄色いのぼりを揺らした。

「あの頃の黒岩さんは、どこに行ってしまったのかしら」

隣に座っていた宝田が湿っぽい声でつぶやいた。

宝田は黒岩裁判長と同じ地元で大学も一緒だったから、学生時代には仲間たちと一緒にキャンプや旅行に行ったこともあった。黒岩裁判長は真面目な人柄で、裁判官になる夢を持っていた。真実と正義によってのみ判決を下す裁判官になりたいと、あの頃宝田に熱っぽく話した。宝田は、黒岩が裁判長になった今でもその純粋な気持ちを持ち続けていることを願っているのだと、北藤に話したことがあった。

北藤もまた、渡利裁判長とは全く違う黒岩裁判長の法廷での落ち着いた印象から、原告側の主張に沿った真実と正義の判決をきっと出してくれると信じていた。

しかし、黒岩裁判長は原告たちの期待に背く判決を出した。

「裁判官になって三〇年、その間に黒岩さんは変わってしまったんだわ……。でも私にはどうしても信じられない」

宝田はうつむくと絞り出すような声で言った。学生時代の黒岩と、あの判決を下した黒岩裁判長。宝田にとって、それはあまりにもかけ離れたものだった。その二人の黒岩を心の中でどう折り合いをつけたらいいのか、宝田は苦しんでいるのだった。

「どこからか圧力がかかったのではないかしら。黒岩裁判長も、その圧力には逆らえなかったのかもしれないわ」

宝田の隣に座っていた芳賀が宝田をなぐさめるよ

うに言った。地裁判決の二か月前に元最高裁判事の甲斐川辰治氏が、N航空の社外取締役に就任していた。

「たとえ圧力があったとしても、黒岩さんにはそれに屈しないで欲しかったわ……。でももう終わったことだし、くよくよしても始まらないわね」

宝田が顔を上げて言った。

「高裁では不当判決を出させないように全国的に運動を広げていこうよ。まだまだ私たちの運動は大きく広がっているとは思えないわ」

芳賀が言った。そして目の前の風にそよぐのぼりを見ながら言った。

「一句浮かんだわ。『座り込む　われらに春風　あたたかし』どうかしら」

「いいわねえ、打ちのめされていた私の心を、支援者の方々や春風がやさしく癒やしてくれている。今の私の気分にぴったりの句だわ。相変わらず上手ね」

宝田が微笑みながら言った。

「いや、それほどでも……」

芳賀が照れ笑いを浮かべた。

辛いときには自分の思いを俳句にするとなぜか心が落ち着くの。昨年一月、C区労協の旗開きに出かける時に降り始めた雪を見上げて句を詠んだ後、芳賀はそうつぶやいた。四月にオルグに行って歩き疲れた時も、やはり句を詠んだ。

原告たちは午後六時半まで交代で座り込みを続けた。原告、支援者たち合わせて一五〇名以上が座り込みに参加した。北藤は街宣車をウイングビルまで運転して帰らなければならないので、最後まで座り込みを続けた。明日も一日中座り込みが続くので、街宣車を運転して本社前に来ることになっていた。


五月中旬になった。

北藤はいつもの通り午前八時過ぎにウイングビルに着くと、まず原告団メールを開いた。

松林からのメールが目に留まった。

〈今年に入ってからも労働組合や民主団体の集会で継続的に「財政を支える会」入会や署名などの支援を訴えてきました。特に不当判決後は、判決内容の酷さを話していっそうの支援をお願いしました。どの労組でも、これを許せばいずれは自分たちの身にふりかかると言って、真剣に聞いてくれました。

伊方《いかた》原発再稼働反対集会、憲法を守る集会などにも参加して不当解雇撤回の支援を訴えてきました。社保庁の分限免職を受けた人や偽装閉鎖で解雇された人たちとのM駅前での定例合同宣伝行動も引き続き行っています。これらの活動には、お母様のお世話をしている宮内さん、アルバイトをしている池野さんの都合がつけばできる限り一緒に出ています。二月下旬に開催された隣のK県労連主催の「N航空不当解雇撤回争議支援集会」や、先日のE県中央メーデーなど大きなイベントには三人揃って参加しました。

「松林さん、明日は時間空いてる？　急で申し訳ないけど○○労働組合の決起集会に参加してくれないかな」とE労連の福田議長から電話が入ることも度々あります。その時は私にも訴えの時間を割いて下さいます。「松林さん、物品販売の○○を届けてくれる？」と婦人団体の人からの電話もあります。私たちの財政を少しでも応援しようという心遣いを感じます。地元では活動日と休日の区別がつかないことも分かってきました。

誰からか分からないのですが、私の家の玄関先にお米や野菜、みかんなどがそっと置かれていることもあります。一緒に活動している人たちの思いやりが身に染みます。

先日、「どの集会にも松林さんの姿があると、みんなが言ってるよ」と、福田議長が白い歯を見せながら言いました。私たちの存在も少しずつ認知されてきているのかなあと、嬉しくなりました。まだ、「支える会」結成の動きがないのがとても残念ですが、たとえ結成されなくても不当解雇撤回の運動を大きく広げていこうと三人は心に誓っています〉

松林たち三名の地道で粘り強い活動は、東京から遠く離れた一地方都市で着実に実を結びつつあるのだと、北藤は思った。同時に、大阪や福岡在住の原告たちが、それぞれの地元で結成された「N航空不当解雇撤回支援共闘会議」の人たちと一体になって、集会や駅頭宣伝などを活発に行っているのを見て、三名の地元にも「支える会」が結成されることを願わずにはいられなかった。

北藤は原告団メールを閉じて、他の受信メールを見た。労働組合や団体から集会参加要請が一〇通ほど来ていた。原告たちは、判決の不当性や問題点を伝えて、引き続き支援をお願いするために、これらの参加要請には率先して応じていた。

午後になると、北藤はパイロットのメールボックスに「乗員ニュース」を配布するために、オペレーションセンターに行った。メールボックスルームには約二〇〇〇名分のメールボックスが並んでいる。配布を終えるまでに二時間かかる。北藤は週二回、その作業を受け持っていた。終えるといつも腰に鈍痛を感じた。

「北藤さん、お久しぶりです」

屈んだまま見上げると坂田が笑顔を向けていた。坂田に会うのは約一年ぶりだった。制服を着ていた。これから乗務に向かうのだろう。坂田は今もパイロットユニオンの執行委員をしていた。

「君も元気そうで良かった」

北藤が腰を上げながら言った。

「でも、仕事は相変わらず厳しいです」

そう言うと、坂田は急に厳しい表情になって言葉を続けた。

「ところで、北藤さんたちが整理解雇された二〇一〇年末時点での運航乗務員の人員配置数が、更生計画で設定された二〇一一年三月末の人員配置数を既に一〇〇人以上も下回っていたという、とんでもない重大な事実が判明しました。つまり実際は整理解雇前には既に人員削減目標を達成していたんです」

「えっ、そうするとパイロット八一名は整理解雇される必要がなかったということ?」

北藤は思わず叫んだ。

「その通りです」

坂田は大きくうなずいた。そして、その結論にいたる経緯を話した。

会社がパイロットユニオンの度重なる要求に応じて、二〇一〇年度末の人員配置表を渋々とでもいうように渡したのは一か月前だった。

パイロットユニオンは、その配置表と二〇〇九年度末の配置表を対比させ、その間の団交でのやり取り、整理解雇後の運航乗務員の流出状況などを踏まえて実際の人員削減数を割り出した。

その結果、N航空グループ全体の運航乗務員の人員配置数を、二〇一〇年三月末の三八一八名から、二〇一一年三月末には二九七四名に削減するという更生計画の目標に対して、実際には二〇一〇年一二月末の整理解雇時点で二八六四名になっていたことが明らかになった。目標より一一〇名も削減していたのだった。

会社はその事実をひた隠しにしてきたのである。

北藤は片野管財人が整理解雇前の団交で、「更生計画に基づいてダウンサイジングつまり人員削減をする。そこで余剰人員が生じる。希望退職を何度もやったけれど達しなかった。それで整理解雇する」と言い放ったことを思い出した。

「何ということだ。片野管財人は嘘をついて、僕らの人生も家族もめちゃくちゃにしたのだ」

北藤はまたも叫んだ。叫ばずにはおれなかった。

「高裁ではこの隠蔽の事実を暴いて、必ず勝ちましょう」

坂田も強い口調で言った。

「負けるわけにはいかない」

北藤が応じた。会社はそこまでして、「そんな人」たちを排除したかったのだ。

夕方になると、北藤はＪＭＩＵ・日本ＷＢＭ支部の組合事務所に向かった。

不当判決の内容を説明して欲しいという、要請を受けた。他の原告たちは予定が入っており北藤が引き受けた。日本ＷＢＭ支部は都心の貸ビルの一角にあった。

ノックしてドアを開けると、一五名ほどの人たちが向かい合わせに繋いだ長方形のテーブルを取り囲んで座っていた。その目がいっせいに北藤に向けられたので緊張した。

北藤は委員長の中岡の隣に座った。その席から出席者の顔が見渡せた。四〇代から五〇代と思われる背広姿で落ち着いた感じの人たちだった。女性の姿もあった。

「それではよろしくお願いします」

中岡の言葉に、北藤は持参した資料を配ると項目に沿って話した。

パイロットと客室乗務員の両裁判とも、整理解雇四要件は適用されるとしながら、組合の主張を切り捨て、全て会社の言い分のみを採用した判決であることを個々の要件に沿って説明した。

最後に、今回の判決は具体的な根拠を示さずに推論で結論づけている箇所が随所に見られる、例えば経験と知識を蓄積しているベテランパイロットを整理解雇したことは、安全運航にとって大きな脅威であることを実例をあげて証言したにもかかわらず、安全運航に必要な経験や知識の多寡が年齢と相関関係にあると認められるだけの根拠がないという、実態を無視した驚くべき判断をしていることを述べた。

「私たちの裁判も同じです」

声のする方を見ると、退職強要の差し止めと人権侵害による損害賠償を求めて、東京地裁に提訴して闘っている本村だった。北藤と同年代に見えた。本村は争議総行動では街宣車の上からよく訴えていた。

「私たち原告四人は「『あなたは会社に貢献していない』『あなたに与える仕事はない』『あなたは不必要な人間だ』という上司の言葉と脅迫的な行為を具体的に証言したのですが、地裁の判決は『被告Aが、単に原告Bを激昂させ、感情的な反発を招く危険のある発言をあえてするとは考え難い』との推論によって、私たちの主張を棄却したのです」

本村の言葉には悔しさがにじんでいた。

北藤もかつて的場部長から同じ言葉を浴びせられて退職を強要されたので、本村の心情は痛いほど分かった。長年努力したことの全てを否定された屈辱を忘れることはできなかった。

「こんな酷い判決を認めるわけにはいきません。直ちに東京高裁に控訴しました。私たちは、勝つまで闘います」

力のこもった声がした。四〇代後半と思われる上背のある男性だった。あちこちでうなずく姿があった。

「本村さんたち原告四名も、私たち組合員も　闘いの中で精神的に一段と逞《たくま》しくなりました。WBM支部の組合員数は、全社員の一握りにしか過ぎませんが退職を強要されている社員の組合加入が相次いでいます。このような不当極まるクビ切りを阻止するためには、争議総行動のように多くの労働者が団結して経営者に立ち向かうことが何よりも大切です。お互いに控訴審での勝利をめざして頑張りましょう。今日はお忙しい中、有り難うございました」

中岡が言った。腕時計を見ると予定の時間を大幅に超えていた。

「こちらこそ有り難うございました。共に勝利するまで力を合わせましょう」

北藤の言葉に全員が拍手で応えた。

外はすっかり暗くなり、街灯が淡い光を歩道に投げかけていた。

北藤は地下鉄の駅に向かって歩きながら、これまでの争議総行動で一緒に闘ってきた仲間たちのことを思った。

中野区立内村保育園で起きた二人の保育士へのパワハラ解雇と不当配転については、指定管理者のスパローが争議支援総行動による保育園前での繰り返しの抗議行動を嫌がって、東京公務公共一般労組との話し合いに応じた。そして不当解雇と不当配転の撤回に向けての和解協議が続けられていた。

東日本大震災の被害を理由に、ソミーが仙台テクノロジーセンターの事業規模を縮小して期間社員を雇い止めにする計画については、期間社員たちがソミー労働組合仙台支部に加入して粘り強く闘った結果、雇い止めを撤回させた。撤回には、地元の市長と市議会議長がソミー本社を訪問して事業縮小の再考を要請したことや、日本共産党の山上議員が参議院予算委員会で「雇用を守って踏ん張っている地元中小企業に比べて、ソミーのような大企業が東日本大震災の被害を保険で保障されながら、期間社員を雇い止めにするなんて許されるのか」と茅総理に迫り、茅総理も関係者に事情を聞くと答弁したことなども大きな影響を与えた。

この二つの争議の進展には、争議総行動も一定の役割を果たしたといえよう。

労働組合結成を計画していた大熊が、仕事のミスをでっち上げられて解雇された事件については、東京地裁が会社の主張を全面的に認め解雇有効の判断を出したため、大熊は控訴して闘っていた。

しかし北藤には気がかりなことがあった。三月初めの、「東京中部支援共闘会議」の発会式以降、大熊の姿を見かけなくなった。大熊は毎月末に行われる定例のN航空本社前の抗議集会には毎回のように参加していたが、ここ二か月は来なかった。三月初めの発会式で見た大熊はかなり痩せていた。やはり体調が悪いのだろうか。いや、その内あの元気な姿を見せてくれるはずだと、何の根拠もなしに思い直した。

美正堂に派遣されて口紅を作っていた派遣会社の社員たちが減産を理由に解雇され、後に偽装請負だったことが発覚した。納得がいかない七名が正社員としての地位確認を求めて横浜地裁に提訴している件については、引き続き美正堂銀座ギャラリー前での宣伝行動を行っていた。彼女たちの明るく粘り強い闘いは、原告たちを大いに励ました。

ルコーの子会社でただ一人女性営業社員として働いていた秋田が、パワハラとセクハラを受け続けた末に解雇された件については、東京地裁が解雇を合法としたため控訴した。ところが、東京高裁も「セクハラもパワハラも原告の妄想」として会社の主張を全面的に認め、原告側が提出した録音も証言も無視して不当判決を言い渡した。秋田は直ちに最高裁に上告して闘っていた。

おすゞ自動車に派遣されていた期間工が契約途中で雇い止めにされたが、偽装請負だったことが判明した。納得がいかない期間工一二名が正社員化を求めて東京地裁に提訴した件についても、原告の訴えを棄却する不当判決だった。原告側は直ちに東京高裁に控訴した。ちなみにその時の裁判長も、渡利裁判官だった。

なんということだ。どの判決も労働者側の訴えを退けて、経営者側の言い分を丸ごと認めている。裁判所は経営者を守るためにのみ存在するのだろうか。そんなことが許されるはずがない。

北藤は歩きながら拳を握りしめた。

八月下旬になった。

その日北藤は、九月中旬に行われる争議支援総行動の二次オルグに朝から参加していた。日中は三〇度を超えたため、汗にまみれたオルグだった。原告四名で回った八か所のオルグは、予定よりも早く終わって午後四時過ぎにウイングビルに帰った。

元山も清沢もまだオルグから戻っていなかったので、事務局は北藤一人だった。この後、夕方から「全国一斉宣伝行動」が予定されており、北藤はJR新宿駅南口に街宣車を運ぶことになっていた。一時間後には出かけなければならない。椅子に腰を下ろすと、朝から歩きづめのため硬直した太ももを軽く揉んだ。

しばしの休憩だった。北藤は目を閉じた。

三月末に不当判決を受けてからの、五か月間の出来事が思い出された。

六月にＩＬＯ（国際労働機関）が、「会社が労働組合との協議を尽くすように、日本政府が保障すべきである」という勧告を出した。それは原告団に大きな希望を与えた。この勧告は、昨年三月のパイロットユニオンとキャビンユニオン両組合の申し立てに基づいて出されたものだった。

両組合は申立書のなかで、今回の整理解雇が客室乗務員では組合所属による差別待遇があること、労働組合との真摯な協議が欠如していたこと、問題回避のための交渉が欠如していたこと、争議権確立投票の際に再生支援機構から不当労働行為があったこと、労働組合役員を解雇したことなど重大な問題があり、ＩＬＯ条約違反であることを明らかにしたのだった。

両組合と原告団は、ＩＬＯに精通した弁護士やＩＬＯ活用に豊富な経験を有する労働組合などの支援のもとに、スイスのジュネーブにあるＩＬＯ本部に代表団を派遣して問題点と現状を訴えた。こうした努力が今回の勧告を引き出した。

この勧告を受けてパイロットユニオン、キャビンユニオン、原告団ならびに国民支援共闘会議は、政府に対して労使協議の確保に向けて必要な対応をとるように申し入れた。

しかし、原告たちの期待に反して、申し入れから二か月が経っても政府の動きは感じられなかった。会社も「それは政府に対する勧告だ」として無視した。

もう一つの国際的な動きとしては、世界一〇〇か国、一〇〇万名のパイロットを組織する国際定期航空操縦士協会連合会（ＩＦＡＬＰＡ）が年次総会において「Ｎ航空経営者を支持するこの判決が根本的に誤ったものであることを確信する」として「日本の政府と司法の両者に、直ちに解雇を撤回し、解雇されたパイロットに対し公平かつ公正な、現状を解決する解決策を見いだすよう、Ｎ航空に対し命じることを要求する」という声明を満場一致で決議したことである。

この声明も原告団にとっては大きな励ましとなっ

た。しかし、この声明も政府と司法は無視したのだった。

地裁判決後に二つの大きな集会があった。

四月下旬には「不当解雇撤回国民支援共闘会議決起集会」が都内で開催され六〇〇名が結集した。

七月下旬には「N航空控訴審勝利、七・二六励ます会」が日比谷公会堂で開催され一〇〇〇名が結集した。

このように、地裁判決後の闘いは国際的にも、また国内でも確実に広がっていた。


北藤は目を開けた。午後五時に差しかかっていた。これからJR新宿駅南口に街宣車を運転して行かなければならなかった。

JR新宿駅南口では道路際に横付けした街宣車の上から、全労連の黒崎議長を始め、支援者や原告たちが交代で支援を訴えた。

北藤は街宣車から少し離れて、幅広い歩道が緩やかな下り坂になる手前でチラシを配った。北藤の隣には香山が署名用紙を台紙に載せて署名を呼びかけていた。

たそがれ時の駅前は家路を急ぐ人たちや夕暮れの街に消えていく人たちであふれかえっていた。チラシはあまり捌けなかったが、受け取ってくれた人には、「有り難うございます」と心をこめて言葉を添えた。

隣の香山はボールペンを片手に持ち、署名を呼びかけていた。ほとんどの人は素通りしたが立ち止まって署名してくれた人の、その署名はかけがえのない大切なものに思えた。隣に立っている北藤も、署名をもらう度に無言で頭を下げた。

広い歩道を下りきった先の交差点に信号があって、駅に向かってくる人波が一瞬まばらになった。

北藤はチラシを配る手を休めて、街宣車の上で力強く訴えているパイロット原告の姿を見上げた。彼はアルバイトの合間に駆けつけたのだった。五〇代半ばの副操縦士で、同じように他航空会社への転職ができなかった。北藤はその姿を見つめながら、必ず一緒に職場に復帰するのだという強い思いがこみ上げてきた。

ふと自分の足下を見た。黒の革靴が外側にやや反り返り、形が崩れかかっているのに気がついた。靴の艶もすっかり消え失せている。

　思えば、争議支援総行動とその参加要請のためのオルグ、さまざま労働組合の大会や決起集会への参加、空港や街頭でのチラシ配り、本社ビル前の抗議行動や裁判所前の宣伝行動など、晴れの日も雨の日も常にこの靴を履いていた。もう買い換え時だ。不当解雇されてから一年と八か月が経ち、この靴は三足目だった。乗務していた頃はせいぜい二年に一足買い換えれば良かったが、既に三足も履きつぶしたことになる。

「あ、お母さんだ。何しているの？」

　隣で女の子の声がして、北藤は我に返った。

「こんな時間に、あなたこそどうしたの？」

　香山がびっくりしたように言った。香山の前には女の子が二人立っていた。一人はピンク色のTシャツにジーパン、他の一人はクリーム色のブラウスと赤いチェックのスカートをはいていた。中学生に見えた。

「夏休みも終わりだから、友達とデパート巡りをしたの。ただ見るだけだったよ」

　ジーパンの女の子が微笑みながら言った。

「そう、ちょうど良かった。署名してくれる？」

　香山がボールペンを差し出した。

「何の署名？」

「お母さんたちを解雇したのは間違いだったという判決を出すように、東京高等裁判所にお願いする署名なの」

「うん分かった。あのことね。カナちゃんも署名してくれる？　お母さんたちは何も悪いことをしていないのに、会社を辞めさせられたんだよ」

　ジーパンの女の子が、赤いチェックのスカートを着た女の子に言った。

「ひどいなあ、私も署名する」

　二人は交代で署名した。心のこもった丁寧な字だった。

「二人とも有り難う。帰りが遅くなるから、寄り道しないで帰ってね」

　香山が笑顔で言った。

「うん分かってる。私たち帰るところだったんだよ、じゃあね」

　二人は手を振ると改札口に向かった。

「素直でハキハキした娘さんたちだなあ」

北藤は感心した。

北藤は昨年一二月に客室乗務員裁判が結審した時に、香山が行った意見陳述を思い出した。

香山は親の介護を続けながらの日常生活が、整理解雇によっていっそう厳しいものになったことを切々と訴えた。そして「なぜ、真面目に働いていた労働者が、まるで落ち葉を掃き出すかのように人間扱いもされずに放り出されなければならないのでしょうか。私たちを解雇しなければならない理由はどこにもありません。私たちは、一日も早く職場に戻って働きたいと願っています」と結んで意見陳述を終えた。

香山は結婚後も家計を支え、経済的にも自立したいという思いから乗務を続けた。

国際線乗務になってからは宿泊がつきものであるため、二人の子どもの育児を実家の両親と香山の妹に頼らざるを得なくなった。夫は仕事柄、香山が留守の間に子どもの面倒を見ることができなかった。

そのうち母が病気になり、乗務をしながら妹と交代で介護を続けた。母の死後、今度は父が認知症になって妹と介護を続けていた。

香山はそのような綱渡りの生活をしている時に、整理解雇を受けた。収入を絶たれた香山はパートをしながら、闘いに参加していた。

「長女がバイトをしながら大学に通っているのを見て、あの子も高校生になったらバイトするって言うの。親に負担をかけまいと思っているのね……。今までは時間の都合がつけば子どもたちと一緒に夫の元に帰るか、夫が会いに来てくれる生活だったの。あの子が小さい時『家族なのにどうして一緒にいられないの』と悲しそうな顔をして言ったのを、今でも覚えているわ。だから私の願いは、定年まで働いて親の介護も終わったら、その後は家族が一緒に暮らすことだったの。でもその願いも会社は壊してしまったわ」

そう言って香山は改札口に目を向けた。しかしもう二人の女の子の姿はなかった。

「香山さんの願いを叶えるためにも、もっと闘いを広げなくては……」

北藤が言った。

「頑張りましょう」

香山は明るい声に戻っていた。

15章　控訴審始まる

　一一月下旬になった。この日はめずらしく元山も朝から事務局にいた。

「とても一〇分以内には収まりそうにないなあ」

　北藤の左隣に座っている元山が、パソコンの画面を見ながらつぶやいた。八日後の一二月六日には控訴審の第一回口頭弁論が開かれ、元山が意見陳述を行うことが決まった。元山は労組や団体回りの合間を縫って、陳述内容を練っていた。

「地裁判決は攻めどころ満載だね」

　北藤の右隣に座っている清沢が相づちを打った。

「まず、『管財人は公平中立な立場で、かつ客観性を持っている』として更生計画を絶対視し、目標を大幅に上回る利益を達成したにもかかわらず整理解雇を認めたこと、そして病欠歴や年齢順という客観性を装いながら、労働組合の中心的な役割を担っていた機長や副操縦士たちを狙い打ちにした不当労働行為であったことを明らかにしたい」

　元山がパソコンの画面から目を外して言った。

　元山は再びパソコン画面に見入ると言葉を継いだ。

「次に、年齢順の解雇は安全に大きな影響を与えるという僕らの主張に対して、『運航の安全確保に必要な知識や経験の多寡が年齢と相関関係にあると認められるだけの根拠はない』とか、病欠歴の解雇は乗員や産業医の心理的なプレッシャーになって病気の申告を乗員が躊躇しているという実情をふまえた僕らの主張に対しても、『運航の安全に対する脅威となるような判断を行うといった事態はにわかに想定し難い』と、推測に依拠した驚くべき判断には、事実で反論したいと思っている」

　そう言って元山が顔を上げた。

「それに自衛隊割愛制度で入社したり、航空機関士から移籍した高年齢のパイロットたちが、住宅ローンや子どもの養育費、親の介護などで経済的にも大きな負担を強いられているなかで整理解雇されたことに対しても、退職金などで不利益を緩和する措置がとられているとして、その人たちに思いを寄せない冷徹な判断を下したことも是非訴えて欲しい」

清沢が元山を見て言った。

「もちろん。それから、会社による労働組合への支配介入の歴史が、過去に連続した航空事故と深く関わっていることも取り上げなくてはと思っている。他にも言いたいことがいっぱいあるし、一〇分以内に収めるのは至難の業だ」

元山が苦笑した。

東京高裁でのパイロット裁判は花輪裁判長以下三名が、客室乗務員裁判は小竹裁判長以下三名が担当することが決まった。

控訴に際しては原告側の弁護団も大幅に補強され、自由法曹団の中条弁護士を団長とする強力な布陣が形成された。訴訟代理人として弁護団に参加を表明する弁護士が、日に日に増えていった。

「ところで、ある弁護士から聞いたんだけど、客室乗務員裁判を担当する小竹裁判長は甲斐川社外取締役とは昵懇《じっこん》の間柄らしい。甲斐川辰治氏と戸口千早氏が最高裁判事に就任した時、その就任祝いの実行委員長だったのが小竹裁判長だということだ。いわゆる師弟関係にあるんだろう。これは単なる偶然ではなく、何らかの意図があるように思える」

元山は表情を引き締めて言った。

「地裁に続いて、高裁でも甲斐川氏が睨みをきかせる構図ができあがった訳だな……。しかしどうあれ、地裁のような酷い判決を高裁では絶対に出させないぞという声を、全国から沸き起こす取り組みがどうしても必要だ」

清沢が腕組みをして言った。

高裁では、地裁と違ってまともな判決を出してくれると根拠もなく思っていた北藤だったが、元山の話を聞いて楽観してはいけないのだと思い直した。

しばらくして元山と清沢は、法律事務所で行われる法廷対策会議に出席するために部屋を出ていった。中条弁護団長を始めとする常任の弁護団と打ち合わせをすることになっていた。

北藤は原告団メールを開いた。

松林からのメールが目に留まった。

〈昨日行われた「N航空不当解雇と闘うE県出身の原告を支える会」の結成集会の報告をします。一か月前、E労連の福田議長から「支える会」の結成に向けて話し合いを進めているという話を聞いたときは、半分諦めていたので驚きと嬉しさで胸がいっぱいになりました。それから一か月間、労働組合や団体への参加要請オルグなど集会成功のための準備に大わらわでした。

当日は定員六〇名の会議室が通路まで埋まるほどの八〇名に参加していただきました。冒頭にパイロット原告の阿川機長が「N航空不当解雇事件の先にあるもの」と題して、整理解雇の本質と闘いを分かりやすく講演しました。病欠を理由に不当解雇された阿川機長は東アジアのLCCに転職していますが、公休を利用して駆けつけてくれました。

世話人会には通信労組、民医連、農民連、農協労連、新婦人の会、合唱団などから経験豊富な一一名が参加し、事務局長に通信労組の重田さんが就任して下さいました。

集会では今後の活動として、①学習会や宣伝活動に取り組む、②控訴審での公正な裁判を求める個人・団体署名に取り組む、③「財政を支える会」入会勧誘や物品販売に取り組む、の三点を精力的に進めることを全員で確認しました。

呼びかけ人を代表して挨拶されたE大学の丹上先生から「僕はN航空の理不尽さと闘っているあなたたちが大好きです。ある一時期だけ怒ることは誰にでもできますが、諦めないことは理性と知性がなければできません。声を上げ続けることは勇気と忍耐がないとできません。僕たちはあなたたちが勝利するまで応援します」という温かい言葉をいただきました。最後に私たち三人が「支える会」を結成していただいたお礼と今後の決意を表明した後、E合唱団のリードで「あの空へ帰ろう」を全員で合唱して結成集会が終わりました。私たち三人は、この日の感動と感謝の思いを一生忘れないでしょう。いえ、忘れてはいけないと思いました〉

北藤が松林から、生まれ育った地元に帰って「支える会」を結成したいという抱負を聞いたのは、整理解雇直後の二月に行われた銀座デモの時だった。あの時、松林はちょっぴり不安をのぞかせていた。無理もないことだった。北藤も、その実現には未開の地に鍬を入れて耕すような労苦が待っているだろうと思った。

あれから一年と九か月が経った。松林たちは長く粘り強く取り組んで、ついに「支える会」結成という目標を実現したのだった。

師走になった。

暮れも押し迫ったその日、北藤は午後六時過ぎに晴海通りに面した有楽町マリオン前で街宣車を停めた。全国一斉宣伝行動に参加するためだった。

街宣車にはウイングビルから元山や芳賀など原告五名が同乗していた。

街宣車からのぼりやチラシなどを取り出していると、東京中部共闘の水森、青木、樋口など一〇名ほどが姿を見せた。東京中部共闘のメンバーは、有楽町マリオン前で行われる定例の全国一斉宣伝行動には必ず参加していた。他の駅頭の宣伝行動にも、それぞれの地域の労働組合の人たちが応援に駆けつけてくれていた。

街宣車に元山が上がってマイクを握った。元山のやや甲高い声が、師走の夜の街角に響きわたった。

参加者たちはチラシを手に持つと、周りに散らばっていった。

北藤は芳賀と並んでチラシを配り始めた。日中は晴れ渡って穏やかだったが、日が暮れると急に気温が下がった。銀座が近いこの場所での宣伝は人目を引いた。チラシの捌けも良かった。

今年も間もなく終わろうとしていた。チラシを配りながら、この一年の出来事が次々に浮かんだ。

「支える会」は、三月に東京中部共闘が結成されてから愛知、秋田、新潟、北海道の音威子府《おといねっぷ》、愛媛と次々に誕生した。

新たに全国キャラバンが開始された。一一月下旬の兵庫を皮切りに、大阪、京都、滋賀、愛知、静岡で原告たちは支援者と共に街頭宣伝や労組回りを行った。

このキャラバンには国労や全労連、全労協などの全面的な協力があった。

一二月六日の第一回控訴審では、元山と代理人の堀切弁護士が力強く意見陳述を行った。その夜の「勝利をつかむ大集会」には九〇〇名が結集した。

九月から毎月一回の「夜の銀座パレード」を開始し、毎回一〇〇名ほどの原告と支援者が参加した。

闘いの輪は確実に広がっていた。

少し離れてチラシを配っていた水森が近寄ってきた。重い足取りだった。北藤は、おやっと思った。

いつでも笑顔を見せる水森の表情がどこか暗く沈んでいた。

「大熊君が亡くなった」

水森はぼそりと言うと、うつむいた。

「えっ」

「まぁ」

北藤と芳賀が同時に発した。二人とも言葉を失い、黙って水森を見つめた。

「今朝早く息を引き取ったそうだ。奥さんから電話があった。膵臓癌《すいぞうがん》だったらしいが、奥さんだけにしか打ち明けなかったそうだ」

水森がうつむいたまま言った。

「お通夜はどこで行われるのかしら」

芳賀が尋ねた。

「お通夜は家族だけで行いたいと言われた。今までゆっくり話し合う機会が少なかったので、せめてお通夜だけは家族だけで過ごしたいということだった。みんなに迷惑をかけるから告別式も家族だけでやってほしいというのが大熊君の意向らしい」

水森の表情は苦しそうに歪んでいた。

「闘い半ばで斃《たお》れて、大熊さんもさぞ無念だったろうな」

北藤が絞り出すように言った。

労働組合の結成を画策していた大熊は、仕事上のミスをでっち上げられて解雇された。裁判に訴えたが地裁では退けられ、控訴して闘っている最中だった。

北藤が大熊と初めて会ったのは、整理解雇直後のC区労協の旗開きだった。緊張していた北藤、芳賀、宝田を気遣ってビールを注ぎ、料理コーナーから鶏の唐揚げやローストビーフなどを皿に盛ってきてくれた。一緒に争議支援総行動の二次オルグに行ったときは、初めての経験に戸惑っている北藤、芳賀、宝田に適切な助言を与えて元気づけてくれた。一見ぶっきらぼうだったが、根が優しい男だった。

大熊を最後に見たのは、三月の東京中部共闘の発会式だった。あの時、ずんぐりしていた大熊の体が異常に細くなっているのに北藤は気づいていた。密かに恐れていたことが現実となった。

あの大熊はもういない。もうお礼を言う機会もなくなった。

大通りの向こうに光る赤いネオンが滲んで見え

た。

「奥様と子どもさんがかわいそう」

芳賀がハンカチで目元を拭いた。

「落ち着いたら、奥さんと子どもさんをお呼びして偲ぶ会を開こうと思っている。そうでもしなければ僕は気持ちが収まらない」

水森が顔を上げて言った。

「彼の遺志に応えるためにも、この闘いは必ず勝たなくては」

北藤が気持ちを切り替えて言った。

「ええ」

芳賀が大きくうなずいた。

北藤と芳賀は再びチラシを配り始めた。


大晦日になった。

大掃除を終えた昼下がり、北藤はソファに座ってコーヒーを飲んでいた。

「お父さん、話があるんだけど……」

自分の部屋から出てきた幸太が、北藤の正面に座った。千枝子は夕方まで老人ホームの勤務だった。順二は中華料理店のバイトで帰宅が夜遅くになるということだった。

「何だい」

幸太の改まった口調に、北藤は思わず背筋を伸ばした。

「実は、S警備保障会社に入社しようと思っている」

幸太はそう言うと、その気持ちに至った経緯を話し始めた。

幸太は大学を中退すると物流センターで働き始めたが、重い段ボールの箱を落として足の指を骨折したために雇い止めになった。足の指が癒えると、道路やマンションなどのガス管を埋設する配管工事をしていたが、仕事が減ったために打ちきりとなった。今は街角の自動販売機に、ジュースやコーヒー缶などを補充する仕事をしていた。いずれも非正規だった。

先日、幸太が自動販売機の補充をしている時、ミネラルウオーターを買いに来た高校時代の野球部監督とばったり出会った。

監督は驚いた。幸太は大学に通っているとばかり思っていたのだった。幸太は父が整理解雇になったために大学を中退するはめになり、今はこうしてアルバイトをしていることを話した。

監督は言った。君は捕手としてチームをよくまとめてくれた。沈着冷静で幾度もピンチを脱してくれた。K県の強豪私立校を次々と破り、秋の大会で公立校としてベスト4まで進むことができた。そして春の甲子園大会の関東21世紀枠候補にもなった。君のその資質を仕事に生かすべきだ。僕の友人がS警備保障会社の人事担当をしている。君さえ良ければ友人に頼んでおくが、君はどうだろうか。

幸太は恩師に救われた思いがした。そうして人事担当の面接と入社試験を受け、正社員としての採用が決まった。

「幸太の人となりを認めてもらって、本当に良かったね」

幸太はようやく正社員の仕事にありつくことができた。整理解雇から二年、幸太がアルバイトの仕事を変える度に、北藤は申し訳ない気持ちになっていた。北藤はこれまでの胸のつかえが下りるのを覚えた。

「人々の暮らしの安全と安心を支えるという、やり甲斐のある仕事なので頑張ろうと思っている。それにもう一つ話したいことがあるんだ」

幸太は少し間を置いたが、やがて決心したように言った。

「実は好きな人ができたんだ。一緒に働いている女性で、落ち着いた雰囲気で何でも話せるところが気に入ったんだ。ゆくゆくは結婚したいと思っている。お父さんはどう思う？」

「幸太が決めた女性なら、お父さんに異論はないよ。落ち着いた女性を好きになるなんて、幸太らしいね」

「認めてくれて有り難う」

幸太がほっとした表情になった。

「喜びが二つも重なって、お父さんも嬉しい。夜までにはまだ時間があるが二人で乾杯しよう」

北藤は立ち上がると、冷蔵庫から缶ビール二本と、グラス二つを盆に載せて持ってきた。

「就職が決まったこと、いい人ができたこと、この二つに乾杯だ。幸太おめでとう」

「有り難う」

北藤にとっては、久しぶりに美味しいビールの味だった。

「ところで結婚はいつ頃の予定だ」

　北藤が訊いた。

「来年にはしたいと思っている」

　来年はもう目の前に迫っていた。来年中に操縦士に復帰できるとはとても思えない。長女の百合の時は、現役のパイロットだったので結婚費用を援助することができたが、整理解雇された今は援助などとても無理だった。

「結婚すると決めたら、早くするに越したことはないからなあ」

　そう言うと北藤は残りのビールをグラスに注ぎ足すと、一気に飲み干した。


　二〇一三年になった。

　三月下旬、北藤は羽田からの始発便で山陰のT空港に着いた。山陰・山陽キャラバンに参加するためだった。山陰・山陽キャラバンは、昨年一一月の近畿・東海に次ぐものだった。

　原告団は整理解雇撤回の闘いを全国的に広げるために、九州から北海道までくまなく回り、街頭での宣伝行動、各団体への支援要請オルグ、集会等を行うことを決めていた。

「北藤さんですね。国労T支部委員長の横山です」

　北藤が到着ロビーに出ると、すぐに五〇歳くらいの男性に声をかけられた。

　全国キャラバンについて、国労本部は地方組織に対して全面的に協力するようにとの指令を発していた。

「北藤です。空港まで来ていただいて恐縮です」

　北藤がお辞儀をした。

　昨日、電話で「空港でお会いしましょう」と言う横山に、「私の格好は」と話そうとすると、「お聞きしなくても雰囲気ですぐ分かります」と笑いながら言った。その通りだった。

　横山は想像していたよりも細身で、眼鏡をかけていた。話しぶりから穏やかな性格に思えた。北藤はなんとなく安堵した。

「では行きましょうか。僕らが事務所に着く頃には、お連れの西村さんもいらっしゃってるはずです。西村さんの宿泊先のホテルに、支部の者が迎えに行っています」

西村は地元の大阪を拠点に、不当解雇撤回を闘っている客室乗務員原告の一人だった。鉄道の乗り継ぎが良くないので、昨夜遅く着いていた。

横山の自家用車で組合事務所に向かった。晴れていたが空気はひんやりとしていた。

T駅内にある国労T支部の事務所に着くと、西村がぽつねんと座っていた。北藤を見ると安心したような表情になった。横山が二人の男性を紹介した。

「深井さんと谷戸君です。僕たち三人で、今日と明日の労組回りに同行します」

「お世話になります」

北藤と西村は立ち上がり、深くお辞儀をした。

「まかせてください」

深井と谷戸が笑顔で応えた。深井は五〇代半ばで、谷戸は四〇代に見えた。どちらも背広姿だった。谷戸の目は少し赤かった。三名は横山を中央に、対面のソファに座った。

「それではこれからの日程を説明します」

横山がA4の紙を配って言った。

「今日は九か所の労組や団体を回った後、夕方からT駅前で宣伝行動を行います。夜には近くの会館で集会を予定しております。明日は七か所の労組や団体を回った後、次の目的地のY市を担当する国労Y支部に引き継ぐことになります。いずれの訪問先も二十数年に及ぶ国鉄闘争を支えてくれた仲間たちです。なお、それぞれの労組や団体との訪問時間の調整、集会の準備も全て終わっていますので、安心して下さい」

横山は淡々と話したが、一六か所に及ぶ訪問先との時間の調整や集会への動員要請など、北藤はその労苦を思った。

「それでは始めましょうか。お送りいただいたチラシは谷戸君が、説明資料は深井さんが持って行きます」

北藤はチラシと説明資料を、多めに見積もって横山に送っていた。駐車場には街宣車が停めてあった。街宣車上部の枠には「N航空の不当解雇を撤回させ、空の安全と働く者の権利を守ろう」と大書された看板があった。この日のために急ごしらえで取り付けたのだろう。

横山が運転する街宣車で、昼食を挟んで夕方までに九か所を訪問した。自治労県本部、高教組、県教組、バス会社の労組、地域ユニオン、農協労連、林野労組分会、政党などだった。

北藤と西村は説明資料を基に、整理解雇に至った経緯と不当性、それを丸ごと認めた東京地裁の判決について丁寧に説明した。そして公正な判決を要請する東京高裁宛の署名、「財政を支える会」への入会をお願いした。どこでも真剣に耳を傾けてくれた。谷戸が持ってきたチラシを組合員に配ってもらうように渡した。

午後五時に一日目の訪問が終わった。谷戸は移動中の車のなかで居眠りを繰り返した。やはり夜勤明けで疲れているのだろう。


事務所に帰って一息つくと、T駅前に行って街頭宣伝を始めた。高教組のT支部長が応援に駆けつけ、横山と共に横断幕を持ってくれた。

駅前には寒風が吹いていた。午前中は晴れていたが午後から分厚い雲に覆われ、季節外れの雪が降り始めた。東京では桜が満開なのにと、空を仰いで北藤はつぶやいた。

西村の透き通ったマイクの声が、大通りの向こうの商店街まで届いているらしく、立ち止まって聞いている姿があった。北藤は深井、谷戸と三名でチラシを配ったが、人通りが少なくてあまり捌けなかった。

タクシー運転手に配ろうという深井の提案で、三名は待機場所にいる数十台のタクシーの運転手に配った。雪が舞っていたので、運転手たちは窓を開けてチラシを受け取ると、すぐに閉めた。話をする時間がなかった。模擬制服姿の北藤は立っているだけで、体の芯が冷えてくるのを覚えた。

「何かあったのですか」

三〇代後半と思われる青年が、街宣車の前で訴えている西村を横目で見ながら近寄ってきた。

北藤は、N航空でパイロットと客室乗務員一六五名に及ぶ不当な解雇があり撤回を求めて闘っていること、自分も整理解雇された一人であることを話した。

「僕は製薬会社の営業マンで、N航空はよく利用していますが、そんなことがあったなんて知りませんでした」

青年は驚いた表情でチラシを受け取ると、大通りを渡っていった。

一時間ほどの宣伝活動を終えると、全員で街宣車に乗って集会場に向かった。

会場は既に国労T支部の人たちによって、机と椅子が整然と並べられていた。

午後六時半から集会が始まった。会場には四〇名を超す人々が集まった。横山の挨拶に続いて、北藤と西村が拍手に迎えられて壇上に上がった。

北藤がパイロット、西村が客室乗務員の整理解雇の不当性と東京地裁の不当判決について報告した。

会場からはN航空の整理解雇は自分たちにも関わる問題であり全力で取り組もうとの提案があり、参加者は「異議なし」との声で応じた。

最後に「N航空の不当解雇を撤回させるまで頑張ろう」のシュプレヒコールで締めくくった。

東京から遠く離れた山陰のこの地でも、僕らの闘いは広がり始めている。

会場に響きわたるシュプレヒコールを聞きながら、北藤はそう思った。

一番後ろに、T駅前の宣伝行動で会った青年が座っているのに気づいた。

「よく来てくれましたね」

急ぎ足で近づくと声をかけた。

「N航空の整理解雇のことがもっと知りたくて、インターネットで集会の場所を調べました。これからも応援します。頑張って下さい」

青年はそう言うと会場を出て行った。

チラシはあまり捌けなかったが、青年が集会に来てくれただけでも、あの宣伝行動は大きな意味があったと北藤は思った
後片付けをして会場を出た。外はうっすらと雪が積もっていた。

「腹が減ったでしょう。こんな寒い夜は何といってもアルコールが一番です。僕らが行きつけの居酒屋に行きましょう。二〇名程が先に行って気勢を上げています」

横山が誘った。横山を先頭に深井、谷戸、西村、北藤が縦に並んで歩いた。昼食後、五名は何も口にしていなかった。

翌日も朝から、北藤は横山、深井、谷戸と四人で七か所の労組と団体を訪問した。西村は迎えに来た国労Y支部の人と、電車で一足先に次の目的地のY

市に向かった。Ｙ市内の労組と団体の八か所を、Ｙ支部の人たちの案内で訪問するためだった。

　北藤は夕方に西村たちとＹ駅前の宣伝行動に合流し、そのまま夜のＹ市内で行われる集会に参加することになっている。

　昨日と違って、春らしいうららかな日差しが朝から降り注いでいた。

　最後に高教組Ｃ支部と県教組Ｃ支部の訪問を終えたのは午後三時過ぎだった。全ての訪問が終わった。

　玄関で待っていると、国労Ｙ支部の三名が車で迎えに来た。キャラバン担当は、ここで国労Ｔ支部からＹ支部に引き継がれる。

　本部から「協力するように」との指令があったとしても、横山さん、深井さん、谷戸さんには年休を取ったり夜勤明けを利用したりして、二日間心を尽くしてキャラバンを支えていただいた。今まで会ったことのない僕と西村に対してこれほどまでに……。

　北藤は三名の手を交互に強く握りしめた。

「お世話になりました」

　そう言おうとして最後まで言えなかった。思わず涙がこぼれた。

「今度は勝利集会でお会いしましょう」

　横山が笑顔を向けた。

16章　控訴審尋問

酷暑の夏が過ぎて秋になった。

九月二六日の午後二時、北藤は東京高裁大法廷のやや後方座席の左端に野末と並んで座った。一〇〇席の傍聴席は全て埋まっていた。パイロット控訴審の第四回口頭弁論として、パイロットユニオンの三石副委員長とパイロット原告団長の元山に対する証人尋問がまもなく始まる。

組合側は北藤を含め七名の証人を申請したが、高裁は元山と三石の二名を採用した。会社側は一名も証人申請をしなかった。

なお客室乗務員裁判は九月一二日に、既に四名の原告側の証人尋問が終わっていた。

控訴審での証人尋問は行われないことが多いため、全国の支援者から一万五〇〇〇枚もの証人採用を求める要請ハガキが寄せられて実現したのだった。

第二回口頭弁論は二月に原告の飯塚が、第三回は五月に中条弁護団長と堀切弁護士が意見陳述を行った。

「本件解雇の本当の理由は、人間として譲れない要求を団結して守り、運航の安全より企業利益を優先させる被控訴人の政策を社会的に批判する、ものを言う労働組合、組合員を企業から排除することにありました。更生計画の外皮の下に、構造的に組み込まれた不当労働行為。本解雇の本質は、ここにあります」

そのように締めくくった中条団長の陳述は、年齢を感じさせないほど気迫に満ちていた。

原告側の常任弁護士は二二名、訴訟代理人は八三一名の合計八五三名に及ぶ強力な弁護団が形成された。

相当量の控訴理由書と九次におよぶ準備書面、労働法学、倒産法学、会計学の八名の名だたる研究者・学者の意見書を提出して、東京地裁判決の誤りを全面的かつ徹底的に明らかにしたのだった。

その中で、経営破綻した事業の再生処理のためにその半生を投じた清川弁護士が、意見書のなかで述べた次のような文言は、特に北藤の心に響いた。

「整理解雇における人員削減の必要性の判断にあたっては、経営破綻した時点を基準とするのではなく本件整理解雇が行われた時点を基準とすべきである」

「可決、認可された更生計画等に人員削減が設定されていることをもって、人員削減の必要性を認めるかのような判断はなされるべきではない」

「更生管財人の地位及び職責に鑑みれば、利害関係人の利害を調整すべく、更生管財人が達成された人員削減状況や経営状況をもって、更生計画に対する更生債権者の賛成を得る努力をすべきであろう」

豊富な倒産実務の経験から発せられたこれらの文言は、金科玉条のように「余剰人を抱えないことが更生計画の基本コンセプトである」と言って整理解雇を断行した片野管財人と、それを丸ごと認めた東京地裁の判決に、真正面から反論したものだった。

「起立、礼！」

北藤は書記官の号令で我に返った。慌てて立ち上がった。色白で眼鏡をかけた花輪裁判長を真ん中に、三名の裁判官が席に座った。長身の三石副委員長が背筋をまっすぐに伸ばして証言席に座った。今期のパイロットユニオンの役員選挙で、三石は書記長から副委員長に就任していた。

証人尋問が始まった。

組合側代理人の堀切弁護士はまず、二〇一〇年一二月末の整理解雇時点での運航乗務員の人員配置数が、更生計画で設定された二〇一一年三月末の人員配置数を既に一〇〇名以上も下回っていたという重大な事実について三石に質問した。

「二〇一〇年六月七日の説明会で、N航空グループの全運航乗務員の人員体制及び人員削減目標について、会社からどのような説明がありましたか」

「二〇〇九年度末実績三八一八名から二〇一〇年度末必要数二九七四名、差し引き八四四名が削減目標と説明がありました」

三石が淀みなく答えた。

「削減目標八四四名のうち、N航空本体の削減目標は何名としていますか」

「N航空本体の削減数は八二六名という説明でした」

「その内、一五四名は第一次特別早期退職の応募者であり、残りが六七二名だということでいいですね」

　堀切弁護士が念を押した。堀切弁護士と三石は、やりとりする数字を確かめるように、どちらもはっきりとした口調だった。

「はい」

「この六七二名について、会社はどのように説明したのですか」

「解雇予告日の前日、つまり二〇一〇年一二月八日になって、航空機関士とパイロット訓練生を合わせて九三名が退職見込みであり、残りの五七九名がN航空本体の機長と副操縦士の削減数という説明がありました」

「ところで、組合が独自に調べた航空機関士とパイロット訓練生の、実際の削減数は何名でしたか」

「組合の調べでは一六九名となりました。これは会社が説明した九三名を、七六名も超えていることになります」

　確信に満ちた口調だった。

　整理解雇から一年以上経って、会社はようやく二〇一〇年度末の人員配置表を組合に提出してきた。その配置表を基にパイロットユニオンが独自に調べ上げた一六九名の内訳を、三石が詳細に説明した。

「もう一度、まとめて説明して下さい」

「はい、第一次特別早期退職で一五四名、第二次特別早期退職と希望退職で四九九名です。それから航空機関士とパイロット訓練生の削減は一六九名。これ以外に関連会社に出向中の機長の依願退職が六名、ライセンスを持っている訓練生のグループ会社への転籍が二一名。これらを合計しますと八四九名となりますので、会社が目標としていた削減数八二六名を超えていることになります」

　三石の発言に傍聴席がざわついた。

「N航空本体の削減目標を超えて削減されていたことになるわけですが、ここから更に八一名の運航乗務員が解雇されたということですね」

「はい、八一名を解雇する必要はなかったと考えています」

　三石がきっぱりと言い切った。傍聴席のざわつきは、さざ波のように低く長く続いた。

「整理解雇の時点で、既に更生計画案で出されたN航空グループ運航乗務員の人員体制二九七四名は、実現していたということになるんですか」

「はい、組合としてはあらゆる可能性から検討を行った結果、人員体制は二八六四名になっていたことを確認しました」

「それにもかかわらず、希望退職の目標に達していないとして八一名を整理解雇したんですね」

堀切弁護士が再び確かめた。

「はい、整理解雇までする必要はなかったと考えています」

三石が再びはっきりと答えた。

これで勝負あったね。

野末がほっとした表情でささやいた。

「ちなみに、N航空グループ全体またはN航空本体の運航乗務員の人員削減状況について、会社は説明したのですか」

「いえ、削減目標の二九七四名に対して、例えば何名達成していて、残りは何名だというような説明は組合に対して一切ありませんでした。会社はあえて隠していたんじゃないかと思います」

「N航空グループの運航乗務員の削減状況については、二〇一〇年一月一日現在のグループ各社人員配置表があれば、より正確に検証できると思うんですが、会社から組合に交付されていないのですか」

「今に至るまで会社から組合に開示されていません」

三石の言葉には怒りがにじんでいた。

それを見れば一目瞭然なのに、組合に出してこないのは事実が明らかになっては困るからだろう。僕らはごまかしの数字によってクビを切られた。

野末も憤懣《ふんまん》やる方ないようだった。

一方、客室乗務員においても、整理解雇が行われた二〇一〇年一二月末時点で、人員計画上の削減目標数が七八名も多く達成されていたという事実が明らかにされたのだった。

三石はその後、事業拡大計画、ワークシェア、争議権確立時の不当労働行為など、一審で小菅が証言したことと重なっていたが、高裁の裁判官にも真実を知って欲しいという思いから再度証言した。

会社側の反対尋問は特筆すべきものはなかった。人員削減目標は整理解雇時点で既に達成していたという三石の証言については全く反論してこなかった。

一五分間の休憩後、元山に対する主尋問が始まった。女性の大滝弁護士は柔らかな口調で質問を続けた。

元山はまず、当初一三〇名とされた機長の削減目標が大幅に上回って達成されたにもかかわらず、一八名の機長を解雇したことは、その中に組合活動を中心的に行っていた機長一四名が含まれており、彼らを排除することが本当の狙いであったと答えた。

「会社は組合活動の中心を担っている人たちを、どのように見ていたと考えますか」

「後輩に対する影響力が非常にあるということで、嫌悪していました」

「元山さんを嫌悪しているという具体的な事例はありますか」

「幾つもありますが、直属の部長から『教官に推薦するので同意してくれないか』と言われ、私は同意しました。ところがしばらく経ってから『この前の話はなかったことにしてくれ』と部長が頭を下げてきました。その理由を訊ねると『労務当局から「元山はだめだ」と言われた』と、はっきり申しておりました」

元山は淡々と答えた。

直属の部長は元山さんの資質を見込んで教官に推薦したのだろう。しかし労務当局は頭ごなしにそれを拒否した。酷い話だ。

野末がつぶやいた。

「あなたは機長として、同乗した副操縦士に意識して伝えたことがありますか」

「新人の副操縦士には飛行機を先ず安定させることと、技術的なことを中心に話しました。機長訓練が近い副操縦士には機長になるための心構えや自分の失敗談などを話したり、生活のパターンや休みの過ごし方、訓練への臨み方、そういったことを話しました」

元山は労務当局から教官になることを拒否された後は、同乗した副操縦士に対して自分の経験や知識をむしろ積極的に伝えていたのだ。

北藤はそこに元山の人となりを垣間見た気がした。

「あなたはパイロットユニオンでも執行委員をずっとやってきましたが、ストライキ権の行使についてはどのように位置づけていたのですか」

大森弁護士が尋ねた。

「ストライキについてはいろいろご批判がありますが、安全の問題は命の問題で、私たちの問題だけでなくお客様の命を守る問題でもあります。この点についてはは妥協できないところは、絶対に妥協してはならんということでやってきました」

元山の強い口調には安全への思いが溢れていた。

一九七五年の六月、元山は三年二か月の訓練期間を終えて乗務を始めた。それからわずか一年七か月後の、一九七七年一月のことだった。元山がアンカレッジ空港から出発する二時間前に、元山と同じN航空の生牛輸送の貨物便が墜落した。元山は離陸直前、雪原に散り散りになったその墜落機の残骸を見た。この事故で乗員三名と添乗員のカウボーイ二名が死亡した。

自分のフライトが墜落した便に予定されていたらと思うと、元山は背筋の凍る思いがした。パイロットユニオンの執行委員になったばかりの元山だったが、墜落原因の解明のために会社を始めとする関係先との交渉に奔走した。その結果、生きた牛のバラ積み輸送については、アメリカ連邦航空局が問題ありと指摘していたことが判明し、アメリカでは生牛のバラ積み輸送は廃止されたのだった。元山はその時に、安全を守るためには労働組合がいかに重要であるかを身をもって実感した。それが元山の組合活動の原点だった。

元山はその後、大滝弁護士の質問に導かれて、パイロットユニオンからキャプテンユニオンにいたるまでの組合活動歴を証言した。そこには航空労働者の団結と連帯を何よりも大切にしてきた思いが貫かれていた。

続いて会社側の川中弁護士が反対尋問に立った。

「パイロットユニオンの執行委員の経験者の方でも、教官になっている方はもちろんおられますよね」

川中弁護士は、元山が教官になれなかったのは組合活動によるものではなく、元山個人の問題であるかのように言った。

「御巣鷹山墜落事故の後、キャプテンユニオンが結成されて『組合活動家を差別するな』と会社に申し入れてきました。その結果、組合活動をしている人も平等に扱われる時代が、一時期ありました」

元山が冷静に答えた。

かつて機長昇格は差別の道具にされた。気にくわない者や組合活動家は教官のさじ加減で不合格にされた。

御巣鷹山事故後に発足した新経営陣は、過去の不明朗な労務政策を改め、「絶対安全の確立」「現場第一主義」「公正明朗な人事」「労使関係の安定融和」を掲げた。そうした状況の中で、清沢を始めとする組合活動家たちが教官になり、機長昇格を利用した差別をなくすことに尽力した。こうした差別是正の取り組みによって、組合活動家に対する信頼は深まっていった。そのことを会社は苦々しく思っていた。

新経営陣による経営改革は長く続かなかった。旧経営陣が巻き返し、分裂差別の労務方針に再び逆戻りしたのだった。

川中弁護士の質問は相変わらず、揚げ足をとるものばかりだった。

控訴審での証人尋問も、組合側が圧倒した。


晩秋になった。

控訴審での証人尋問から二か月が経過した。

一一月下旬の日曜日、北藤は朝からダイニングテーブルに座って、メモ用紙とボールペンを前に考え込んでいた。控訴審は一二月二六日で結審となり、北藤を含む四名が意見陳述を行うことが決まった。

意見陳述の作成に取りかかったが、少しも進まなかった。元山や飯塚の意見陳述のように格調高く書かなければと思うと、余計に書けなかった。

「一息ついたらどうかしら」

千枝子が熱いコーヒーを淹れてきた。

「考えがまとまらなくてね。僕は元山さんたちのようにはとても書けない」

北藤が弱音を吐いた。

「元山さんたちは長年、組合運動に携わっていらっしゃったから立派な意見陳述が書けたんだと思う。上手く書こうと思わないで、あなたの思いを素直に書けばいいんじゃないかしら」

正面に座った千枝子が言った。

「それなら書けるかもしれない。ヒントを有り難う」

北藤は少し気が楽になった。

「どういたしまして……。ところで老人ホームで聞いたんだけど、自衛隊員が海外に派遣されるかもしれないいんだってね」

千枝子が心配そうに言った。それは集団的自衛権のことだった。昨年の一二月下旬に民主党に代わって第二次矢部自公政権が誕生してから、集団的自衛権の行使を企んでいた。歴代の政府は憲法九条のもとでは、海外で武力行使をするのは許されないとしてきたが、矢部首相は海外でも武力行使が可能であると、憲法解釈を一八〇度変更しようとしていた。

「老人ホームでは政治の話もするんだね」

北藤が感心した。

「八〇歳の車椅子のおじいさんがいらしてね。話し好きでよく戦中戦後の話をされるわ。その人のお父さんは鍛冶屋を営んでいたけれど召集令状でフィリピンに送られ、そこで戦死されたそうなの。子ども三人を育てるために、お母さんが大変な苦労をされたことを話される時はいつも涙を流されるわ。長男だったおじいさんは中学を出ると、すぐに東京の町工場に就職してお母さんを助けたそうよ。『戦争は絶対やっちゃいかん』が、おじいさんの口癖でね。矢部首相は集団的自衛権によってアメリカと一緒に戦争をしようとしているんだ。それだけは絶対に止めなくちゃ、死んだおやじに申し訳が立たないといつも言われるの」

千枝子がしんみりと言った。

「僕が自衛隊にいた頃は『自衛隊はあくまで専守防衛かつ抑止力であって、自ら進んで戦争に行くことはない』と教えられた。集団的自衛権が行使されれば、僕の後輩たちは戦地に送り込まれて死者が出るかもしれない。僕も集団的自衛権には反対だ」

千枝子が大きくうなずいた。それから不思議そうに北藤を見た。

「あなたとこういう話をするなんて、整理解雇される前には考えられなかった」

「うん、そうだね」

北藤が相づちをうった。

「私は老人ホームで働くようになって、あなたもいろいろな方々とお会いするようになって、お互いに社会的な目を見開かされた。これも整理解雇のお陰かしら」

千枝子がおかしそうに笑った。

「それは言えるね……。いや、整理解雇だけは絶対に駄目だ。さあ、意見陳述にとりかからなくちゃ」

北藤がボールペンを握った。

「あ、邪魔をしてごめんなさい」

千枝子が慌てて立ち上がり、コーヒーカップを台所に下げた。日曜だったが、家には北藤と千枝子の二人だけだった。

幸太は秋口に新居を探すと、婚姻届を済ませて引っ越した。

結婚式は二人でお金を貯めてからやるので、心配しなくていいよ。その時は双方の家族を呼ぶからね。

幸太はそう言って家を出ていった。

順二はいつもの通り、中華料理店のアルバイトに出かけていた。

大晦日が間近に迫ってきた。

一二月二六日の午前一〇時三〇分、北藤は東京高裁の原告席に座っていた。結審のこの日、原告側は四名の意見陳述を行う。北藤が最初だった。


「では証言席にお座り下さい」

花輪裁判長に促されて証言席に向かった。わずかな距離だったが足が硬直して遠く感じられた。緊張のため喉の渇きを覚えた。

証言席に座ると大きく深呼吸して気持ちを落ち着かせた。意見陳述書は元山と清沢の助言を求めながら、修正を繰り返して作り上げた。

「控訴人の北藤徹と申します。私は一九七三年に海上自衛隊に入隊して二一年間任務にあたり、一九九四年に防衛庁割愛制度でＮエアシステムへ入社しました」

陳述を始めると、緊張していた気持ちが次第に落ち着いてきた。

「二〇〇四年にＮ航空と経営統合した後も、Ａ－３００型機の副操縦士として乗務してまいりましたが、二〇一〇年一二月三一日に年齢基準で解雇されました。私は海上自衛隊では対潜飛行艇ＰＳ－１の機長として、戦艦や潜水艦の捜査・探知を行い、国防の一端を担ってまいりました。本日、私は自分自身が解雇され、改めて感じていることなどを率直に述べさせていただきたいと思います」

北藤はまず略歴を述べて、陳述を続けた。

「第一にこの裁判で、是非とも裁判長に着目していただきたいのは、控訴人の中に二二名の自衛隊出身者がいるという点です。これほど多くの自衛隊出身者が裁判を起こした事例があったでしょうか。この控訴人の数こそ、N航空の整理解雇が理不尽極まりないことの証しであります。航空会社はパイロット不足を補うために、訓練期間が短く、訓練費用も大幅に削減できることから自衛隊出身のパイロットを欲しがってきました。一方、防衛省側とすれば、年齢の高いパイロットの人事上の解決と自衛隊の魅力化対策の一環として、民間への割愛制度を積極的に受け入れてきました。自衛隊の割愛制度は、航空会社・国土交通省・防衛省にとって好都合な制度であり、三者合意のもとに進めてきた制度でした。こうした制度の中で、二六名のパイロットが解雇されました。私たちは会社にも国にも裏切られた思いです」

北藤はもうすっかり落ち着いていた。

続いて、解雇した者には相当額の退職金を払ったと会社が主張していることに対して、自衛隊割愛者や傷病基準で解雇された者は勤続年数が少ないことから平均の半分にもならないことを明らかにした。そして、「運航の安全確保に必要な知識や経験の多寡が、年齢と相関関係にあると認めるだけの根拠がない」とまで言い切っている地裁判決の異常さを、自らの経験に照らして鋭く批判した。

北藤の陳述は続いた。

「最後に、裁判のあり方について申し述べます。私たち自衛隊出身のパイロットは第一線で国防の任務を果たしてきました。私は監視任務において、旧ソ連艦隊の全砲台が、私の飛行艇にロックオンされ、命の危険を感じたことがあります」

北藤は早口になっているのに気づいたので、少し間を置いた。

「また航空自衛隊の同僚は、石川県小松基地で何度もスクランブル発進をしてきました。『命がけだった』と当時を振り返っています。その同僚も私と一緒に年齢で解雇されました。私たち自衛隊出身者は、自衛隊時代には労働組合活動などは無縁の世界と思っておりました。民間に移り、そして解雇され、改めて労働組合の『存在と役割』を真剣に考えることになりました。多くの労働組合や市民団体の支援を受け、全国を回って訴えてきました。国鉄民営化反対闘争を経験された方たちは、我が身のことのように支援して下さっています」

陳述をしながら、山陰やその後に行った北陸キャラバンで、骨身を惜しむことなく支援してくれた国労の人たちの顔が、浮かんでは消えた。

「私たちが日本全国で目の当たりにしたのは、人間を物のように扱っている日本社会の実態です。私たちが命がけで守ってきた日本という国が、こういう社会だったのかと忸怩《じくじ》たる思いです。私は日本の社会を支えている労働者が尊重される社会でなければならないと思っています。そして裁判所に対しては、憲法を掲げて私たちを守る防波堤であって欲しいと思っています」

北藤は、争議支援総行動やけんり総行動などに参加して、解雇や弾圧を受けている労働者がいかに多いことかを思い知らされた。

「解雇されて私の家族の生活は一変しました。長男は大学を中退しました。妻は介護の資格を取り、現在施設で働いています。私は他社での再就職を試みましたが、年齢や乗務してきた機種を理由に書類審査ではねられてしまいました。私はこの理不尽な解雇によって、人間として働くことの尊厳、パイロットとしての誇りを奪われました。最近の日本は、これまで『当たり前』であったことが通用しなくなっています。裁判所にもその一因があるのではないでしょうか。命をかけてきたパイロットという職業の締めくくりは自分自身で決めたいと思います。貴裁判所が事実と正面から向き合い、判決を下されることを切に望みまして、私の意見陳述といたします。有り難うございました」

傍聴席から遠慮がちに拍手が湧いた。たとえ禁じられても拍手をせずにはいられなかったのだ。

四名の意見陳述の後、花輪裁判長は、判決日を来年の六月五日とすることを告げた。

17章　高裁判決

二〇一四年になった。

　五月三日の憲法記念日、北藤はウイングビルから街宣車を運転して、午前一〇時半に日比谷公会堂に着いた。日比谷公会堂では「5・3憲法集会&銀座パレード2014」と銘打った、憲法集会が開かれる。

　駐車場に街宣車を入れると、すぐに元山や清沢など数人のパイロット原告たちが駆けつけた。そして、後ろのドアを開けると長机二脚、のぼり一〇本、請願書用紙、チラシなどが入った紙袋二つを下ろした。

　東京高裁の判決を一か月後に控えて、集会参加者にチラシを配布し、合わせて請願書の署名をお願いするためだった。

　地裁判決の全面的な取り消しと、公正な判決を求める高裁宛の請願書は五月になって取り組みを開始した。請願という方法で、原告や支援者の声を直に高裁に届けるのが目的だった。

　開場の一二時にはまだ一時間以上もあったが、日比谷公会堂の前には入場整理券を求める人たちがS字状に幾度も折り返しながら長蛇の列を作っていた。

　その列から離れた場所に、二〇名程の原告たちが集まっていた。芳賀や宝田、香山など客室乗務員原告たちの姿が目立った。

　原告たちは参加者の邪魔にならないように、公会堂の入口から離れた左隅に長机二脚を置くと、その上に等間隔に請願書を並べた。そして、一〇本の黄色いのぼりをその周りに立てた。

　準備が終わると、客室乗務員の原告たちはチラシを持って長蛇の列に向かった。そして一人ひとりにチラシを渡した。手持ち無沙汰の人たちはほとんどチラシを受け取り、目を通していた。

　配り終えると、台紙の上に請願書を載せて再び長蛇の列に足を運んだ。事前にチラシを配っていたので、効果てきめんだった。すぐに請願書に署名してくれる人が多かった。

朝から晴れ渡っていたので、昼近くになると気温が上がった。北藤は請願書を前にして立っているだけで汗ばんできた。

「署名するよ」

赤い野球帽を被り、紺のジーパンを穿いた中年男性が近づいてきた。首から長方形のボードをぶら下げていた。

ボードには「矢部自公政権による労働法改悪を許すな！」と黒マジックで書かれていた。

北藤はボールペンを差し出した。

「空欄に一言お願いします」

北藤がお願いすると、「ああ、分かった」と言って書き添えた。長方形で囲った一言欄には「高裁はまともな判決を出せ！」と荒々しい字で書かれていた。

北藤は署名のお礼を言うと、ボードをじっと見つめた。憲法集会には似つかわしくない文言のように思えた。

「労働法改悪……ですか」

北藤が首をかしげた。その言葉は元山や清沢は時々口にしていたが、北藤はその内容を知らなかった。

「うん、端的に言うと矢部自公政権は、派遣労働の期間制限を撤廃しようとしているんだ。派遣社員をいつまでも安い賃金でこき使い、いずれ正社員を派遣社員に置き換えようとしている。もう一つは『限定正社員』なる制度を作って、『限定正社員』の職務や勤務地がなくなったら解雇できるようにすることを狙っている。経営者の都合で自由に解雇できるって訳だ。そうなったら、整理解雇四要件なんて有名無実になるぞ」

男はいきまいた。

「労働者をまるで物のように使い捨てにしようとしているんですね。許せないなあ、僕も反対です」

北藤も強い口調で同調した。

「うん、労働法改悪を阻止するためにも、高裁ではぜひ勝ってもらいたい。応援してるよ」

男は立ち去ると、長蛇の列の最後尾に並んだ。列は蛇行を繰り返しながら、さらに伸びていった。

「署名をさせて下さい」

右隣に立っている元山の前に、背の高い三〇代半ばと思われる青年が立った。髪を七・三に分けて眼鏡をかけていた。空色のYシャツに、紺のストライプのネクタイをしていた。律儀な性格のように見えた。

左の手には「何が秘密？　それは秘密です。特定機密保護法廃止！」と、上下二段に赤マジックで書かれたプラカードを握っていた。

「一言お願いします」

青年も署名した後、元山の求めに応じてメッセージを付け加えた。

「特定機密保護法は撤廃させるしかありませんね」

元山が青年に言った。

特定機密保護法は、五か月前の一二月六日の深夜、国民の強い反対を押し切って、矢部自公政権が強行採決したのだった。

「ええ、何を秘密にするかが明らかにされないで、それを知ろうとするだけで処罰を受けますからね。私は出版社に勤めていますが、言論、出版の自由を奪われかねません。解釈改憲によって集団的自衛権の行使を容認する動きと一体に、矢部自公政権は戦争する国づくりに邁進しているとしか、僕には見えません」

青年は表情を曇らせ、視線を落とした。

「特定機密保護法は、実は航空の安全にとっても大きな問題があります」

元山が言った。

「そうなんですか」

青年が顔を上げた。

「日本の民間航空機は、憲法九条が歯止めとなって軍需品の輸送はしていません。機長は航空法によって、全ての搭載物の安全性を確認する義務と権限を持っていますが、特定機密保護法が適用されると軍需品があったとしても確認できなくなります。乗客の皆さんの安全を守るためにも、特定機密保護法は極めて有害な法律です。ですから私たちも反対です」

「まさに稀代の悪法ですね」

青年は納得したようにうなずくと長蛇の列に並ぶためにその場を離れていった。

広場はどこが最後尾なのか見当もつかないほどあふれ返っていた。

北藤の左隣に立っている清沢の前に、白髪混じりの二人の高齢女性が立ち止まった。

サングラスの女性は「集団的自衛権行使反対！」、もう一人の小柄な女性は「壊さないで！　憲法九条」と書いた小さなプラカードを持っていた。

「N航空がベテランの人たちを整理解雇したなんて、とんでもない。ベテランのパイロットや客室乗務員だからこそ、私たちは安心して飛行機を利用できるのよ。あなたたちが一日も早く職場復帰できるように署名するわ」

そう言って二人は署名した。

清沢は礼を言うと、二人に話しかけた。

「憲法九条はまさに日本の宝です。日本の飛行機は憲法九条があるから、世界の空を安心して飛べます。戦争を放棄した日本は決して戦争を仕掛けることはないと、世界の人たちから信頼されています。しかし集団的自衛権を行使して他国と一緒に戦争するようになったら、その信頼は一瞬にして吹き飛んでしまいます。戦争の相手国から日本の飛行機が標的にされる危険性が十分に考えられます。私たちは安全な運航のためにも、集団的自衛権には反対です」

清沢は相手の口調に合わせるように、ゆっくりと話した。

「矢部内閣は、集団的自衛権の行使容認の閣議決定を急いでいるらしいわ。一緒に反対しましょうね。もう戦争はこりごり」

そう言うと二人の高齢女性は、列の最後尾を探しに行った。

開場の一二時になって、参加者たちは整理番号順に公会堂の階段を上っていった。整理番号は一九〇〇番で打ちきりとなった。

只今三七〇〇名の人たちが集まっていますという、放送があったので、約半数の人たちは会場に入れなかった。先ほど署名してくれた青年も、二人連れの高齢女性も会場に入れなかったかもしれない。

入場できなかった参加者のために、広場の前面に大型スクリーンが据え付けられた。参加者たちは腰を下ろして、大型スクリーンに映し出される会場の様子に見入っていた。時折大きな拍手が聞こえると、広場も拍手で呼応した。

その間にも、参加者たちは次々に請願署名に応じてくれた。署名枚数は九〇〇通にもなった。

集会は三時に終わり、公会堂から人が次々と出てきた。これから銀座パレードが始まる。

原告たちものぼりを持って、銀座パレードに参加する。北藤は長机や請願署名などを街宣車に積んで、ウイングビルに戻ることになっているので、銀座パレードには参加できない。請願書を集めることを目的として街宣車を運転してきたが、憲法九条を守り、集団的自衛権に反対し、特定機密保護法の廃止を求める、この集会に参加できたことに大きな意義を感じていた。

銀座パレードにも参加したかった。その思いを振り切るように、北藤は街宣車に乗り込んだ。


憲法集会から一二日後の、五月一五日午前九時、原告たちは請願行動のため、東京高裁前に集結した。当初、五月一五日は客室乗務員裁判の判決日だったが、先月下旬になって急遽六月三日に延期するとの連絡が高裁からあった。

高裁の入口には作業台の上に青いプラスチック製の箱が二つ置かれ、担当官が一人立っていた。

そこを起点にして原告や支援者たちが裁判所の塀に沿って長い列を作っていた。自分の番が来ると担当官に公正な判決を行うように訴えながら、請願書を青い箱の中に置いた。

請願者の取り組みは二週間という短い期間だったが、メーデーや憲法集会、労働組合や団体などからパイロット、客室乗務員の両裁判とも五六〇〇通の請願書が寄せられた。

請願書提出が終わると、原告たちは裁判所前の街路樹の根元で座り込みを始めた。座り込みの列は見る間に長くなっていった。

原告団は公正な判決を求めて、真冬の一月から週一回のペースで、高裁前の座り込みを続けていた。五月になってからは、さらに監督官庁である国土交通省前と国会前でも週一回の座り込みを行っていた。

北藤も請願書を提出すると座り込みに加わった。頭上には街路樹の栃の葉が青々と茂り、強い日差しを遮っていた。

地裁判決後、原告たちが一丸となって取り組んだ闘いの数々が北藤の頭をよぎった。

昨年の四月下旬には六〇〇名、七月下旬には一〇〇〇名、そして一〇月下旬には「高裁勝利・早期解決をめざす大集会」を開催し、過去最高の一八〇〇名が結集した。

全国キャラバンは近畿・東海を皮切りに、山陰・山陽、九州、青森・秋田、四国、新潟・群馬、北陸・長野、仙台・盛岡、北海道と広がりを見せた。

支える会は、地裁の不当判決後に愛知、秋田、新潟、北海道の音威子府、愛媛で結成された。

高裁宛の公正な判決を求める要請署名は、パイロット、客室乗務員裁判とも個人署名で三五万筆、団体署名で一万二〇〇〇団体に達していた。地裁の時の約二倍の数だった。

控訴審では証人尋問を実現させ、整理解雇時点で既に人員削減目標を達成していた事実を明らかにした。

ＩＬＯは二〇一三年一〇月三一日に、第二次勧告を出した。この中でＩＬＯは日本政府に対して、東京高裁の判決だけでなく「その結果生じるフォローアップ策」を報告するよう求めると共に、整理解雇後に客室乗務員を新たに採用している事実に注目して、今後の採用計画において解雇した者たちの雇用を含めた協議を求めた。第一次勧告よりも一歩踏み込んだ、組合側に有利な見解だった。

このように高裁段階での闘いは、地裁段階に比べて一段と前進したのだった。

二〇日後には高裁判決が出る。

今度こそ絶対に勝利するぞ。北藤は栃の葉の向こうに広がる青空を見上げながら心に誓った。


二〇一四年六月五日午後一時三〇分、北藤は野末、阿川と並んで東京高裁の一〇一号法廷の最前列にいた。

花輪裁判長以下三名が裁判官席に着くと、すぐに花輪裁判長は判決文を読み上げた。

「主文、本件控訴及び附帯控訴をいずれも棄却する。控訴費用は控訴人らの、附帯控訴費用は被控訴人らの各負担とする」

主文を読み終えると花輪裁判長は二人の裁判官と共に立ち上がり、扉に向かった。その間わずか十数秒だった。

「えーっ」

大法廷の傍聴席から悲鳴が上がった。

「不当だ！」

あちこちから声が飛んだ。

「どこを向いて裁判してるんだ！」

右隣の野末が叫んだ。

「地裁に続いて、高裁もか、許せん！」

左隣の阿川が呻いた。

「あの裁判長には、僕らの苦しみが分からないのだ。人間として最低だな」

北藤が吐き捨てるように言った。

原告たちの証人尋問も意見陳述も、全国から寄せられた三五万筆に及ぶ署名も、五六〇〇通の請願書も、花輪裁判長の心には届かなかったのだ。二日前の客室乗務員の判決もまた、同じように控訴棄却だった。

北藤は虎ノ門の報告会場にうつむいたまま歩いていった。野末も阿川も無言だった。北藤は思いもしなかった判決に打ちひしがれていた。

地裁判決の時と同じように、会場は三〇〇名を超す原告と支援者であふれた。正面の席には中条団長を始めとする弁護団や元山原告団長などが並んだ。

北藤は野末、阿川と共に後ろの壁際に立った。一昨日の客室乗務員裁判に続く、「控訴棄却」という判決に会場は重苦しい雰囲気に包まれていた。

「それでは報告集会を行います。中条団長、お願いします」

司会の客室乗務員の原告が言った。

判決文に目を通していた中条団長が立ち上がった。眼鏡の奥のいつもの柔和な眼差しが消えて、厳しい表情だった。

「高裁判決は、地裁判決に輪をかけた不当な判決です。私たち弁護団は、控訴審では徹底的な反撃と追及を行いました。名だたる労働法学、会計学の学者・研究者の方々から、地裁判決の理論的誤りを追及する優れた意見書が続々と高裁に提出されました。合わせて全国八五〇人を超える弁護士の方々が、心を燃やして弁護団に参加して下さいました。そして決定的な力として、全国で三五万筆の公正な判決を求める要請署名、一万五〇〇〇通の証人採用要請ハガキが高裁に集中した結果、高裁では書面審査だけで証人は調べないという長年にわたる悪しき慣行の壁を打ち破って、ついに私たちが必要とする証人尋問、本人尋問、本人意見陳述の機会を確保することができました」

　中条団長はまずこの闘いにかける弁護団の並々ならぬ意気込みと、運動の広がりを述べた。

「その結果、決定的な二つの事実が解明されました。それは解雇の時点で会社の人員削減目標は超過達成され、解雇の必要性はなかったこと、もう一つは更生手続き開始から解雇までの労使関係の推移の中に、『信義則違反・不当労働行為』が連鎖・集中し、そこから解雇の違法性が浮き彫りになったことです。この二つの事実の徹底追及が高裁審理のハイライトでした。しかし、判決は控訴棄却でした」

　中条団長は悔しそうに唇を噛んだが、すぐに言葉を継いだ。

「次に、判決の問題点を述べます。地裁判決の後に、たまたま入手した会社の内部資料から、更生計画の求める人員削減目標は、解雇の時点でパイロットでは一一〇人、客室乗務員では七八人も超過達成されていたことが分かりました」

　中条団長の顔は怒りで次第に紅潮していった。

「会社が一六五人を余剰人員として解雇したというのは、全く根拠がないことを証明したのです。ところが会社は、これを争う反対の証拠を提出しませんでした。具体的な人数を上げて反論することもありませんでした。裁判長も会社に証拠提出を命じませんでした。反論がなかった以上、会社は一六五人の解雇の必要性を証明できなかったことになり、解雇無効の判決が当然です」

　会場はエアコンが利いていたが、中条団長の額には汗がにじんでいた。

「ところが判決は、客室乗務員裁判では『証明の正確性に疑問がある』とし、今日のパイロット裁判では『当初示した人員削減目標の人数は確定的なものではない』などと勝手に決めつけて、解雇を有効としました。その判断の基調には『管財人に委ねられた合理的な経営判断』による解雇だから正当だ、という認識が貫かれています。これは極めて異常なことです。裁判所自ら、訴訟手続きのルールを破って無理矢理会社を勝たせたのです」

　中条団長はハンカチで額の汗を拭い、一息ついた。

「誰のための裁判所だ」

「裁判所は腐りきっている」

あちこちから怒りの声があがった。

「もう一つの、会社による数々の信義則違反と不当労働行為について述べます。当初ワークシェアなど解雇回避措置を約束しながら組合の具体的な提案を一切拒否したこと、標的とした組合員に自宅待機を命じて退職強要を行ったこと、争議権確立の全員投票を嘘と脅しで不当介入・妨害したこと、整理解雇の時点での在籍者数を団交で最後まで隠蔽し続けたこと、機長の削減目標一三〇人を超過達成した事実を認めながら機長一八人を解雇したことについて、私たちはリアルに立証しました。ところが判決はこれらの判断を全て回避しました。それでいながら結論だけは解雇を丸ごと認めました。さらにこの整理解雇の狙いが、もの言う労働者の排除と労働組合の弱体化にあったという事実についても、パイロット裁判では『解雇の年齢基準は活動家狙い撃ちのためでない』、客室乗務員裁判では『管財人は過去の労務担当者とは別人だから不当労働行為とは関係ない』などと、こちらの主張をはぐらかして不当労働行為を否定しました」

中条団長の言葉は、管財人を司法の上に置いた異常な判決など、絶対に許す訳にはいかないという気迫に満ちていた。小柄な中条団長の体が、北藤の目に大きく映った。

中条団長はもう一度汗を拭った。そして気持ちを切り替えるようにゆっくりとした口調になって、参加者に語りかけるように言った。

「要するに判決はこちらの追及から『逃げた』のです。私たちは最高裁に上告して『公正な審理を尽くして高裁判決を破棄すること』を求めます。これまで、国民支援共闘会議、支える会をはじめ全国の皆様には本当に力強いご支援をいただきました。これまでに築かれた、粘り強い団結と運動は必ず全面勝利解決の展望を切り開くことを確信します。とりわけ、矢部内閣の雇用破壊、憲法九条破壊に反対する運動と結合して闘うとき、そこに大きな運動の展開が期待されます」

中条団長の報告が終わった。高裁判決の問題点を解明し、今後の闘いを展望した報告に会場から大きな拍手が起きた。その拍手は最高裁で勝利するまで闘うという決意の表れでもあった。

署名や座り込み、駅頭宣伝、全国キャラバン、本社前抗議行動など全ての行動は無駄ではなかったのだ。高裁での証人尋問、意見陳述を実現させる大きな力になったのだ。運動は積み重ねだと、元山が言った。これからは最高裁に向かって、さらに運動を積み重ねていこう。

北藤は、「控訴棄却」の判決で打ちひしがれていた気力が、中条団長の言葉によって心の中で再び奮い立ってくるのを覚えた。

「あんな判決に負けてたまるか」

野末が強い口調で言った。

「矢部内閣の雇用破壊、憲法九条破壊の運動と結合して闘おうという中条団長の呼びかけは、もう一回り大きな支援の輪を広げるためにはとても大事な指摘だと、僕は思う」

阿川が腕を組んで言った。報告集会が終わった。

「飲みに行こうか」

野末が北藤と阿川を交互に見て言った。

「うん、そうしよう」

北藤と阿川が同時に返事した。千枝子は、高裁での勝利判決を信じて家族で祝杯をあげる計画など、もうしようとはしなかった。

18章　屈しない

パイロット原告六四名と客室乗務員原告七一名の、合わせて一三五名は控訴棄却後すぐさま上告した。

もう後がない。最高裁では絶対に勝つ。

原告団と支援共闘会議は全国規模での宣伝強化と、高裁の不当判決取り消しを求める最高裁宛の団体と個人署名に早急に取り組むことを決めた。

六月中旬にN航空株主総会が開かれた。原告たちは最寄り駅から会場までの歩道の両側に立って、不当解雇撤回への理解と協力を訴えるチラシを株主たちに配布した。株主たちの関心は高かった。多くの株主がチラシを受け取った。

その中には「頑張って下さい」と激励したり、カンパを寄せる株主もいた。

株主総会には元山と客室乗務員原告団長の内海が出席して発言を求めたが、議長役の社長は無視して指名しなかった。

七月中旬、午前八時からの最高裁前の宣伝と要請行動を終えて、ウイングビルに戻った時は昼近くになっていた。

「暑かったな」

元山が首筋の汗を拭った。朝からの快晴で気温が急上昇した。梅雨の晴れ間で湿度が高く、最高裁前の歩道でチラシを配っていた北藤は背中がじっとりと汗ばむのを感じていた。

しばらくするとエアコンで汗が引いた。

「国会議員レクチャーに出かける時は、もっと暑くなりそうだな」

清沢が部屋の隅のコーヒーサーバーから、紙コップにコーヒーを注ぎながら言った。

原告団は与野党を問わず面会を承諾した国会議員に対して、整理解雇の不当性と闘いへの理解を得るための取り組みを進めていた。元山と清沢たちは午後に議員会館に行くことになっている。

一方、北藤は午後から地方在住の原告たちにチラシや資料を発送する作業を行い、夕方からはJR蒲田駅東口で大田区内の労働組合などが主催する「労働法改悪反対」宣伝行動に多くの原告たちと参加して、一緒に不当解雇撤回闘争への支援を訴えることになっている。

今はしばしの休憩時間だった。

三名は傍の応接室に入った。狭い応接室にはテーブルを挟んで二脚のソファしかなく、右側に元山、左側に清沢と北藤が座った。

「昨夜、奇妙な夢を見てね。フライトで飛行機に乗り込んだまではよかったが、操縦室が見つからない。やっと見つけて操縦席に座ると、今度は椅子が離れていて操縦桿まで手が届かない。そこで目が覚めた」

元山は笑いながら言った。

「夢はよく見るの？」

清沢が聞いた。

「時々見る。先日は着陸して操縦室から出る時にキャリーバッグを開けたら、オペレーションマニュアルではなくて裁判資料しか入ってない夢だった」

元山はおかしそうに笑った。しかし清沢は笑わなかった。どちらも滑稽な話だったが、北藤も笑う気になれなかった。

「清沢さんは見ない？」

今度は元山が聞いた。

「夢は見ない。ただ、カミさんが言うには最近寝言を言ったり、呻くような声を出したりするらしい」

清沢がかすかに笑みを浮かべて言った。

北藤は二人の話を聞きながら思った。

元山と清沢は地裁、高裁と続く不当判決にも少しも動揺することなく、勝利を目指して闘いの先頭に立ってきた。決して弱音を吐かず、常に前向きで楽天的だった。その振る舞いは北藤にも頼もしく感じられた。

けれども元山が団長、清沢が事務局長という重責を担っていて、他人には推し量ることができない気苦労があるのではないだろうか。それがあの夢や寝言に表れたのではないだろうか。

「最高裁では何としても勝ちたいね……。ところで不当解雇を撤回させたら、元山さんが一番初めにやりたいことって何？」

清沢が聞いた。

「やりたいことねえ……」

元山は考え込んでいたが、しばらくして言った。

「女房は子育てが終わってから、同居のおふくろの面倒をずっと見てくれているので、温泉巡りに連れて行ってゆっくりさせてあげたい。ささやかなことだけど、それが真っ先にやりたいことかな」

そう言った後、元山は少し照れた。

「僕も、家のことはカミさんに任せっぱなしだったので、カミさんが行きたいところはどこにでも連れて行こうと思っている。北藤さんはどう？」

清沢が北藤に聞いた。

「僕も同じだよ。女房には随分苦労をかけてきたから」

北藤も、不当解雇が撤回されたら千枝子と一緒にこれまでフライトしたことのある地方都市を訪ねて、その土地の名産や美味しいものを食べ歩きしたいと思っているのだった。

北藤が、元山と清沢の私的な話を聞いたのは初めてだった。北藤は事務局の一員として活動を始めて三年半が経過したが、そういう話をしたことがなかった。お互いに忙しかったのだ。北藤は二人との距離がいっそう近しくなったのを感じた。

「さて、そろそろ出かけようか」

元山が清沢に声をかけた。

「うん、途中で昼飯も食べなくちゃ」

二人は部屋を出て行った。


八月二八日午後二時過ぎ、北藤は野末と並んで、日比谷公園の一角にある日比谷図書館の地下ホールにいた。段差のついたホールの座席には、既に二〇〇名を超す参加者が座っていた。

「N航空不当労働行為裁判」の判決が、午後二時から東京地裁で言い渡され、その報告集会がまもなく行われることになっている。

三年前、東京都労働委員会は、パイロットユニオンとキャビンユニオンが行った「整理解雇方針の撤回を求める争議権確立の全員投票」に対して、加瀬管財人代理と塚本ディレクターが介入したことは、不当労働行為であると認定し救済命令を発した。

しかし会社はそれを不服として行政訴訟を行っていたのである。

「解雇撤回裁判では、地裁も高裁も会社の言い分を丸呑みして整理解雇を認めたが、その解雇が不当労働行為によって行われたと認定されれば、解雇の正当性そのものが問われる。最高裁判決を前にして、なんとしても勝ちたいね」

北藤が野末に言った。

「僕もそう思うが、あの不当判決を下した地裁だからあまり期待できそうにない」

野末が不安そうにつぶやいた。

ほどなくして、パイロットユニオンとキャビンユニオンの両執行委員長と担当の安永弁護士が姿を見せて壇上の長机に座った。

この訴訟にはパイロットユニオンとキャビンユニオンが参加人として、また代理人として安永弁護士らが名を連ねていた。原告団も勝利のために裁判所前や駅頭での宣伝を重ねてきた。

壇上のどの顔も晴れやかだった。

「勝ったようだね」

野末がささやいた。

北藤にもそう思えた。

「それでは判決の結果を報告します。地裁は会社の取消請求を棄却し、都労委と同じく、不当労働行為として認定しました」

安永弁護士が開口一番そう言うと、参加者の喜びがホール内に弾けた。

「判決内容をかいつまんで報告します」

安永弁護士が話し始めた。

「まず、塚本ディレクターと加瀬管財人代理の発言については、『労働組合の運営である争議権確立に対して抑制を加える行為にほかならず、労働組合法七条三号にいう労働組合の運営に介入する行為であると認めるのが相当である』として、不当労働行為性をはっきりと認めました」

安永弁護士は判決文をめくると、言葉を続けた。

「また塚本ディレクターと加瀬管財人代理の発言については、『機構の出資を決定する権限は企業再生支援委員会にあり、出資を行わないことを決定する権限も同委員会にあると解されるが、本件発言当時、同委員会が「参加人らの争議権確立がされた場合、これを撤回しない限り、機構は原告への三五〇〇億円の出資を行わないこと」を決定したことも、そもそもその検討すらしたこともなかったことからすれば、正確ではない』と、不正確な情報で組合を脅した事実もまた、はっきりと認めたのです」

安永弁護士は判決文から目を外して、言葉を継いだ。

「その他の争点を含めて、判決は会社の主張を全て排除しました。組合側の完勝です。この勝利は法廷内外の力で勝ち取ることができました」

安永弁護士の報告は終わった。

「この力で最高裁では逆転勝利だ」

ホール内は再び大きな拍手とかけ声に包まれた。

「希望が湧いてきた」

北藤の声は明るかった。北藤にとって、初めて経験する勝利の味だった。

「解雇撤回裁判で地裁、高裁と不当な判決が続いて、上だけを見ているヒラメ裁判官ばかりになってしまったと悲観していたが、まともな判決を下す裁判官もいるんだ」

野末にとっては予想外の判決だった。それだけに、ほっとした表情を浮かべた。

原告団は、会社がこの判決を真摯に受け止め、控訴を行わず、都労委命令に従うと共に、不当解雇事件を直ちに自主解決することを求める声明を出した。

支援共闘会議もまた加盟団体に対して、社長宛に控訴を断念して、都労委命令に従うことと合わせ、不当解雇撤回を要請するファックスを送るように緊急依頼を発したのだった。

しかし、会社はこれらの要請に決して応えることはなかった。この判決を不服として間髪を入れずに控訴した。

東京地裁が「不当労働行為」の判決を下してから、二か月あまりが経った。

一一月中旬のその日、北藤は北陸のN県にいた。原告団は北海道から九州までの八つの地域で、再び全国キャラバンを開始した。

北藤は客室乗務員原告の柏木と共に、四日間にわたりN県下の労働組合や団体を訪問して支援を訴えた。北陸のN県は北藤の生まれ故郷でもあった。

N県には二つの支援組織が結成されていた。一つは全労連加盟の労働組合を中心とする「N争議支援共闘会議」で、もう一つは全労協加盟の労働組合を中心とする「N闘争を支援する会」である。

この二つの支援組織はカンパを集めたり、組合大会での訴えや物品販売の場を提供していた。けれども二つの支援組織が交流することはなかった。

北藤は「N争議支援共闘会議」の連絡窓口である富田と、「N闘争を支援する会」の連絡窓口の園部に対して、N県キャラバン行動への支援を要請した。北藤は日頃から、二人と連絡を取り合っていた。

二人は快諾した。そうして二つの組織は協力し合って、四日間にわたるN県内の労働組合や団体訪問の段取り、街頭宣伝、集会や交流会などを設定したのだった。

二つの支援組織の人たちが手分けして、北藤と柏木を訪問先に連れて行った。

どこでも最高裁での逆転勝利のための署名とカンパの要請に快く応じた。訪問先は合計三三か所にも及んだ。

最終日の今日、締めくくりの集会が自治労会館で開かれ、二〇〇名が結集した。「N争議支援共闘会議」と「N闘争を支援する会」の代表者が、不当解雇撤回まで全力で支援することを壇上で表明した。

最後に北藤がキャラバンのお礼と勝利への決意表

明をした。N県の労働者たちは親身になってくれた。見知らぬ僕と柏木のために、どうしてここまで尽力できるのだろうか。昨年三月末の山陰キャラバンの時と同じ感覚が湧いてきて言葉に詰まった。

集会が終わると、北藤は連絡窓口の富田と園部に謝意を述べた。

「今まで交流が全くなかった労働組合同士が、こうしてナショナルセンターの枠を超えて協力し、信頼関係を築いたことは、私たちにとっても大きな財産になりました」

富田が言った。

「これまで別々に開催しているメーデーも、これを機会に一緒にやれないものかと話していたんです」

園部も笑顔で応じた。予期しない言葉だった。

北藤の脳裏に、昨年信越地方にキャラバンに行った清沢の言葉がよぎった。

県労連と県労組会議という二つの組織の組合役員が、同じ街宣車の上から「N航空不当解雇撤回」を訴えてくれた。どちらも初対面で、こういう経験はなかったという。その夜の交流会では、二つの組織の役員たちが同じ鍋をつつきながら「こんなことは初めてだな」と言いながら談笑していたよ。

不当解雇撤回の闘いは、組織の枠を越えて労働組合同士を結びつける力を持っているのだと、北藤は思った。

師走になった。今年も残り少なくなった。後一週間で新年を迎える。元山と清沢は年末休暇が始まる直前まで、労組や団体を回って支援を訴えていた。北藤は新年から始まる旗開きの参加要請メールの対応に追われていた。今日は、夕方から羽田空港ターミナルでチラシを配ることになっている。一時間ほど時間の余裕があった。

北藤は椅子に座ると目を閉じた。そして、六月五日に東京高裁の不当判決があってから、今日までを振り返った。

最高裁前の宣伝行動と要請行動は、毎月二回行い、既に一〇回以上を重ねた。月二回の内、一回は原告団独自に、もう一回はN航空原告団もオブザーバーとして加盟している東京争議団によって行われた。

毎回の要請行動には両原告団長を始め、原告十数名が参加して、高裁判決の不当性や自らの家庭生活と親の介護など切実な問題を、応対した書記官に訴えた。

また、各地で決起集会を行った。

六月中旬に神奈川で約二〇〇名、六月下旬に東京で約五〇〇名、七月下旬に千葉で約一六〇名、一二月上旬の大阪で約五〇〇名、一二月下旬に「翼に憲法を」と銘打った東京の集会で約七〇〇名、他に岡山、兵庫、愛知などで宣伝行動やシンポジウムが開催された。

一二月上旬のN航空本社包囲行動には約五〇〇名が参加した。

このように、原告と支援者たちは最高裁での逆転勝利を目指して運動を積み重ねていった。

北藤にとってもう一つ印象深いのは、「ウイング合唱団」を結成して、一一月下旬に仙台で行われた「日本のうたごえ祭典inみやぎ」に、十数名の原告で参加したことだ。「ウイング合唱団」としての日本のうたごえ祭典への参加は、昨年の大阪城ホールでの開催に続いて二回目だった。

「闘いには歌が必要です。合唱団を結成しませんか」という、東京南部合唱団の指揮者である加川の呼びかけに応えて、「ウイング合唱団」を結成し、団長に客室乗務員原告の藤岡を選出した。約一年半前のことだった。歌うことが好きな清沢や宝田、香山らも合唱団に加わった。

そうして月二回、加川の熱心な指導の下で、原告団活動を終えた夕方からウイングビルの会議室で練習を重ねた。北藤にとって、月二回の練習は歌うことで心身の疲れを解きほぐしてくれる、かけがえのないひとときでもあった。

「日本のうたごえ祭典inみやぎ」では、交流の部に参加して「あの空へ帰ろう」と、パイロット原告の飯塚が作詞し、それに東京南部合唱団員の一人が曲を付けた「誇りある道」の二曲を歌った。会場からは大きな拍手を受けた。

終わった後の講評で、「整然としたステージマナーは皆様の日常につちかわれたお姿そのものなのですね。格調の高さが歌声に、ハーモニーに浸透していました」と評価されたのも、合唱団にとっては思いがけない喜びだった。

会場の入口ではチラシを配って署名を呼びかけ

た。署名は五〇〇筆を超えた。物品販売品は全て売り切れた。北藤は歌の力を改めて実感した。

羽田空港にチラシを配布する時間が迫ってきた。北藤はチラシの束を紙袋に入れると事務所を出た。

羽田空港でのチラシ配りは、今年最後の宣伝行動だった。


二〇一五年になった。

一月には上旬と中旬の二回、最高裁前の宣伝と要請行動を行った。また、中旬には本社前抗議行動、厚労省・国交省前の宣伝や要請行動、下旬には全国一斉宣伝行動を実施した。

原告たちは労働組合や団体の旗開き、春闘討論集会などで、公正な判決を求める最高裁宛の署名を訴えた。

年明け早々から最高裁での逆転勝利を目指して、精力的に運動を展開した。

二月五日の午後のことだった。

「今、法律事務所から電話があった。最高裁から、整理解雇撤回裁判の上告棄却という通知が届いたそうだ」

清沢が受話器を置きながら、努めて冷静な口調で言った。

「やっぱりそうか。何が法の番人だ。何が最高裁だ。最低裁じゃないか」

清沢の正面に座っていた元山が、感情を露わにして言った。

「まさか……」

北藤は呆然となった。

通常なら半年以上はかかると言われている最高裁の判断が、「上告受理申立理由書」が最高裁第一小法廷に到着してから三か月足らずで出された。しかも補充書を更に追加する旨の通知をしていた。

一月中旬に行った最高裁前の宣伝と要請行動の際には、公正な裁判を求める署名の追加を提出したばかりだった。署名は合計で個人署名が二〇万筆近く、また団体署名は約六〇〇〇筆にも達していた。

そのような矢先に、最高裁は「上告棄却」の決定をしたのだった。

元山が「やっぱりそうか」と言ったのは、一昨日客室乗務員裁判の「上告棄却」の通知があったばかりだったからだ。

そのため、パイロット裁判の結果も十分に予想されたのだが、北藤はそう思いたくなかった。

整理解雇時点で利益目標も人員削減目標も超過達成されていた事実、解雇回避措置、解雇手続き、人選基準についての高裁判決の誤りを徹底的に暴いた「上告受理申立理由書」、高裁判決後に出された不当労働行為に関する地裁判決を補足した「補充書」など、その全てを最高裁で審理すれば、あの高裁判決は必ず棄却される。

そう信じて闘ってきた北藤にとって、「上告棄却」という通知はあまりにも不当で、考えられないことだった。

「このまま矛を収めることは到底できない」

そう言って清沢が宙の一点を睨んだ。

「不当労働行為裁判が、地裁で組合勝利となったことから上告棄却を急いだに違いない。結論ありきの仕組まれた裁判だったことが、これではっきりしたな。こうなったら徹底的に闘うぞ」

元山が強い口調で言った。二人の言葉には固い決意が感じられた。

しかし北藤は違った。「上告棄却」への強い憤りはあったが、元山と清沢のような気持ちにはなれなかった。

北藤は最高裁での逆転勝利を信じて今日まで闘ってきた。「上告棄却」など考えたこともなかった。「上告棄却」によって、約四年間続いた不当解雇撤回裁判の闘いは終わった。これからどういう闘いがあるというのだ。

北藤は呆然としたまま机に座っていた。

翌朝、北藤は「上告棄却」の事実を千枝子に明かさないまま家を出た。いつもよりかなり遅い時間だった。

出かける時、千枝子に「今晩、君と順二に相談したいことがある。幸太も家に呼んでおいてくれないか」とだけ言った。

北藤は事務局にまっすぐ行く気になれなかった。横浜駅前の喫茶店に入った。午前一〇時過ぎの店内に客の姿はまばらだった。

北藤は携帯電話でＬＣＣの人事部に電話をかけ始めた。ここ数年、国内には複数のＬＣＣが次々に設立された。それはＮ航空の経営破綻によるパイロットの削減を待っていたかのようだった。希望退職に応じたり、自由にものが言えなくなった職場に見切りを付けたパイロットたちが次々に転職していった。

　四年前に退職強要を受けていた頃と違って、自分にも転職できるチャンスがあるかもしれない。それにＬＣＣの定年は六五歳なので、後五年は働けると北藤は思った。

　しかし電話の結果は芳しくなかった。どのＬＣＣもパイロット不足で初めは前向きだったが、北藤が操縦していた飛行機がＡ－３００型機であることを告げると採用を断った。Ａ－３００型機はどのＬＣＣでも使用していなかった。

　北藤のかすかな望みは消えた。

　今後どうしたらいいのだろう。

　答えを見いだせないまま、重い足取りでウイングビルに向かった。午後からは、パイロットと客室乗務員合同の原告団集会が開かれることになっていた。

　ウイングビル三階の会議室で開かれた原告団集会には、一〇〇名近い原告が参加した。

　正面の机には両原告団長、事務局長が並んだ。原告たちはそれに向かい合って座っていた。

　北藤は開会直前に会議室に行き、一番後ろの端に座った。阿川や野末も参加しているはずだったが、今は一人でみんなの意見に耳を傾けたい。そこから自分はどうすべきかを掴みたいと思った。北藤は腕組みをして目を閉じた。

「それでは集会を始めます。最高裁はまともな審議をしないで上告棄却を決定しました。司法の役割を放棄したこの暴挙に強く抗議します。さて、私たちは今後どう運動を進めたらいいのか、話し合いたいと思います。忌憚《きたん》のない意見をお願いします」

　正面の真ん中に座った、議長の客室乗務員の原告が発言を促した。

「上告棄却という決定を聞いた時は、本当にがっくりときました。今までの努力は何だったんだという思いにとらわれて、今でも虚脱感から抜け出せないでいます」

　客室乗務員原告の声だった。

　北藤は目を閉じたまま聞いていた。自分も同じ気持ちだと思った。

「最高裁元判事の甲斐川辰治氏が、地裁判決前にN航空の社外取締役に就任した時から、地裁、高裁の不当判決、そして今回の上告棄却という筋書きが、国と財界と司法の間でできていたと思う。今回の上告棄却の決定でそれを確信した。そうでなければ、こんなに酷い判決がまかり通るとは考えられない」

パイロット原告の声だった。

N航空は国と財界と司法の後ろ盾のもとに整理解雇を強行し、もの言う労働者を排除したということか。整理解雇の根は深い。

「『上告受理申立理由書』が最高裁第一小法廷に到着してから三か月足らずで上告棄却するなんて、審議せずに決定したのも同然です。せめて高裁に証拠として提出した、人員目標達成の事実について、正しい判断をして欲しかったのに全く失望しました」

客室乗務員原告の声だった。

最高裁は真実が暴かれるのを恐れて、急いで上告棄却したのだ。

「余りに不当な上告棄却に心の底から怒りを感じます。絶対にこのまま終わらせる訳にはいかないという気持ちです。こんな理不尽な解雇が許されてしまったら、僕たちはおろか日本の労働者全体に最悪の影響を与えてしまうのではと心配しています」

パイロット原告が発言した。

「私も上告棄却に大きな怒りを感じていますが、これからどうやって闘ったらいいのか、私にはわからないのです」

客室乗務員原告の声だった。自分も全く同じだ。

「上告棄却になったけれど、この整理解雇は不当労働行為の上になされたことが、この前の東京地裁判決で明らかにされました。それにＩＬＯが、労使協議で解決するように二度も勧告を出しています。まだまだ闘いは終わっていません。私はそこに展望があると思っています」

客室乗務員原告が言った。

「もう一つの展望は全国に広がった支援の輪です。見ず知らずの人たちが自分のことのように行動して下さることに幾度も涙しました。闘う限り、その人たちはどこまでも支援して下さると信じています」

他の客室乗務員原告が付け加えた。

「その通り」

あちこちから声が上がった。

希望がなくなった訳じゃないんだ。諦めてしまうにはまだ早いのだ。

北藤はそこに曙光《しょこう》を見た。

二人の発言に救われた思いがした。ずっと目を閉じていたので姿は確認できなかったが、声の主は察しが付いた。しかし誰の発言でも良かった。

北藤はようやく目を開けた。原告たちの発言はその後も続いた。

最後に、この闘いは人権と雇用を守り、空の安全を守る闘いでもあり、不当解雇撤回まで決して諦めずに闘うことを、参加者全員が大きな拍手で決議した。集会が始まる直前までは沈鬱な空気が支配していたが、終わる頃には弾けたような明るさに満ちていた。

北藤が事務所に戻ると、すぐに電話が鳴った。

昨年三月の山陰キャラバンでお世話になった、国労T支部の横山からだった。

「上告棄却という最高裁の判断に耳を疑いました。原告の皆さんの胸中を思うと、言葉が見つかりません」

横山の言葉は怒りに震えていた。北藤のことが気になって電話をかけてきたのだ。横山はどう声をかけたらいいのか戸惑っているようだった。

「先ほど、原告団集会をやりまして、上告棄却に諦めることなく、不当解雇撤回まで闘い続けることを全員で意思統一しました」

北藤が努めて明るい声で言った。

「そうだったんですか」

横山はほっとしたようだった。そして言葉を継いだ。

「皆さんの決意は、全国の労働者に大きな励ましを与えるものと信じています。私たちも引き続き全力で応援します」

僕たちの闘いは今まで全国の労働者に支えられてきた。そして今度は、不当解雇撤回まで闘いを続けるという僕たちの決意が全国の労働者を励ましている。

受話器を置きながら、北藤はそう思った。

北藤は午後七時に自宅に着いた。

今朝、家を出る時までは、「最高裁で上告棄却になって全ての裁判に負けた。今後は働きに出たい」
と家族に話すつもりだったが、今は違っていた。
今まで通り、事務局の専従として解雇撤回まで頑
張ろうという気持ちになっていた。しかしその決意
を家族の一人でも反対したら潔く専従を辞めようと
思った。
家族はソファに座っていた。幸太の隣には伴侶の
恵もいた。千枝子の隣に座ると、単刀直入に切り出
した。
「昨日、最高裁から上告棄却の通知が届いた。お父
さんたちは必ず勝利すると信じて闘ってきたが、逆
の結果に終わってしまった。残念だ」
「えっ」
幸太と順二が同時に驚きの声を上げた。
「あれだけ頑張ったのに、報われなかったなんて
……」
千枝子が涙をこらえて言った。
「それで、お父さんはこれからどうするの?」
幸太が北藤を見つめた。
「今日の集会で、今後も会社に対して不当解雇撤回
を求めて闘っていくことを、全会一致で決めた。お
父さんも賛成した。これからも事務局の専従として頑張りたいと思っている。しかし今までお父さんが専従になったことで、お前たちに苦労をかけてきたことも事実だ。さらに専従を続けることが許されるだろうかという思いもある。みんなの気持ちを聞かせてほしい」
正面に座っている幸太と順二を見ながら言った。
「苦労をかけたって言うけれど、僕はちっともそう思っていないよ。ちゃんと就職ができたし、恵と家庭を持つこともできたしね」
しばらくして幸太が言った。
「僕も料理人という道を見つけられて幸せだと思っている。だからそんなふうに考えなくていいよ」
順二が言った。順二はMホテルの中華料理部門に就職が内定していた。
「私も介護の仕事が楽しくなってきた。お年寄りといろんな話ができて喜んでもらえる仕事は最高よ」
千枝子が言った。当初の腰痛も癒えていた。
「結婚式も援助できなくて申し訳ない」
北藤が恵を見て詫びた。
「いいえ……。いつも幸太さんは『人間としてもパ

イロットとしても父を尊敬している』と言っています。私は何もお手伝いできませんが、応援しています」

恵がかしこまって言った。

「お父さんは自分の信念通りに生きて欲しい。それが百合も含めて、私たち家族全員の気持ちだわ」

千枝子はすっきりした表情になっていた。

「有り難う。不当解雇撤回まで頑張る」

北藤は決意を込めて言った。

「そう決まったからには夕食にしよう。僕が急いでおかずを作るよ」

順二が台所に向かった。

整理解雇されてから四年が経過した。その間に千枝子と幸太、順二の三名はそれぞれの道をしっかりと歩きはじめていた。幸太も、順二も北藤が思うよりもずっと大人になっていた。

明日の朝は、いつもの通り午前五時には起床して、いつもの通り誰よりも早く事務局に着いて、パソコンに送られてきたメールを整理しよう。

北藤は今までと変わることなく、不当解雇撤回まで闘いを続けていくことだろう。

19章　エピローグ

上告棄却の通知が出てからわずか二週間後に、会社は元最高裁判事で社外取締役の甲斐川辰治氏の退任を発表した。甲斐川氏は地裁判決が出される二か月前に、社外取締役として就任し、最高裁の上告棄却を見届けてから退任した。この事実は甲斐川氏の役割を如実に示すものである。

上告棄却から約四か月後の二〇一五年六月に、東京高裁は管財人代理らが行ったパイロットユニオンとキャビンユニオンへの争議権確立投票への介入を、地裁判決に続いて不当労働行為と断罪。会社はこれを不服として上告したが、一六年九月に最高裁は上告棄却を決定した。これによって、整理解雇強行の過程で不当労働行為があったことは憲法二八条違反であるとした東京高裁判決が確定した。

ＩＬＯは二〇一五年一一月に第三次勧告、二〇一八年一一月に第四次勧告を出して、解決に向けた意義ある交渉を会社に求めた。「支える会」は上告棄却後、山梨、北海道、香川、栃木など全国六地域で新たに結成され、合計で三三地域になった。

二〇一六年一〇月、パイロットユニオン、キャビンユニオン、キャプテンユニオンの三労組は、整理解雇解決のための「統一要求」を決定した。

統一要求の内容は次の通りである。

一．　被解雇者に関する要求

① 職場復帰を希望する被解雇者については組合との協議に基づいて全員を復帰させること。

② 復帰にあたっては年齢や長期にわたる業務離脱を勘案し、十分な手厚い訓練を行うこと。

③ 病気等の理由で原職への復帰が適わない被解雇者については、組合との協議に基づいて地上の職場における雇用を確保すること。

④ 年齢などにより職場復帰が適わない被解雇者については、組合との協議に基づいて何らかの補償を行うこと。

二．　希望退職者・特別早期退職者の再雇用に関する要求

職場の人員不足に起因する高稼働、過酷な勤務を改善し全ての乗務員が健康で安心して働ける職場とするために、再雇用を希望する希望退職者・特別早期退職者に再雇用への道筋をつけること。

三．　解雇問題の円満解決に関する要求

不当労働行為事件を含めた争議状態を円満に解決する為に、被解雇組合員や組合が受けた多大な不利益や負担を補填すること。

四．　労使関係の正常化に関する要求

二〇一〇年一二月三一日付整理解雇が労使の信頼関係を阻害しただけでなく、職場からの経営に対する信頼感も大きく損なったことを率直に認め、争議解決を通じて労使関係の正常化、職場の信頼感の再構築、安全運航の推進に全力をあげること。

以上の統一要求を提出してから四年が経過したが、会社はこの統一要求にも正面から応えようとはしなかった。

不当解雇からの一〇年間に、会社はパイロット三八六名、客室乗務員六二〇五名を採用しているが、原告団から原職に復帰した者は一人もいない。

不当解雇されてから一〇年目の、二〇二〇年の大晦日をまもなく迎えようとしていた。パイロットと客室乗務員の原告たちは、早期全面解決を求めて粘り強い闘いを続けていた。

（付記）この小説は、二〇一〇年大晦日に起きた日本航空による不当整理解雇とその撤回闘争を題材にしている。裁判闘争をへて、日航乗員組合と日航キャビンクルーユニオンは二〇二二年七月二九日、会社が「業務委託契約」によって被解雇者に業務を提供することで合意し、解雇争議を終結した。

一方、ＪＡＬ被解雇者労働組合（ＪＨＵ）は、「業務委託契約」による会社提案は受け入れられないとして、「原職への復帰」と「損害を補償する解決金」を勝ち取るまで闘うことを表明した。ＪＨＵは二〇二一年四月、機長組合規約により六〇歳で組合員資格を喪失し、その後、機長組合と組織統一した乗員組合への加入申請も認められなかった原告機長三名によって結成された。

ＪＨＵは、二〇二二年一一月末現在でパイロットと客室乗務員原告合わせて三二名が加入している。

井上文夫（いのうえ　ふみお）
1940年宮崎県生まれ。日本民主主義文学会会員。元日本航空労働者
著書に『青空』（2016年、新日本出版社）、『時をつなぐ航跡』（2009年、同）、『無限気流』（2004年、光陽出版社）、『濃霧』（2002年、東銀座出版社）

曙光《しょこう》へテイクオフ

2023年1月10日　初　版

著　者　井　上　文　夫
発行者　角　田　真　己

郵便番号　151-0051　東京都渋谷区千駄ヶ谷4-25-6
発行所　株式会社　新日本出版社
電話　03（3423）8402（営業）
03（3423）9323（編集）
info@shinnihon-net.co.jp
www.shinnihon-net.co.jp
振替番号　00130-0-13681

印刷　光陽メディア　　製本　小泉製本

落丁・乱丁がありましたらおとりかえいたします。

JASRAC 出 2208400-201
ISBN978-4-406-06698-3 C0093　Printed in Japan